魔王スローライフを満喫する
勇者から「攻略無理」と言われたけど、
そこはダンジョンじゃない。トマト畑だ
3
一路傍
画＝Noy

シュペル
SUPER
セロ
CELLO

リリン
LILIN
モタ
MOTA
ヒトウスキー
HITOUSKY
Characters

魔力の鎖によって封じられている。
あれこそが――
第五魔王の奈落王
アバドン!!

魔王《まおう》
勇者から「攻略無理」と言われたけど、そこはダンジョンじゃない。トマト畑だ
スローライフを満喫する 3
KING ENJOYS
THE SLOW LIFE
VOL.THREE
ICHIROBOU
PRESENTS
GC NOVELS
GC NOVELS

contents

追補

ichirobou presents.
illustration by Noy.

01 宴会は終わらない

ここは北の魔族領こと第六魔王国。

その魔王城のお膝下《ひざもと》たる岩山のふもとは、本来ならば夜の帳《とばり》が下りたばかりとあって、凛とした静けさに包まれる時分のはずだが……

今、この地は散々に抉《えぐ》れてクレーターができ、あたり一面にはぐつぐつと溶岩《マグマ》も吹き出て、もくもくと煙《けぶ》ってろくに見通せなくなっている。さっきからヤモリたちが「キュイ！」と大地の凹凸《おうとつ》を直して、イモリたちが「キュ！」と消火活動に当たって、コウモリたちが「キイ！」と風魔術で煙や硫黄の臭いを散らしたことで、何とかセロもやっと――死闘を繰り広げた相手、高潔の元勇者ノーブルの姿を捉えることができたほどだ。

そのノーブルはというと、片手剣を杖代わりにして片膝を地に突き、駆け寄って来たドルイドのヌフから法術での治療を受けつつも、

「降参だ。さて、これでセロ殿に全てを話すときが来たようだな」

そう言って、よろめきながらセロに改めて向き合った。

その直後だ。聖女パーティーがちょうど転送されて一人ずつ戻ってきた。

この地に大量に送り込まれて来た生ける屍《リビングデッド》を止める為に、王国の大神殿の地下へと向かったはずだが……意外にその帰りは早かったようだ。

ただ、セロは眉をひそめた。というのも、パーティーの中心にいる第二聖女クリーンが女聖騎士キャトルに肩を貸してもらってやっと歩けるといった瀕死の状態だったからだ。法術でも回復できないほどのダメージを向こうで負ったのだろうか。
とはいえ、そのクリーンはというと、責務に駆りたてられたかのようによろよろとセロの前に出てきて、全てを報告した――

「大神殿の地下から生ける屍を転送していたのは、第七魔王の不死王リッチでした。もちろん、そのリッチは討ち滅ぼしましたが、どうやら召喚された偽者《ダミー》だったようで……私ども聖女パーティーとしましては、これからすぐにでも王国に戻って、神殿の騎士団を総動員してでも憎き亡者どもを殲滅《せんめつ》し、必ずやセロ様の眼前にて彼奴《きゃつ》の魔核を叩き潰してご覧にいれましょう！」

もっとも、クリーンは勇ましくそう断言した後で、なぜかちらちらと怯《おび》えるような視線を周囲にやった。つい先ほどと地形がずいぶん変わっていたせいだ――リッチ如き雑魚《ざこ》を逃すようならば、貴様の顔面もこのようになるんだぞ――と、いかにも魔族らしい出迎えの演出、もといい脅迫なのではないかと、クリーンはひしひしと感じざるを得なかった。実際に、さっきからルーシー、夢魔《サキュバス》のリリンに加えて、ドルイドのヌフまでもがやたらとピリピリしている。セロに最大の戦果をもたらさなかったことで、彼女たちの顰蹙《ひんしゅく》を買ってしまったのかもしれない……

もちろん、ルーシーたちはセロが先のノーブル戦にて『隕石《メテオフレイム》』や『放屁《スカンク》』でやらかしたことに対して怒り心頭だったわけだが……そんな事情をクリーンは知る由もなかった。
というわけで、クリーンは頭と胃を同時に押さえつつも、「よよよ」と涙を流しかけた。何だか中間管理職の悲哀のようなものを感じざるを得ない状況だ。かつて王城の前庭でセロと婚約破棄してからこっち、なぜこうも強度の高い精神異常を受け続けなくてはいけないのか……

そもそも、クリーンは不死王リッチ討伐では傷一つ負っていないのだ。

これほどにクリーンを瀕死に追い詰めたのは……実は、人造人間《フランケンシュタイン》エメスの何気ない一言だった。

リッチの偽者の討伐など我関せずと、大神殿の地下にあった巨大転送門を調べていたエメスはその偽者が討たれるや否や、クリーンにこう話しかけてきたのだ――

「後日、この門には封印を施します」

「はい、承りました。第六魔王国の魔王城付近に座標を繋げている以上、それは仕方のない処置でしょう。大変、ご迷惑をおかけしました」

もちろん、座標を変えれば済む話ではあったが……この門で亡者を大量に転送して第六魔王国に多少なりとも損害を与えたばかりだ。今さら座標の変更だけで、封印はしないでくださいとは言い出しづらかった。

それにクリーンの実感として、セロやルーシーよりも、エメスの方がよほど怖くて反論する気も起きなかった。そもそも、かつては王国を滅ぼしかけた元魔王なのだ。下手に機嫌を損ねて、「やはり王国は殲滅します、終了《オーバー》」などと言われたら元も子もない……

「ところで、エメス様……その門については何か分かったのでしょうか？　特に、リッチが亡者を送った形跡などの証拠が残っていたら、私としてはとても助かるのですが？」

クリーンがおずおずと尋ねると、エメスではなく、共に調べていた巴《は》術士ジージが「そんなものは端《はな》から残っとらんよ」と頭を横に振った。その答えにクリーンは「はあ」とため息をついたものだが
――ここにきてエメスは余計な一言を加えた。

「形跡はともかくとして、この門の詳細が分かりました、終了《オーバー》」

その瞬間、ジージはエメスにちらりと不安げな視線をやった。

何だか良からぬ雰囲気だ。クリーンは嫌な予感がして、事前に頭と胃の両方を手で押さえて完全防御しながらエメスのさらなる言葉を待った。

そんなエメスはというと、珍しいことに満面の笑みを浮かべみせた——

「この門は奈落です。古《いにしえ》の文献で伝えられてきた『地獄の門』そのものです。ここを通って地下世界こと冥界にも行けるでしょう。何なら、これから地獄長サタン、蝿王ベルゼブブや死神レトゥスにでも挨拶に行きますか？　終了《オーバー》」

当然、クリーンが「なぜそんな物騒なものが王国の地下に……ぐふっ」と白目を剥き、七色の吐瀉《としゃ》物《ぶつ》を垂れ流して卒倒しかけたのは言うまでもない。

何はともあれ、高位の聖職者として『鋼の篤信《ライオンハート》』を有しているはずのクリーンがこれほどまでにまいっているとあって、セロはクリーンの報告を聞き終えてから、ノーブル同様に回復が必要だと判断したのか、

「なるほど。そんなことがあったんですね。リッチ討伐の件、本当にお疲れ様でした。とりあえず、ここで立ち話をするのも何ですし……まずはいったん宴会場に帰りましょうか」

と、結局のところ、こうしてセロの一言でふもとにいた皆は温泉宿泊施設に戻ることになった。

クリーンからすれば、大神殿の地下に魔王がいたことにもっとツッコミがくるかと、内心びくびくして身構えていたのだが、冷静に考えてみると——ここには高潔の元勇者ノーブルが魔族に、また光の司祭セロも魔王になって存在しているわけだし、さらにはそんな凶悪極まりない魔族たちと、聖女

パーティーや神殿の騎士たちがつるんでいる。

「もう、何がなにやら……」

クリーンはここ数日の出来事によって、そろそろ自我崩壊《アイデンティティクライシス》を起こしそうだった。いっそ元婚約者のセロを新たな主《しゅ》として崇《あが》め奉《たてまつ》ってもいい気までしてくるから不思議なものだ……

さて、温泉宿の宴会場に戻ってみると――

そこではちょっとした騒ぎが起こっていた。第六魔王国の料理長に就任したばかりの屍喰鬼《グール》のフィーアの姿がうっすらとなっていたのだ。

しかも、どうにも体調不良で、先程から妙な虚脱感を覚えるらしい。巴術士ジージがすぐに近づいて、フィーアの状態《ステータス》を見たところ、「これはもしや!」と、驚愕で目を見開いた。

「不死王リッチに何かあったのやもしれん。一般的に召喚士が死ぬと、召喚されたものも消滅する。ただ、この屍喰鬼の娘はすでに赤湯によって魔核を得ている。その定着がまだしっかりとしていないせいで、存在が希薄になってしまっているのじゃろうな」

そんなジージの指摘に対して、クリーンはすぐさま提案した。

「ならば不死王リッチの生存確認を急がないといけませんね」

「うむ。それもそうじゃが……さすがにもう夜も遅い。急《せ》いては事を仕損じるぞ。今はやはり……奴の話を聞くことが先決じゃろうて」

ジージがそう言って、ちらりと視線をやったように、今晩の宴会場での主役はやはり高潔の元勇者ノーブルだった。

そのノーブルはというと、セロたちに勧められるがまま宴会場の壇上に立って、いったん「ふう」

とゆっくり息を吐いて落ち着いてから、

「それでは百年前に起こったことを語るとしようか。その前に質問者が多くいると話しづらい。申し訳ないが、質問はセロ殿とジージに限ってもらってもよいだろうか？」

と、いったん尋ねた。もちろん、皆はこくりと肯《うなず》いた。

「それでは順に話していこう。まずは第五魔王の奈落王アバドンを討つに至った経緯からだが——これにはもちろん、私が勇者でアバドンが魔王だったという関係性以上に、当時の第六魔王こと真祖カミラと第三魔王こと邪竜ファフニールの存在が大きく関わってくる」

ノーブルがそう切り出すと、ジージが「ふむ」と合いの手を入れた。

「当時は王国領内で、その二人がよく凌《しの》ぎを削って喧嘩しておったな？」

「その通りだ、ジージ。特に王国の東領で魔王同士が戦っていると騒ぎになって、私たち勇者パーティーもよく出動させられたものだが……実のところ、その二人の魔王は王国を潰そうとしていたわけではなかった。むしろ、逆だった」

ノーブルがそう言うと、当然皆は首を傾げた。

ならば、なぜ、わざわざ王国内で争っていたのか？　普通に考えたら、王国を攻め滅ぼすのは自分なのだと、相手を牽制しているように見えるのだが？

「実は、その二人は——東の魔族領の『砂漠』で大量発生して、王国の東領に流れてきた蝗害の対応をしてくれていたのだ」

すると、そこでセロが「はい」と手を挙げた。

「すいません。蝗害《こうがい》とは何ですか？」

セロの質問に対して、人族側のほとんどは「うんうん」と肯いた。

「そうか。セロ殿は蝗害を知らぬか。たしかに王国ではもう百年ほども発生していないから、出身地によっては知らない世代が出てきても仕方のないことかもしれないな。蝗害とは一言でいうと、虫系のスタンピードだ。大量に発生して、家畜、田畑、草原や森林などを移動しながら喰い荒らしていく凶悪な魔物災害に当たる」

「ええと……それをなぜ、真祖カミラと邪竜ファフニールが止めてくれていたのですか？」

セロがまた質問すると、今度はルーシーが「そうか」と呟いた。

「もしや真祖トマトだろうか？」

「その通りだ、ルーシー殿よ。二人とも魔族領内に田畑や水源を持っていた。だから、蝗害を水際で食い止めたかったらしい。もちろん、当時の人族はそんな事情など知らなかったから、二人が王国の東領で暴れまわっている印象を受けたし、蝗害による被害のはずなのに二人の戦いによって受けたものと喧伝されたことだってあった」

「ふむふむ。そこまではわしも知っておるぞ。蝗害の発生源がアバドンであったことも。そして、真祖カミラと邪竜ファフニールから発生源であるアバドンを討てと、お主が依頼されたこともな」

「ああ。当時、アバドン討伐の際にジージにはある程度話していたからな。むしろ、ジージにとって理解しづらいのは――なぜ、この二人がアバドンの討伐ではなく、秘かに封印を依頼してきたかということの方だろう？」

ノーブルは逆にジージに尋ねてから、次いで全員を見回した。

どうやらすでに答えを知っている者がいるようだ。封印の当事者であるドルイドのヌフはもちろんのこと、それに加えてもう一人——古の魔王こと、人造人間エメスだ。

そのエメスが一言ずつ、ゆっくりと語りだした。

「簡単に推測できます。奈落王と言うぐらいですから、アバドンのもとにも奈落があったのでしょう、終了《オーバー》」

その言葉に対して、ノーブルはゆっくりと首肯してみせた。

「そういうことだ。アバドンはもともと天使だったそうだ。かつて東には強大な帝国があって、天使アバドンを中心にして、奈落から凶悪な魔族が這い上がってこないように守護していたらしい。だが、あまりにも長い年月が経ったことによって、アバドンは奈落の瘴気《しょうき》か何かで呪われて魔族に変じた。その結果として、奈落王となったアバドンによって帝国は滅ぼされた。しかしながら、アバドンは奈落に蓋《ふた》をするという目的だけはなぜか遂行し続けて、呪いという名の膿《うみ》を吐き出す為に蝗害を世界中にばらまき始めた」

ノーブルがそこまで語ると、宴会場はしんと静かになった。

まず帝国という国家が耳慣れなかったし、それに天使という存在も理解しづらかった。

セロたち王国で育った者からすると、よほど古い文献を好んで読まない限り、滅多にお目にかかれない言葉だ。もっとも、さすがにジージは年季が違ったらしい。

「なるほどな。それでアバドンを討てなかったわけか。つまり、下手に討伐でもしてしもうたら、奈落が開いて地下世界の魔族どもが大手を振って出てきてしまうということじゃな？」

「そういうことだ」

「じゃが、それはそれで何とも妙な話じゃな」

「ふむん。妙とは？」

ノーブルが疑問を呈すると、ジージは顎鬚《あごひげ》に手をやりながらこぼした。

「地上の魔王たち――真祖カミラや邪竜ファフニールにとっては、逆に地下世界の魔王と連携が取れる良い機会ではないか？　それこそ大陸を、何より天界を攻めて、また古の大戦を起こすこととて可能なはずじゃろうて。なぜ、そんな機会をみすみす逃すような真似をしたのじゃ？」

ジージはそう言って、エメスに向けてちらりと視線をやった。

だが、エメスは頭を横に振るだけだった。古の時代から生存しているとはいえ、エメスは長らく魔王城にて囚われて、休止状態《ハイバネーション》だった。そういう意味では、現代に下るほど知らないことが増えていくのだろう……

また、ルーシーも、リリンも、母たる真祖カミラからは何も聞かされていないようだ……

ジージは「ふむう」と煮え切らない表情を浮かべつつ、ノーブルに話の先を促した。

「たしかに私もその点は気にはなったよ。だが、何にしても真祖カミラと邪竜ファフニールから出された依頼は、蝗害が年々ひどくなってきて、そろそろ手がつけられなくなってきたので、奈落ごとアバドンを封印してほしいという内容だった。どうやら二人の魔王は拠点を長く離れることができない事情があるらしい。もちろん、二人の言葉を信じるかどうか、ずいぶん迷ったものだが……少なくとも、二人がこれまで長らく蝗害による被害を抑え込んでくれたのは間違いなかった。その点では私も利害が一致した。そして、封印と言えばドルイドと謳われていたので、私は『迷いの森』に赴いて、ヌフに全てを説明して協力を仰いだわけだ」

そこでいったん言葉を切ってから、ノーブルはヌフにちらりと探るような視線をやった。

すると、ヌフは「ふう」と小さく息をついてから、ノーブルに対して「別に話してもらっても構いません。当方の不手際だったのですから」と言った。

「分かった。その結果、アバドンと戦って弱体化させ、封印する直前までいったのだが……ヌフ一人の力では無理だった。アバドンの配下も多くいる中で、封印に集中することができなかったのだ。そこで即席ではあったが、封印がもう一つ必要となった」

すると、ジージがぽんと手を打った。

「なるほどな。それでやっと合点がいったわい。本物の聖剣を封印の為に使用したわけじゃな？」

ジージの問いかけに、ノーブルはこくりと肯いた。

直後、セロも、エメスも、またもちろんクリーンも――「本物？」と眉をひそめた。

「その通りだ、ジージ。私はアバドンに聖剣を突き刺してその動きを封じ、私の魔力経路《マナ》と同調させる格好でもって封印を施した。つまり、アバドンには私自身を触媒とした聖剣による封印と、ヌフの魔術による封印の二つで対処したわけだ。ただ、私が死ねば、一つ目の封印が解かれる。人族の寿命は短い。だから不死者になることに決めた。王国で私の流刑が決まったとき、当時の聖女と相談して、この第六魔王国の岩山のふもとへと送ってもらったのだ」

そこでセロが、「はっ」となった。

「魔王城と『迷いの森』との中間に送られたということは……もしかして、当時の聖女やドルイドのヌフだけでなく――真祖カミラもあなたを匿《かくま》う協力者だったということですか？」

「そういうことだ。こうして私は呪いを受けて魔族になって、隠れ住む為に湿地帯と『迷いの森』の間にこっそりと家を築いた。まあ、いつの間にか、呪人たちが集まる砦になっていたがね」

ノーブルが自嘲気味に言うと、リリンが「良い場所じゃないですか」とフォローした。その言葉にノーブルは微笑で返してから、改めてセロに向き直った。

「これが百年前の真実だ。アバドンはいまだに封印されている。だが、それを解こうとする者たちが百年間、王国でずっと暗躍してきた。おそらくあのとき倒せなかったアバドンの配下が蠢《うごめ》いているのだろう。自らが魔王になるのではなく、アバドン復活を目論むほどだから、よほど忠誠心が高い魔族らしい。何にせよ、封印は私かヌフのどちらかが倒れれば解かれる可能性が高くなる。これまでヌフは『迷いの森』にいたので狙われずに済んだが……それでも聖剣の封印を施した私を捜して、吸血鬼のブラン公爵の手下や勇者パーティーなどが第六魔王国を彷徨《さまよ》ってきた」

この発言には、ルーシーも、聖女クリーンも顔色を変えた。

ルーシーからすれば、ブラン公爵と勇者パーティーを使ってまで真祖カミラ討伐を企図した者の正体が薄々と見えてきたからだし、またクリーンからすれば、勇者パーティーを動かせる位置にいた者――要は王族に近しい立場の者が王国を陰で牛耳ってきたとはっきり理解したからだ。

「さて、ここからは私の頼みだ」

ノーブルはそれだけ言うと、セロにもう一度だけ向き合った。

「どうか第五魔王の奈落王アバドンを私と共に討ってほしい。もちろん、ただでとは言わない。砦そのものを第六魔王国の支配下に置いてくれても構わない。あの砦は大陸において人族と魔族の唯一の交易の出島みたいになっていて、小さいながらも王国に匹敵する収益を得ている。そもそも、この魔王城から流れ込んだ宝物も多々あるしね。そう言われると……どうだ？　取り戻したくなるだろう？」

ノーブルがそう言ってウィンクすると、リリンが「やベ」といった顔つきになった。持ち出した金銀財宝がまだ棺の中に相当に残っているのだ。

もっとも、セロは疑問を投げかけた。

「それでは奈落の封印が解けて、地下世界から凶悪な魔族が出てくるのでは？」

ノーブルはその問いに対して、突き上げてくるような思いに駆られるままに語った。

「セロ殿。これは元勇者としての意地なのだよ。私は宿敵、第五魔王アバドンを討った後に、奈落を下りて、第四魔王こと死神レトゥス、第二魔王こと蠅王ベルゼブブ、そして第一魔王こと地獄長サタンも討ちに行くつもりだ。だからこそ、下りて行った後の奈落の守護、もしくは再度の封印をお願いしたい」

ノーブルはそう言って、深々と頭を下げた。

それは元勇者としての矜持なのか。あるいはノーブルの本性からくる高潔すぎる意志なのか——いずれにしても、ノーブルは顔を上げると、セロに向けて微笑でもって懇願した。

「やはり、我儘《わがまま》に過ぎるかね？　だが、私は元勇者として、どうしても奈落の底に潜む者たちと戦ってみたいのだ……もしかしたら、私も根っからの魔族になってしまったのかもしれないな」

ノーブルの告白で、宴会場は再び静まりかえった。

百年間も溜め込んできた事実の重みに、皆が堪えきれずに言葉を失ったのだ。

その間、ノーブルはセロを見つめ続けたが、さすがのセロでも即答しかねた。お金がすっからかんな第六魔王国にとってノーブルの提案は何より魅力的だったものの、本当にアバドンを討った後に奈落を守護、もしくは封印できるのかどうか判断がつかなかったし、改めてルーシー、人造人間エメスやドルイドのヌフと相談したかった。

そもそも、北の魔族領すら統治し始めたばかりなのに、東にまで攻め込むというのは手を広げ過ぎだ。それに北東には偏屈で有名なドワーフたちが治める『火の国』だってある。ドワーフは基本的にエルフ以上に人族や魔族と関わりを持たない種族なので、これまでは無視できたが、領土が広がり過ぎれば彼らを刺激する可能性が生じかねない……

だから、セロがノーブルに「答えはもう少し待ってもらってもいいですか?」と応じたら、

「もちろん構わないよ。しかしながら、私がここに滞在している間に答えを頂けると助かるかな」

「どれくらいここにいる予定なんですか?」

「そうだな……一週間ほどだろうか」

「分かりました。それまでには検討して、答えを出します」

「ありがとう。助かるよ」

ノーブルはそう言って、肩の荷が下りたような顔つきになった。

一方で、宴会場は相変わらず静寂に包まれていた。特に人族側——聖女パーティーと神殿の騎士たちは、魔族が敵なのか、味方なのか、これまでなら即答できた価値観に楔《くさび》でも打ち込まれたかのよう

に、どこか呆けた表情をした者たちばかりだった。

そんな状況に対して、セロも「はてさて、この空気をどうしたもんかな」と困っていたら……意外なことに女聖騎士キャトルが「はい！」と勢いよく手を挙げた。

「どうしてもセロ様にお伝えしたいことがございます」

キャトルはそう言って、すっくと立ち上がってから深々と頭を下げた。

「過日の非礼をお詫びさせてください。セロ様には勇者パーティーにいた際にあれほど助けていただいたというのに、その恩を仇で返すような真似をして、本当に申し訳ありませんでした！　頭を丸めろということならばっさりと切ります。指を詰めろというならここで切り落とします。いかなる罰も受けますので、どうかお許しください！」

それを聞いてセロは遠い目になった。ていうか指を詰めるっていったい……

武門貴族筆頭のヴァンディス侯爵家はいったい娘にどういう教育をしているのかとツッコミたくなったものの……そうはいってもセロからすると、勇者パーティーにいたときキャトルにそんなに親身になってあげた記憶はなかった。

たしかにパーティーを守護すべき聖騎士に代わって敵の攻撃を一身に受けることは多かったが、今となってはそれも自動《パッシブ》スキル『導き手《コーチング》』のせいで、敵から真っ先に狙われていたと知っている。

だから、セロが「うーん」と、答えに窮していると――

今度はモンクのパーンチがガタッと、いきなり指先まで真っ直ぐにして直立不動の姿勢で立ち上がった。

「オレからも改めて詫びたい。すまんかった！　セロの力なしでどんだけ通用するのか知りたかったんだ。きっと真祖カミラを倒したことで図に乗っちまったんだろうな。そこの人狼《アジーン》にこてんぱんにやられて、井の中の蛙《かわず》だったと目が覚めたよ。本当にセロには迷惑をかけた！　いっそ、ここでオレを一発殴ってくれ！　いや、一発だけでなく何発だっていい！　セロの気の済むまでやってくれ！　そうでないとむしろオレの気が済まん！　頼む！」

そう言って、パーンチは「ほれ」と左頬を差し出した。

セロは驚くしかなかった。パーンチはたしかに竹を割ったような性格だが、こんなふうに誰かに詫びるなんて、駆け出し冒険者からの長い付き合いの中でも初めて見た。

というより、今のパーンチは何だか憑き物でも取れたかのような顔つきだ。すぐ隣に座っていたダークエルフの双子のドゥが「よいこよいこ」といったふうに、パーンチの腰のあたりを撫でてあげている。もしかしたら、そんなドゥに絆《ほだ》されたのかもしれない……

とはいえ、今のセロの力で何発も殴ったら、それこそパーンチは消し炭になるに違いない……

「さあ、殴ってくれ！　セロ！」

パーンチがしきりに主張するも、セロは論点をずらすことにした。

「いやいや……急にどうしちゃったのさ？」

「まあ、何ていうか……この坊主と話していたら、故郷のことを思い出しちまってな。そろそろ、田舎にでも帰ろうかと考えたんだよ」

パーンチは相変わらずドゥを少年だと思っているようだったが、ドゥが全く気にしていないので、セロはあえて誤解をとかなかった。

「田舎に帰る？　あんなに戦闘狂だったのに？　もしかして、冒険者稼業だけでなく、聖女パーティーまで辞めるつもりなの？」

「ああ。このパーティーで最後にするつもりだ。田舎で子供《ちび》どもの面倒でもゆっくりとみることに決めたのさ。ある意味で、この国に来たおかげだよ」

パーンチはそう言って、ドゥの方をちらりと見た。

ドゥはこくこくと肯いている。どうやら二人の間に不思議な友情が芽生えたようだ。

その直後だ――

今度もまた、ガタッと。第二聖女クリーンまで立ち上がった。そして、クリーンはセロの前にゆっくりと歩むと、その場で土下座をしてみせたのだ。

「えええええ――っ！」

と、これにはさすがにセロも驚きの声を上げた。

というのも、聖女は基本的に王国の現王にすら頭を下げない。会釈などの簡単な立礼は別として、大神殿を代表する聖職者なので、その謝罪は神の名に傷を付けかねないとみなされるのだ。そんな聖女クリーンがついにセロに対して泣いて詫びた。

「セロ様。申し訳ありませんでした。全ては私の不徳とするところです。セロ様との繋がりで教皇を、バーバル様との繋がりで王国の中枢を――二兎を追って全てを失ってしまった惨めな私をどうかお笑いください。何もかもが私の浅はかさによるものです。許してくださいと言える立場ではないことは私自身が一番よく分かっております。だから、今はただ、私の謝罪をお聞きください。何でしたら……亀甲《きっこう》縛りの上に国中引き回しでも、石抱《いしだき》でも、水責めでも、蝋燭《ろうそく》責めでも構いません。どうか……いえ、是非とも、私めに何かしらの責め苦をお与えください」

責め苦というより……それは別の業界でご褒美というのでは……？

と、セロは元婚約者の知られざる性癖を知らされて、また遠い目になったわけだが……聖女にだけ土下座はさせまいと、パーンチもキャトルも我先にと額を地に付け始めたとあって、そんな三人に対して、

「当時だったら悔しくて許せなかったかもしれないけど……そのおかげで僕には新たな仲間も、絆も、何より成長もできました。皆を許します。水に流しましょう」

セロがそう答えると、三人とも涙を流した。

そんな謝罪合戦とでも言うべき雰囲気に飲まれてしまったのか、モタも「ごめんよー」と大声で泣き出した。ついでに、神殿の騎士たちもなぜかクリーンに謝り出した。

「クリーン様！　申し訳ありません！」

「クリーン様一筋のはずが……夢魔の女給さんたちに色目を使いました！」

「俺はルーシー様やリリン様の中に美の何たるかを見出しました。これでは大神殿の敷居をまたげません！」

「僕はダークエルフのエークさんが素敵だなって……」

そんなふうにどうでもいい告白をするものだから、クリーンも「あ、そう？」と片頬を引きつらせた。

さらに、人狼のメイド長チェトリエがアジーンに対して、秘蔵の燻製肉をこっそり食べていたことを謝っていた。アジーンはというと「犯人はお前だったのか？」と驚愕していた。

また、セロにしても、さっきから不機嫌なルーシー、リリンとドルイドのヌフに「申し訳ない」と

手を合わせた。そんなタイミングで近衛長のエークがエルフの狙撃手トゥレスに近づいて、

「貴様も何か言うことがあるのではないか？」

「セロにまつわることならば、私は不干渉であった。何ら謝罪することは――」

――ないと言いかけて、ヌフにじろりと睨まれたせいか、トゥレスはびくりと体を震わせた。

「い、いや……たしかにダークエルフには迷惑をかけたな。それにセロにもあのとき助け船を出してやれなかった。双方共に申し訳ない」

偏屈で有名なエルフが謝ったことで、会場の皆は珍しいものが見られたといった雰囲気になって、少しばかりしめっぽさが緩和された。

何より、屍喰鬼のフィーアの状態が落ち着いたこともあって、料理の提供が再開して、赤湯をまだ堪能していなかった者も入浴し始めて、その晩は人族も魔族も分け隔てなく温泉宿での宴会を心から楽しむことができた。

もちろん、聖女パーティーとしては、王国にいる不穏な存在が気掛かりですぐにでも出立したかったが、夜も更けてきたので騎士団と共に一泊することにした。

こうしてその晩、寝床に就く前にそれぞれが思い至った――

英雄ヘーロスは魔族にも話が分かる者がいると知って不思議な思いだった。同時に、呪いの悪用に関わっている大神殿の闇を暴きたいと改めて目標を立てた。

女聖騎士キャトルは王国に巣食う者たちに対抗できる実力を付けたいと願い、またモンクのパーンチは故郷の子供たちに思いを馳せてぐっすりと眠った。一方で、狙撃手トゥレスはノーブルの話の中に奈落が出てきたことで、古の盟約について考えを巡らしつつも、夜半に独り言をこぼした。

「いまだに天族に束縛されなくてはいけないとは……全くもって不自由な身だよ」

同室で寝ていた巴術士ジージは片眼をわずかに開けるも、エルフの事情には干渉せずにおくことにした。そして、王国に帰ったら身辺整理でもしてここに戻ってくる算段を立て始めた。たとえエメスの助手でも構わない。どのみち老い先短い命だ。せめて研究に没頭できる環境に身を置きたいと決意を固めた。

そんな男性部屋から離れた一室では、小さなため息がこぼれた――

「何だか、不思議と頭痛も胃痛も和《やわ》らいだ気がするわ」

クリーンは宿の窓から第六魔王国をぼんやりと眺めた。

封印や認識阻害によって魔王城は全く見えない。だが、豊かな緑に囲まれて、夜も休むことなく、ヤモリ、イモリやコウモリたちが田畑、街道や地下通路などを拡張し続けている。

そんな超越種の仕事ぶりだけで、この国はこれから地上世界の中心になっていくのだろうと確信できる。それほどの勢いがある。力もある。それに比べて、果たして王国はどうか？

「この魔王国に来てからというもの、王国の王族も、大神殿の聖職者も……何もかもが固陋《ころう》で奇怪に見えてくるのだから不思議なものよね」

本当にそんな王国に、聖女としてこの身を捧げていいものだろうか……

少し前なら魔族や魔王など、討伐対象としかみなせなかった。だが、今のクリーンにとっては、馴染みあるものの方がよほど信頼できなくなっていた。

「いったい、誰を頼ればいいというのかしら……」

クリーンはそう呟きながら、隣のベッドですやすやと寝息を立てているキャトルの寝顔を見つめつつ、眠れぬ夜を過ごしたのだった。


「さあ、モタ。今度こそ城を案内してやるぞ」

夢魔のリリンはそう言って、温泉宿泊施設の宴会場から魔女モタの手を引いて魔王城正面の前庭までやって来ていた。

もちろん、魔王城にはドルイドのヌフによる封印がかかっていて、二人には岩山のてっぺんを削り取ったみたいな高台にしか見えなかったが、リリンが懐から土竜ゴライアス様の血反吐《ちへど》の入った小さな瓶を取り出すと、突如、大きな山城が二人の眼前に現れ出てきた。

「おおー、しゅごい！」

モタは感嘆の声を上げた。

闇魔術に長けているだけあって、この封印がどれほど高度な術式かすぐに理解できた。

ちなみに、この血反吐の瓶が封印の触媒の一種となっていて、これを持っていればたとえ封印や認識阻害がかかっていても惑わされずに済む。もちろん、リリンが姉のルーシーから借りてきた物だ。

「ささ、入りたまえ」

そんなリリンがご機嫌で城内にモタを誘うと、一階の大広間には人狼の執事アジーンをはじめとして、人狼メイドたちが二列になって出迎えてくれた。

「お帰りなさいませ、リリン様！」

実に、数十年ぶりの帰城にリリンは「た、ただいま……」と、つい涙ぐみそうになった。しばらくの間、大広間の入口に突っ立って、ふるふると小さく震えていたくらいだ。

「ねえねえ、リリンさんや」

「な、何だよ……モタ？」

「何なら、今日はリリン一人きりでゆっくりと休んでもいいんだよ？」

「大丈夫さ。ぼくがモタを誘ったわけだし……せっかくここまで来たんだから、ぼくの部屋でゆっくりと今回の旅のことでも語り明かそうじゃないか」

リリンはそう強がってみせたものの、さっきからぐずぐずと洟《はな》をすすっていた。

かつて世話になった人狼メイドたちの笑みに感極まっているのだ。もしかしたら、もう二度とこの城に足を踏み入れることはないとでも考えていたのかもしれない。少なくとも、こんなに早く帰城するとは想像だにしていなかったはずだ。

何にせよ、リリンはモタの左腕をギュッと強く引っ張って、左側の西棟に入った。

ただ、西棟は新設されたばかりとあって、リリンも「おや？」とわずかに首を傾げた。というのも、いきなり魔王城には似つかわしくない修道院が目に入ってきたからだ。

すると、二人に付き従っていたアジーンが説明をしてくれた――

「こちらは聖職者でもあったセロ様たってのご希望で建立された聖堂になります。いずれ第六魔王国で子供たちが生まれたら、ここでセロ様を信仰する教育を施したいとのご意向です」

もちろん、セロ信仰など、本人はさっぱり望んでいなかったが……

モタは思わず、「ほへー」と、聖堂の煌《きら》びやかさに声を上げた。なぜか壇上に大きな首なし像があって、手に持っている杯から血反吐がどぼどぼとこぼれていたが、そこらへんは気にしないことにした。きっとセロも魔族に変じたことで、趣味嗜好が多少変わってしまったのかもしれない。

「そうそう、アジーンさんだっけ？」

「さん付けは必要ありませんよ、モタ様」

「じゃあ、わたしも様はいいよ。ええと……アジーン？」

「ふむん。それでは——何だね、モタ？」

「セロってば、どういった経緯で魔王になって、バーバルたち勇者パーティーを返り討ちにした上に、クリーンたちの聖女パーティーを迎え入れたの？」

モタの質問にリリンも興味があったので、聖堂の椅子に座って、アジーンの話に耳を傾けた。

……

……………

………………

「へー。そんなことがあったんだあ」

「うむ。だから、第二聖女のクリーンやモンクのパーンチは今回再訪となったわけだ。『迷いの森』から来たモタたち一行とは、たまたまここでかち合ったといったところだな」

「なるほどにい。結局、バーバルはどうなったのか分からずじまいかあ」

「いや。先ほど神殿の騎士たちから聞いた話では、王国のどこぞの塔上で蟄居《ちっきょ》となったそうだぞ」

「ふむう」

モタはつんと下唇を突き出した。

駆け出し冒険者の頃みたいにモンクのパーンチ含めて四人で馬鹿騒ぎをしたかったが、どうやらそれはまだまだ先のことになりそうだ……

するとと、今度はリリンがどこか感慨深げに呟いた。

「しかし、あの堅物だった姉上が……まさか同伴者《パートナー》を見つけるとはなあ」

「それには手前も驚かされました。何せ真祖カミラ様が討たれたと聞いて、急いで人狼たちを集めて城に駆けつけてみたら——あれほどのお力を持ったセロ様を新たな魔王に立てて、ねんごろになっていらっしゃったのですから」

「ねんごろかあ。そういや、モタとしてはいいの？」

「なにがー？」

「セロ様を姉上に取られちゃったんじゃない？」

「取られたって……物じゃあるまいし、そもそも、セロにはクリーンっていう婚約者がいたし、どっちかって言うと、わたしはセロの姉みたいなもんよ。魔王の姉。いわば、魔王セロの一段上だね。にししし。苦しゅうないぞ。控え居《お》ろー」

「………………」

これは図に乗らせたらいけない性格《タイプ》だなと、リリンはもちろん、アジーンもすぐに気がついた。

何にせよ、これまでの経緯は分かったので、次はリリンの私室に案内してもらおうと、モタは立ち上がった。聖堂の隣は武器庫、次いで『騎士の間』になっていて、そこではダークエルフの精鋭こと黒の騎士団がもう夜なのに熱心に稽古をしている。

そんな修業の邪魔にならないように、そそくさとリリンたちは廊下を進んで、真祖カミラの私室に当たる塔の前を過ぎ、ついに北棟までやって来た。そこには三つの部屋が並んでいる。

「ほむほむ。ここがリリンの部屋かー」

「そうだ。左が姉上の部屋で、中央がぼくで、右が妹になる」

「三姉妹なんだっけ？」

「うむ」

「そいや、お姉さんのルーシーはさっき見かけたけど……妹さんは？」

「知らん。どこぞで男漁りでもしているのではないか」

リリンがつっけんどんに返したので、モタも「ふうん」と、それ以上は追及しなかった。

「それでは、手前はこれで失礼いたします。部屋はリリン様がいらっしゃらなかった間もきれいに整えておりましたので、ご不便はないはずですが……何かございましたら、鈴を鳴らしてメイドたちをお呼びくださいませ」

アジーンはそう言って頭を下げたものの、ちょっとした嘘が含まれていた……

というのも、リリンがいなかった間、妹たちの部屋はルーシーのファンシーグッズの物置にされていたのだ。今日の午後のうちにダークエルフの近衛長エークがひいひい言いながら、何とか地下に運び出してくれて本当に助かったと、このときばかりはアジーンもエークに感謝した。

そんなアジーンの心中など知らずに、リリンは両腕をいっぱいに広げてみせた。

「さて、モタ。改めてぼくの部屋にいらっしゃい！」

「ほいよー。じゃあ、お邪魔しまーす」


最初はモタも第六魔王国にいる間は夢魔リリンの部屋に転がり込むつもりでいたのだが……

「どうだ。この棺も中々に上等だろう？」

と、棺にまつわる多種多様な自慢を延々とされて、このままではモタまで棺で永眠させられてしまうとちびったので、夜更けになった頃に仕方なく、

「リリンさんや……見てごらん。いやあ、月がきれいだねえ」

モタは正座して「ずずず」とお茶をすすりながら、窓際までリリンを誘い込んでからの——

乾坤一擲《けんこんいってき》。

即座に背後に回って、魔杖でぼこりんっとリリンの後頭部を打ちのめした。

本当ならば、『睡眠』や『気絶』などのやんわりとした闇魔術でリリンの意識を刈り取りたかったのだが、リリンは夢魔とあって、高い精神異常耐性を有している可能性があったので、モタとしてはついついい、「えいやっ！」と、物理的にやっちゃった次第だ……

窓際がいかにも血塗れの殺人現場みたいになってしまったものの、モタは手持ちのポーションをリリンに塗りぬり……傷だけはすぐに治してあげてから、倒れているリリンに両手を合わせた。

「ごめんよー、リリン。不慮の事故だったんだよー」

悪びれもせずにそう言ってのけて、「さあて」と顎に片手をやって考え込んだ。

そのままリリンを棺の中に入れて、モタ自身は部屋の隅っこで毛布にでも包《くる》まって寝ても良かったのだが、せっかくだから魔王城内でも見て回って、空き部屋があったら借り受けようかと思いついた。ためしにリリンの私室の扉をゆっくりと開けて、ちょこんと顔を出してから廊下を窺《うかが》うと、そこには先ほどはいなかったダークエルフの精鋭が二人、立哨《りっしょう》してくれていた。

「おや？　お客様……どうかなさいましたか？」

「あー。いやあ、ええと、そのですねー。ちょっと……トイレ？」

「でしたら、こちらにございます。ご案内いたしますよ」

そう丁寧に返されたものの、モタは別にトイレに行きたかったわけではないので、「だ、だ、大丈夫」と挙動不審に答えつつも、目敏く壁に張り付いているヤモリを見つけて、

「この子に一緒に行ってもらうから」

そう言って、ヤモリに「おいで」をして、ちょこんと頭の上に乗せた。

「キュイ！」

意外なことにヤモリも満更ではなさそうだ。

立哨していたダークエルフの精鋭二人はそんな仲の良さに戸惑ったものの、ヤモリが付いていれば問題ないかとでも考えたのか、

「それでは、お客様をよろしくお願いします」

「キュキューイ！」

こうしてモタとヤモリの魔王城探索が始まった――

モタは早速、さっきとは逆にある東棟に入って、廊下の角から様子を窺った。

今はまだセロが温泉宿泊施設にいるとはいえ、ここにはセロの寝室があるので警備が厳重だ。部屋の前には黒の騎士団が二人立哨していたし、廊下だって見張りが行き来している。

「むむう……」

「キュイ?」

「いやさ。さっき西棟を見たから、今度はこっちを回ってみようかと思ったんだけど……これじゃあ厳しいよね。そもそも、通り過ぎることもできそうにないし」

すると、ヤモリが「キュイ」と小さな手で何かを差した。それは真祖トマトの木箱だった。ちょうど空箱になっている。

「もしかして……これに隠れろってこと?」

「キュイ!」

モタは早速、木箱に隠れてこそこそと移動を始めた。

もちろん、そんなことをしてもすぐに見つかるだけだと思われるかもしれないが――このとき、モタは自身に認識阻害をかけた。

封印同様に認識阻害も触媒があれば強力になる。今、ヤモリがわざわざ触媒になってくれたこともあって、ダークエルフの精鋭たちからすれば、眼前にたまたま真祖トマトの木箱がぽんと置かれただけで、そこに誰かがいるとは認識ができない状況に陥《おちい》ってしまった。

おかげでモタはヤモリを頭に乗せて、空箱を被る格好でごそごそと東棟を通過できた。

「さてと――」

「キュイ」

「うまくいっちゃったね」

モタは木箱の隙間から魔王城の入口広間を見た。

リリンを出迎えたときとは違って、さすがに人狼メイドたち全員勢揃いではなくなっていたが、黒の騎士団がここでも立哨して、また幾人か人狼メイドたちも夜勤で動き回っている。

今はちょうどそんな人狼メイドたちに執事のアジーンが声をかけるところだった。

「それでは、手前は温泉宿に戻る。宴会が落ち着いたら、給仕の手伝いをしているメイド長のチェトリエをこちらに戻すから、彼女の指示に従ってくれ」

アジーンはそこまで言って、外套《がいとう》を身に纏ってから、「ん?」と、ぴくりと鼻先を動かした。

そして、東棟の入口に視線をやる。どうやら不自然な木箱に首を傾げているようだ。これにはさすがにモタも「げっ」と呻《うな》った。だが、アジーンは「ふむん」と小さく息をついて出ていった。

「ふひー。ちびったあああ。やっぱ人狼ってすげーね」

モタは素直に感嘆を漏らした。

おそらく見逃してくれたのだろう。ヤモリと一緒にいることまで見抜いたのか。はたまた、モタに害意がないと判断したのか。

何にせよ、モタは人狼メイドたちが入口広間にいないうちに木箱を被りながら、ぴょんぴょんと器用に跳びはねて大階段を上って、『玉座の間』の回廊前までやって来た。さすがにここは分厚い門扉で塞がっていて中までは窺えない。

「まあ、いっか……どのみち玉座じゃ寝れないしねー」

モタはそう呟いて、二階の西棟に回った。

調理場や食堂がある場所だ。そこでモタはぼこんっと誰かにぶつかった。

どうやらぶつかってきた者は二人組で、一人が眠そうなもう一人の手を引っ張って、ここまでやって来たようだ。そのおねむな方が木箱にぶつかってしまったらしい――

「いたっ」

「大丈夫？　ドゥ？」

「うん」

ダークエルフの双子のドゥとディンだ。

ドゥがぶつかって倒れかけたので、ディンは素早く腕を絡めて止めてあげた。

「ん？」

ディンは咄嗟《とっさ》に目を細めた。

そして、眼前の木箱の怪しさに気づいて「うーん」と首を傾げた。ここらへんはさすがにドルイドのヌフに次いでダークエルフの中で闇魔術に長けているだけはある。

「何でこんなとこに真祖トマトの木箱があるんだろ？　人狼メイドさんたちが調理場に運んでいる最中なのかな？」

「だれか……いるよ」

「この箱の中に隠れているってこと？」

「う、ん」

その返事にディンは一歩だけ後ろに下がって警戒したが、ドゥがうつらうつらと木箱に寄りかかって寝かけたので、真実を見抜く巫女の力を持つドゥが不審に感じていないこともあってか、

「じゃあ、これ、一緒に持ち上げてみるよ。いい、ドゥ？」

そう声をかけた。ドゥは目をごしごしさせながらも、「むー」と付き合ってあげる。

「せえーの！」

「の」

「ぎょえええ！」

こうしてモタは絶叫と共にドゥとディンに出会ってしまった。これから第六魔王国で親交を深めていくことになる、ちびっこ三人組の邂逅《かいこう》だった。


「あちゃー、見つかっちったかあ」

「キュイ……」

モタが頭にヤモリを乗せながら「残念無念」と呟くと、ダークエルフの双子のディンが「え？」と目をぱちくりさせた。

「たしか……魔女のモタ様でしたっけ？」

温泉宿泊施設の宴会場でセロに抱きついた衝撃が大きかったのか、さすがにディンはモタのことをよく覚えていた。いまだに眠たげなドゥも、大好きなセロに対して大胆なことをやってのけたハーフリングとして認識していたので、「むむっ」と敵対心からか口の端を引き締めた。

もっとも、モタはいかにも親しげに言った。

「様付けはいいよ。これからはモタって呼んでー」

「では……モタ。こんなところでこそこそと、いったい何をしているのですか？」

「ですかっ？」

ドゥは相変わらずディンの言葉尻をなぞるだけだったが、モタは気にせずに二人を交互に見つめながら答えた。

「いやあ、リリンの部屋にお呼ばれしたんだけどさー。さすがに棺で寝るのは憚《はばか》られてね。リリンは先に寝ちゃったから、こうして寝床を探していたんだよー」

「そうだったのですか。それにしては……なぜ真祖トマトの空箱に隠れていたのです？」

モタは「ギクッ」と呻って、両方の人差し指の先をつんつん合わせながら答えた。

「ほら、それはあれだよ、あれ……ちょっとした大冒険ってやつ？」

「キュイ！」

ヤモリが鳴いたので、ドゥも、ディンも、それ以上は追及しなかった。

そもそも、ヤモリ、イモリやコウモリたちは魔物《モンスター》ながらも土竜ゴライアス様の眷属だ。ダークエルフは長らく土竜を信仰してきたから、モタがヤモリと親しくしているだけで信用できる人物とみなせた。

「では、大冒険をまだ続けますか？　それとも、どこか寝室まで案内しましょうか」

ディンは丁寧に対応した。一方でドゥはというと敵対心はどこへやら、もう完全におねむだ。

モタが隠れてきた木箱に寄りかかって、「すぴー」と眠りかけている。ディンはやれやれと肩をすくめて、ドゥを背負ってあげてから、「どうしますか？」とモタに視線を戻した。

「寝室って……どこにあるの？」

「三、四階です。そこが使用人たちの階層《フロア》になっています」

「ほへー。じゃあ、空き部屋があるってこと？」

「はい。たくさんありますよ。三階が人狼メイドや吸血鬼たち、四階が私たちダークエルフで使い分けています。そのうち、四階はまだまだ空きがあります」

「わたしも行っていいかな？」

「来る分には構いませんが……さすがに部屋を借り受けるのでしたらセロ様かルーシー様、もしくは執事のアジーンさんにお声掛けいただかないと……私の一存では決められません」

「そかー。てか、ディンって、すげーしっかり者さんだね」

モタに褒められて、ディンは「えへへ」と年相応に照れた。

ダークエルフは長寿の種なので、見た目で年齢は分かりづらいとはいえ、ディンくらいの少女ならば背負っているドゥみたいに甘えて然るべきだろう。それなのに今見知ったばかりのモタにこれだけ対応できるのだから大したものだ。

モタは背格好がさほど変わらないディンに「いいこいいこ」してあげた。

すると、モタの人の好《よ》さにディンはすぐに打ち解けたのか、「では、私に付いてきてください」とまずは三階に案内した。

魔王城の三階へは隠し階段みたいな小階段で上がる。

使用人の階層に繋がっているので、階段そのものに認識阻害がかかっていて、城を訪れた貴賓たちの目に留まらないようにしてあるわけだ。その為、見えない小階段とあって、三階、四階には嗅覚の鋭い人狼、認識阻害などに長けた吸血鬼、それらに加えてダークエルフでも精鋭たちしか住んでいない。

また、東棟の一階にある広い空き部屋や二階にある『貴賓の間』とは異なって、ここから先には使用人たち向けの小部屋しかない。ただ、三階は人狼メイドたちの仕事場も兼ねていて、裁縫場や洗濯場などもあって、北側の広いバルコニーは洗濯物を干す為のスペースになっている。

もっとも、そんな階層の建築様式はここまでの中世的な山城といったものではなく、極めて現代的なコンドミニアムに改築されている。使用人の為に贅沢な共用施設まで設けてあるほどだ――

「うわー。すっげえ。なにこれー」

モタは驚きの声を上げた。

温泉宿泊施設もずいぶんと珍しい建物だったが、師匠の巴術士ジージの所有している古い文献を読み込んだことのあるモタには『火の国』の様式を模したものだと理解できた。

だが、ここは違う。明らかに異質だ――幾ら王国と魔王国とで文明に相違があるとはいっても、モタの知っているどんな建物にも似ていない。もしかして、これが失われたとかいう古の技術によるものかと、モタがぽかんとしていたら、

「えへへ。凄いでしょ？　これは人造人間エメス様がデータベースから照会して、集合住宅として最

適なものに改築した結果なんですよ」

「人造人間って……たしかクリーンたちと一緒に転移陣で王国に行った、背が高くて、無表情で、白衣を着ていた、おっかなそうなお姉さんのこと？」

「その通りです。でも、エメス様ご本人の前で、おっかなそう、とか言っちゃダメですからね。わりと気になさっていて、最近は美容に力を入れていらっしゃるようなので」

「へ、へえ……そうなんだ」

美容以前に肌が継ぎ接《は》ぎで、頭に釘まで刺さっていた気もするけどな……

と、モタは思ったが、口には出さなかった。それよりも四階に上がって、吹き抜けでガラス張りにもなっているインナーバルコニーの眺望《ちょうぼう》に、「ほへー」と、また驚くしかなかった。

「晴れていると、ここから王国が見えるんですよ」

「じゃあ、あのちっこい明かりが最北の城塞なのかな？」

「たしかに昼には山間《やまあい》から城壁らしきものも見えますから、そうなのかもしれませんね」

ディンがそう説明すると、モタは「へえ」と遠くを眺めるように額に片手をやった。

まさに幽谷の美しさだ。王都が人工的な宝石箱ならば、星々の煌めきと、山間に微かに揺れる灯《ともしび》は――さながら天の川の滴《したた》りだろうか。

「こうしてさあ。夜空を背景に眺めてると……魔王国もキラキラしているんだねー。さしずめ『星の都』だわあ」

モタは眼下の光景に感嘆の息をついた。

すると、ディンは「よいしょ」とドゥを背負い直してから伝えた。

「さあ、モタ。こっちですよ。いらっしゃいませ、狭いですが私たちの部屋になります」


夜半を過ぎて、モタはごそごそと起き出した。

ダークエルフの双子のディンに部屋まで案内してもらって、そこで三人で川の字で寝ていたところだ。もっとも、川のわりにはモタも、ドゥも、ディンもさして背丈は変わらないが……とにもかくにもドゥとディンはベッドで、モタは二人の間の床で毛布に包まった。

寝る前にディンから「何なら私のベッドで一緒にどうですか？」と聞かれたが、さすがにそれは悪いとモタは断ったし、そもそも駆け出し冒険者時代だって土草の上で寝ることが多かったので、床上は全く気にならなかった。

それにモタはぐーたらすることにかけてはこの大陸でも五指に入る強者《つわもの》だ。横になったら三秒で寝入る自信だってあった。だが、そんなモタでもこの日の晩はなかなか寝つくことができなかった。特に、ドゥのベッド上からの何気ない蹴りと、ディンが転げ落ちてきてさりげなく頬擦りしてくるので堪らなくなった。

だから、二人を起こさないようにと、アイテムボックスから気配を消す『静か草』をわざわざ取り出して噛みしめてから立ち上がった。もちろん、モタは闇魔術に長けているので、認識阻害でもいけそうな気はしたが、今日は色々とあって疲れていたのでアイテムで済ました次第だ。

さて、魔王城四階の廊下に出てみると、何だかんだで騒々しかった。

夜勤の者たちが三階の洗濯場や裁縫場で働いているし、どうやら温泉宿泊施設で宴《うたげ》がまだ続いているようで使用人も忙しなく動き回っているのだ。

「さてさて、どうしようかなー」

モタは眠い目をごしごししながら、「おや?」と首を傾げた。

ドゥやディンの部屋に入る前にいったん別れたヤモリが「キュイ」と挨拶してきたからだ。

「まだいてくれたんだー」

「キュイ!」

「いやー、まいっちったよ。二人とも良い子なんだけどさー、全然寝かせてくんないの。こんなことならリリンの部屋の片隅で素直に寝ておけばよかったー」

「キュイ?」

「うーん。そだね。リリンの部屋に戻ろっか。立哨してたダークエルフさんたちにも、トイレって言っちゃったしさ。心配してくれてるかもしんないもんね」

というわけで、モタはまたヤモリを頭にぴょこんと乗せて二階の大階段の前までやって来た。

今回はさすがに真祖トマトの木箱に隠れたり、モタ自身に認識阻害をかけたりはしていない。こそこそするのが面倒臭くなったし、そもそもかなり眠たかったので、「もうどうでもいいや」と普通に廊下の真ん中を堂々と歩いた。

すると、反対側からモタに声をかけてくる者がいた——人狼の執事アジーンだ。

「いったい、こんなところで何をやっているのだね？」

先ほど温泉宿に戻ったのだが、宴会場にてアジーン秘蔵の燻製肉がこれでもかと出されたことで不安になって、執務室の施錠《セキュリティ》や肉の在庫がどうなっているのか、再確認をしに来たらしい。その後にこうしてモタとまた出くわしたようだ。意外に縁のある二人である。

「おやあ、アジーンだっけ？　ねえねえ、このお城で空いてる部屋ってないかなー？」

先ほどディンから、部屋を借りるならセロかルーシーかアジーンに、と言われていたので、モタは夢魔リリンの後頭部を殴ったことだけ隠して、これまでの経緯を簡単に説明した。

「なるほど。そういうことならば、まずは温泉宿に戻った方が良いだろうな」

「魔王城じゃダメなのー？」

「ダメではないが……この城で空いているのは使用人部屋だけだ。しっかりと寝て、疲れをとるつもりならば宿の方が断然いい。そういう施設でもあるからな。それに、どのみち朝食は向こうで出す予定だ」

モタは「そっかあ」と納得して、「あんがとー」と言って大階段を下りだした。

「待て。手前も宿まで付き合おう。どのみち戻るつもりだったし、客人を一人で行かせるわけにもいかないからな」

「別にいいのに。この子もいるし」

「キュイ」

ヤモリが小さな手を上げて、いかにも「任せろ」といったふうに振舞うも、アジーンは頭を横に振ってモタの横に並んだ。

「実のところ、モタに幾つか聞きたいことがあるのだ。道すがら答えてもらえばいい」

そんなわけで、アジーンはモタと一緒に大階段を下り始めた。

もっとも、魔王城の正面入口に進もうとするモタに、アジーンは「こっちだぞ」と声をかけて、大階段の脇に来るように手招きした。そこには認識阻害によって小部屋が隠されていた――地下施設への入口だ。

「どゆこと？」

モタが眉をひそめると、アジーンは説明した。

「正門から出て、岩山の坂道を通ってふもとやトマト畑をぐるりと回っていったら時間がかかるからな。今はこっちを通った方が近道なのだ。まあ、付いてくれば分かるさ」

アジーンから駆け出し冒険者時代のことを聞かれながら、モタが螺旋《らせん》階段を下りていくと、そこは魔王城一階よりも広い地下施設になっていた。

「ほへー」

果たして今日幾度目だろうか。モタは驚きの声を上げた。

というのも、そこもまた上階の山城とは全く異なる建築様式だったのだ。使用人の為に贅沢《ラグジュアリー》に改築された三、四階とは違って、こちらはどこか無機質で岩肌を均《なら》しただけの現代的な軍事施設で、アジーンによるとここは地下三階層のうちの上層――格納庫に当たるそうだ。

もっとも、現在、格納されているものは何もなく、武器や防具の類《たぐ》いは一階の『騎士の間』に隣接した武器庫に収められている。その為、このだだっ広くて飾り気のない空間にあるのは……せいぜいルーシーのファンシーグッズだけという有り様だった。

「なんか……えれー場違いなものがたくさん置いてあるんだけど？」

「まあ、見なかったことにしてくれ」

アジーンはやれやれと肩をすくめながら、螺旋階段をさらに下りて中層に来た。

そこは会議室にでもする予定なのか、大部屋を建築中だ。また、岩肌に沿ってたくさんの棺が並べられていた。どうやら三階の使用人部屋からあぶれた吸血鬼たちの住処《すみか》になっているらしい。とはいえ、以前にリリン曰く、「吸血鬼は暗くてじめじめしたところが好き」とのことだから、こちらで寝られる方がかえって心地好いのかもしれない……

何にしても、モタからすれば未完成の墓場にしか見えなかった。

「…………」

おかげで普段は陽気なモタもすっかり無言になった。

場違いなファンシーグッズ置き場、次いで墓場ときて、はてさて最後はいったい何がくるのかとモタが身構えつつ螺旋階段を下りきると、

「く、ははは！　終了《オーバー》」

という高笑いが聞こえてきた。

「こ、今度は……なあに？」

「人造人間エメス様の笑い声だったな。ずいぶんとご機嫌のようだ」

「エメスって……あの、おっかないお姉さん？」

「おっかない？　意外に思われるかもしれないが……おやさしい方だぞ」

「へ、へえ、そなんだ」

もちろん、アジーンは性癖的にあれなので「やさしい」の概念が常人とは全く異なるのだが、このときモタはそのことをまだ知らない……

それはさておき、高笑いなんかして何か面白いことでもあるのかなと、モタが「どれどれ」とエメスのいる大部屋を覗《のぞ》いてみたら――ぼふんっ、と。誰かにぶつかってしまった。

「おや？　こんなところで何をしているのです？」

相手はエメスではなかった。どうやらその手伝いをしていたドルイドのヌフだ。

運の良いことに、ヌフのナイスバディがちょうどクッションになって、モタは転ぶことも怪我することもなかった。ただ、モタは「ごめごめだよー」と言いかけて、今度は言葉を失った。

というのも、その大部屋の壁いっぱいに虫の複眼みたいなものが敷き詰められていたからだ。いわゆるマルチモニタで、古の技術を再現したものに過ぎなかったが、姿絵以上の物を知らないモタからすれば、さすがに呆気に取られるしかなかった。

それに大神殿の神学校の大講堂みたいに滑らかな傾斜になっていて、エメスはその最上段で椅子に座って足を組んでいた。アジーンがぼそりと「蹴られたい」とこぼしたが、そんな呟きが耳に入らないほどにモタは唖然としていた。

「しゅ、しゅ……しゅげー！」

「おや？　ここは関係者以外立ち入り禁止ですよ、終了《オーバー》」

「申し訳ありません、エメス様。温泉宿に客人を帰している最中でございます。大変ご迷惑をおかけいたしました」

アジーンが平身低頭謝って事なきを得たものの、このときモタはいずれ似たような秘密基地みたいな施設が欲しいなと思った。それが将来、おけつ破壊闇魔術研究所こと通称『おやつ研』設立へと結実していくのだが……ともあれ、モタはアジーンに引っ張られて温泉宿に戻ることになった。それが新たな悲劇を呼び込むとも知らずに――


「さて、それでは始めるわ。各々《おのおの》、古の盟約に基づいて、奈落に関する報告をしてちょうだい」

王国の王女プリムがそう言うと、エルフの族長ドスは「ははっ」と頭《こうべ》を垂れた。

その一方で、プリムのすぐそばに立っている女性はというと、いかにも「貴方《あなた》から先にどうぞ」といったふうにドスに向けて聖痕の刻まれた左手を差し出す。

ここは大陸の南東にあるエルフの大森林群――

大陸の北西にある『迷いの森』とは対照的に『聖なる森』と謳われて、こちらにも幾重もの認識阻害や封印がかかっているので、本来ならば他種族は立ち入ることすら許されない。

そんな森の最奥にあって神聖とされる『エルフの丘』にて、現在、プリムだけが座していた。

小高い丘のふもとには族長たるドスが跪《ひざまず》き、また木製の質素な――それでいて霊験あらたかな大樹から造られた椅子の背もたれに片肘をかけながら、女性は「さあ」とドスに報告を促す。

「うふふ」

その女性はというと、艶《あで》やかな笑みを浮かべていかにも不遜な態度だ。

祭服に似た、淑やかな銀色のステンカラーの外套を纏って、白いウシャンカ帽と、白い襟に挟まれたその顔は美しい氷像のようで、何もかもを見下している。

だが、プリムも、ドスも、この女性を咎めなかった。事実、彼女はそれだけの実力がある上に、かつては夜の女王の地位も有していた。過去形なのは最近、それを譲ったからに他ならない。

何はともあれ、この『エルフの丘』に集った三人ともに共通の認識を持っていた。それは古の盟約にまつわる真実だ——その約定は長年、人族とエルフとが結んだものとみなされてきた。王国が勇者を選出してパーティーを組んだ際に、エルフの大森林群から一人だけ名うての狩人、もしくは狙撃手を派遣して魔王を打倒するといった内容だ。こうした取り決めがあったからこそ、エルフの狙撃手トゥレスは勇者バーバルのパーティーに参加した。少なくとも、人族はそう捉えてきた。

それなのに、当のエルフの族長たるドスはというと——

「それでは、私めから古の盟約に基づいて報告をさせていただきます」

いまだ片膝を地に突いたまま右手を胸に当てて、恭《うやうや》しく話を切り出した。

どうやらこの盟約の本質は王国、延《ひ》いては人族に伝えられてきたものとは異なるようだ。果たしてなぜこのような乖離《かいり》が生じたのか……いずれにせよ、ドスは口を開いた。

「まず、この森にある奈落についてですが……」

ドスはそこで言葉を切って、丘上のプリムを見上げた。

いや、そうではない。プリムよりもずっと奥へと視線を向けている。どうやら最奥に鎮座ましましている巨竜の骨をじっと見つめているようだ。

「古の時代に空竜ジズ様が奈落を破壊なさって以降、現在も何人たりともその跡地に足を踏み入れてはおりません。時折、第三魔王の邪竜ファフニールやその眷族どもが攻め込んではきますが、撃退に成功しております」

ドスは誇らしそうに笑みを浮かべたものの、プリムは「あ、そう」とだけ答えた。

労いすらなかった。どうにもすでに壊された奈落やエルフの武勲などには興味を持っていないようだ。冷めた眼差しを背後の亡骸《なきがら》にちらりと向け、「で、貴女《あなた》の方は？」と、そばに立っていた女性に話を促した。

「結論から言うと、変わりはないわ。まず、古の大戦時に水竜レビヤタンが壊したはずの西の魔族領にある奈落は——不死王リッチがなぜかそこを通って現れて以降、今も消失したままよ。やはりリッチがこちらにやって来られたのは誤作動か、もしくはリッチ本人の死霊の巴術士の特殊スキルによるところが大きいんじゃないかしら」

プリムのそばにいた女性はそう言って、「やれやれ」と肩をすくめてから話を続ける。

「次に、北の魔族領にあるはずの奈落は——まだ見つけられていないわ。可能性があるとしたら『迷いの森』なんだけど……あそこもここと同様に何重にも認識阻害や封印がかかっていて、ろくに調べがつかない状況なのよね」

「森の民たるダークエルフでもまだ発見できていないのですか？」

「ええ。そんな話は一度も聞かないわね。そもそもダークエルフって、森に封印をかけるだけかけておいて、実質的には地下洞窟に住み着いているじゃない？　とはいっても、あの森からはたまにかなり力を持った魔物が出てくるから、奈落が存在している可能性は高いのだけど……」

「どのみち、地下世界の魔族が使用していないのならば構いません。引き続き、調査と対応をお願いします。なお、私からですが――東の魔族領及び王国にある奈落については問題ありません。現在も私の監視下にあります」

　プリムが生真面目そのものの表情で伝えると、そこでいったん、ドスも、女性も、「ふう」と小さく息をついた。ただ、プリムは小休憩なども挟まずに、矢継ぎ早に二人に質問した。

「それでは逆に……各々、古の盟約に基づいて、もう一方の報告もしてちょうだい」

　その言葉でドスはいったんプリムのそばにいる女性にちらりと視線をやってから、「では、また私めから」と頭を下げる。

「そちらに立っている方が離れている都合で、勇者パーティー――いえ、今は聖女パーティーだったか――に紛れて、私の配下が赴いておりますが、第六魔王国にあるモノにつきましては、現状、動きはございません。ただ……」

　ドスがそこで言葉を濁すと、プリムが「ただ？」と顎をくいっと動かして先を促した。

「はい。封印をかけて、姿を完全に消してしまった為、その調査は困難を極めているようです。また、何より厄介なことに……人造人間エメスが復活しております」

　その報告に対して、プリムと女性は互いに目を見合わせた。

「貴女は知っていたの？」

　プリムがそう問いかけると、女性は頭を横に振ってみせた。

「まさかあ。だって、私はやられたことになっているのよ。それなのに、いつまでもこそこそと長居していたらマズいでしょう？」

「これまでだってこそこそしてきたのだし、別にすぐ離れる必要もなかったのでは？」

「そもそも、勇者を仕掛けてきたのは――貴女の責任よ」

女性はそう断言して、プリムを非難がましい目で見つめた。

たしかにその通りだ。勇者パーティーは王国の王族に直属する特殊部隊で、これまでだって勇者バーバルを動かしてきたのは現王でなく、他ならぬ王女プリムだった。

「だって、そう言われましても……」

今度はプリムが言葉を濁す番だった。

「まさか、先っぽだけとか言いながら無謀にも突っ込んでいくとは……これっぽっちも予想できるはずがないじゃない？」

プリムが命じたのは、第六魔王国にある北の街道の調査に過ぎなかった。いわゆる地図作成の任務だ。それなのにプリムに上がってきた報告によると、勇者バーバル、モンクのパーンチとおやつに釣られた魔女のモタが三人で仲良く肩を組んでスキップしながら魔王城に突入した。それで成果を上げたのだから、まさに怪我の功名以外の何物でもない……

すると、女性は「はあ」とため息をつきつつも、

「まあ、別にいいけどね。おかげでかえって動きやすくなったわ」

「本当に？」

「正直なところ、あちらの動きが分かりづらくなったから、いったん距離を取ることにしたのよ。こういうときは慎重にいかないとね」

「まあ、それが懸命かもしれませんね」

「でしょ？　だから、エメスの復活について何も知らなかったのは仕方がないってところなの」

女性がそう締め括ると、プリムは「ふむ」と肯いた。

報告者のドスだけが丘のふもとで頭を下げたまま、「あちらの動き」が何のことか分からず、二人の話に割って入れずにいた。そんなドスの惑いなど気にせずにプリムはまた女性に話を向ける。

「そもそも、エメスを破壊することはできなかったのですか？」

「無理よ。長らく封印がかかっていたからね」

「そういえば、『迷いの森』のドルイドに頼んで、地下牢獄に閉じ込めていたんでしたっけ？」

「その通りよ。それに魔王城の地下は螺旋階段も含めてほぼ一本道になっているから、下手に入り込むと……ねえ？」

「なるほど。つまり、エメスはあちらを誘い込んで、あるいは牽制する為の囮の役割でもあったわけですね？」

「そういうこと。だから、エメスが復活したならば――」

そこでやっと女性は丘の下にいたドスに視線をやった。ドスは相変わらずあちらがいったい何者なのか分からなかったものの、機敏に頭を上げて、こくりと首肯を返す。

「畏まりました。配下に伝えて、監視の強化に努めさせます」

もっとも、プリムはその返事に不満げだった。

仕方のないことだろう。ドルイドの封印と言えば、大陸随一の術式だ。ドスの配下程度では破れまい。となると、今後もろくな報告が上がってこないに違いない。

プリムは「はあ」と、ため息をついてから話を続ける。

「第五魔王国を動かしましょうか。幸い、封印とは何かと縁のある連中ですから、ほいほいと食いついてくれるはずです。何でしたら、これを機にドルイドを確実に殺《あや》めてもいいわけですしね」

プリムはそこまで言って立ち上がって、眼下にいたドスへと視線を落とした。

そのドスはというと、「ドルイドを殺めて」と聞いて「ごくり」と喉もとを動かした。どうやらエルフとダークエルフ——同じエルフ種という以上に、ドルイドのヌフとの間には何かしらの因縁があるようだ。

すると、そんなタイミングで女性が素っ頓狂な声を上げた。

「あら？　私の報告はまだ終わっていないわよ？　いいの？」

「第三魔王国にあるモノに何かしら変化はあったのですか？　あるいは、貴女のお友達とかいう邪竜は動き出しましたか？」

「いいえ。残念ながら、何も起きていないわよ。うふふ」

「だと思いました」

プリムはそう言って、その背に羽を顕現させた。

今、この小高い丘には大陸でも最も美しいとされる雌雄——夜の女王とエルフの族長がいるにもかかわらず、このときのプリムはまさに世俗からかけ離れた神々しい煌めきに包まれた。

ドスが「ひいっ」と、情けなくも額を地に擦りつけたほどだ。一方で、女性は不遜な笑みを浮かべてプリムに告げた。

「いってらっしゃい」

「では……あとは任せます」

プリムはそれだけ言って、空高く羽ばたいてから『転移』したのだった。


大陸の東にある魔族領は砂で覆われている。

蝗害のせいで草木はとうに枯れ果て、湖や川も枯渇して干上がり、街の形跡もあるにはあるが、それらとて煉瓦造りの廃屋が地衣に覆われて、いたるところに蜘蛛《くも》の巣が張り巡らされているといった有り様だ。

気温は昼に暑く、夜に一気に冷めていく……

かつての大規模な開墾によって平坦な大地が続くとあって、風もとても強い……

近年では飛砂による被害が目立ってきたので、王国の人々はここを『死の大地』と蔑《さげす》み、ハックド辺境伯領が中心となって、植林までして砂の侵入を防いでいるほどだ。

もっとも、数百年前までこの地には、王国よりもよほど広大な版図を持ち、豊かな大地の実りにも恵まれて、北方のドワーフ、南方のエルフとも積極的に交流した——人族史上最大かつ最強の帝国があった。

しかも、多種多様な亜人族と混血して屈強となった兵たちが、聖剣に匹敵する様々な武器を手にして、第五魔王こと奈落王アバドンに対して長らく挑んできたわけだが……結局、それらも全ては無に帰してしまった。

そんな帝国の成れの果てこそ、この死に抱かれた東の魔族領こと『砂漠』だ。

ちなみに、今のドワーフやエルフが人族に積極的な関わりを持とうとしないのも、この虚しい大敗北のせいによるところが大きい。

何にせよ、この東の魔族領は人族、亜人族双方の手から離れてずいぶんと経っている——現在ではアバドンの影響なのか、虫系の魔物や魔族の住処となってしまった。特に、高潔の元勇者ノーブルによってアバドンが封印されて以降、そんな虫たちも領内に引きこもって表立って出て来ないせいか、旧帝国の実態は分かりづらくなっている。

そもそもからして、この『砂漠』をわざわざ調査するほどの余力が今の王国にはない。

それに加えて、アバドン配下の将が王国の内部に巣喰って、東の魔族領に足を踏み込ませまいと努めている——代表的なのが東の守護者ことハックド辺境伯だし、また何より宰相ゴーガンに扮した泥竜ピュトンもいる。

「やっと着いたわ。やれやれ。全身が砂だらけ……本当に我が祖国ながら勘弁してほしいわ」

そんなピュトンが、かつての帝国の中枢たる神殿の遺跡群までやって来た。ピュトンは竜種なので種族特性として『飛行』を有している。だから、上空より降り立ったのだが、それでも飛砂は横殴りの雨のように降りかかってくる。

「もう嫌になっちゃう」

ピュトンは竜形態から竜人——次いで宰相ゴーガンに扮して周囲を見回した。ここには遥か昔の戦争の痕跡が今もありありと残っていて、大地には巨大な傷が幾つも付いていて深い崖となっている。

「皆はもう揃っているはずよね？」

ピュトンはそう独り言ちて、崖上に危なっかしく載っている神殿の跡地で歩を止めた。

幾本か折れた石柱以外に神殿内部の造作《ご》として残っているのは、せいぜい石畳と祭壇ぐらいか。

もっとも、ピュトンが埋もれかけの祭壇に近づくと、その蓋は勝手にゴゴゴと音を立てて開いて地下へと通じる階段に変じた。高度な認識阻害がかかっているのだ。

そこを下りていくと先客がいた——飛蝗《バッタ》の虫系魔人の双子こと、アルベとサールアームだ。

封印された第五魔王アバドンに代わって虫たちを統べる幹部で、緑色の孤独相が情報官のアルベ、また茶色の群生相が指揮官のサールアームだ。

「あら、意外……まだここに来ていない人たちがいるのね？」

ピュトンがそう言って石室内を見回すと、虫系魔人のアルベが応じた。

「あの二人なら到着してないよ。少なくとも、アシエルの方は勇者バーバルに扮して北の魔族領に逃れる格好《ポーズ》を取ったわけだからね。まだその最中なんじゃない？」

「嫌だわ。私はその逃亡劇の処理や散々苦情を喚き散らす武門貴族たちの対応に何日も追われて、やっと一段落したところでここにやって来たのよ。わざわざアシエルが道中で仕掛けたらしいアドリブのフォローまでしてあげたんだから」

「うん……まあ、本当にご苦労様」

アルベは「うへえ」と思ったものの、おくびにも出さなかった。

そもそも、堅実な性格のアシエルがアドリブを加えなくてはいけない時点で、その逃亡劇とやらのシナリオが破綻していたに違いない。それはともかく、アルベはさっさと話題を変えた。

「そういや……今回、本物のバーバルは抱き込まなくて本当によかったの？」

「本物の？　いったいどうして？」

「一応はアバドン様に突き刺さった聖剣を抜けるようにと、高潔の元勇者ノーブルに似せた魔力経路はまだ残しているんでしょ？」

「ああ、その件ね。結局、うまくいかなかったみたいなのよ。私も最初は聖剣を抜く為の道具として期待していたんだけど……バーバルほど素質の似た個体をもってしても、本物の聖剣を欺《あざむ》くほどの高度かつ強度な魔力経路の形成には至らなかったみたいね」

「あちゃー。呪いによる魔力経路の操作って、半世紀ほど、ずっーと頑張っていなかった？」

「古の技術ってのは、今の時代に再現するのがとても難しいらしいわ。ともかく、その研究をしていた黒服どもが御託ばかり並べて保身に走るものだから、こっちもむしゃくしゃしていたし半殺しにしちゃったわ。今頃は他の黒服たちに再利用《リサイクル》されている頃合いじゃないかしら」

「容赦ないね」

ピュトンは「ふん」と鼻を鳴らした。その話にはあまり触れてほしくないらしい。

「ついでに言うと、バーバル本人にはちょうど旅に出てもらっているのよ」

「旅？　可愛い子には何とやらってやつ？」

「勘弁してちょうだい。まあ、ちょっとした遠出よ。しばらくは帰って来られないわ」

アルベが「ふうん」と適当に相槌を打つと、茶色の双子サールアームがふと言葉短かめに――「来た」とだけ告げた。同時に、階段をゆっくりと下りてくる足音がする。

皆は首を傾げた。気配は二人分あるのに、足音が一人分しかなかったせいだ。

全員が無言のまま警戒して、階段を注視していると――ひょっこりと王女プリムが顔を出した。

「皆様、ご機嫌よう」

「あら、プリム様。お忍びでエルフの大森林群に赴かれていたのでは？」

宰相ゴーガンのときの癖が抜けないのか、ピュトンは恭しい身振り手振りでプリムを出迎えた。その口調も、先ほどとは打って変わって、王女の機嫌を取るかのように慎ましいものだ。

「ええ、行ってきましたわ。でも、いつもの会合ですから大したことではありませんし……それに私の場合、ここに来るにもさして苦労しませんし」

「そうはいっても、今日は特に風が強くて、飛砂がひどくありませんでしたか？」

「あら？　砂漠は海に似て気紛れなのですね。私のときにはずいぶんと凪になっていましたわよ」

「さすがはプリム様。神に見守られていらっしゃるようで」

ピュトンは慇懃《いんぎん》に言葉を尽くして、石室の奥にある上座へとプリムを招いた。

一方で、そんな様子をアルベは憮然と見つめていた。どことなく腹に一物あるといった様子を隠し切れていない。それも当然だろう。今でこそみすぼらしい石室だが、ここはもともと帝国の最高司令室だ。

そこにプリムが何食わぬ顔をして入って来た。たとえ協力関係にあるとはいっても、そんな人物を快く迎えられるほど、アルベも面従腹背しているわけではない。しかも、上座に平然と座った人族の王女には……よりにもよって魔族にとって天敵たる存在がとり憑いているのだ。

だから、アルベが嫌みの一つでも言おうかといったときに――サールアームがまた呟いた。

「よく戻ってきたな」

直後、プリムの影が二つに分かれた。

そして、自己像幻視《ドッペルゲンガー》のアシエルは一方の影として立ち上がる。

そんな登場にピュトンとアルベはそれぞれ「あら？」、「おおっと！」と驚いた。それほどにアシエルの認識阻害は優れていた。

「ねえねえ、アシエル。逃亡劇の方はうまくいったの？」

アルベがそう尋ねると、立ち上がっていた影の口もとがわずかに揺らいだ。

「まあな。とりあえず、私は当初の指示通りに王国北東の峡谷からこちらに戻って来た。用意されていたバーバルの偽者には『砂漠』をこっそりと抜ける形でハックド辺境伯領に向かわせたよ」

「わざわざ、また偽者なの？」

アルベの質問に対して、今度はピュトンが「そうよ」と肯いてみせた。

「せっかくの手駒なのだからしっかり活用しないとね。何にしても、アシエルはご苦労様。その偽者の処遇については私が引き継ぐわ。逃亡劇が落ち着くまで、しばらくの間、ハックド辺境伯領内で秘かに監禁する予定よ」

すると、プリムはなぜか目を輝かせてアシエルに尋ねた。

「今回の逃亡劇——いえ愛の逃避行は、吟遊詩人に語り継がれるくらいのロマンスになったのですか？」

「い、いや……それについては期待しないでほしい。まあ、幾つか細工《アドリブ》は施してきたよ」

「これで王国はしばらくの間、私たちの駆け落ちならぬ——勇者による王女誘拐の虚報でてんやわんやになるというわけですね。何だか、私事のはずなのに、他人事みたいで本当に楽しみですわ」

プリムはそう言ってはしゃいでから、「えい」とピュトンとハイタッチを交わした。

その様子にアルベは「やれやれ」と肩をすくめるしかなかった。今回のバーバルとプリムの駆け落ち騒動はこの二人の自称女子が考案したものだ。もちろん、プリムはまだ少女でも十分に通じるのでロマンスに惹《ひ》かれるのは分かるのだが、ピュトンはというと——というところで、アルベはあえて考えるのを止めた。

とにもかくにも、こうして第五魔王国の幹部が全員揃ったことで、情報官たるアルベはてきぱきと報告を始めた。

「僕からは二つあるよ。まずは悪い方から。第六魔王国に潜入していた虫たちがまたやられた。それなりの実力者を送ったんだけどね。あの国は魔王が代替わりしてから相当に力をつけているよ」

その話にピュトンは不思議そうに首を傾げた。

「結局、貴方自身は第六魔王国に行ったのかしら？」

「行ったさ。途中まではね」

「途中？」

「うん。だって、王国から北の街道を進んだら、超越種のモンスターハウスができていたんだよ」

そんなアルベの報告に全員が押し黙った。

アルベが他愛のない嘘でもついているのではと皆は眉をひそめたが、当のアルベは真剣そのものだ。さらにアルベは報告を続ける。

「そんな状況だったから北上は無理だったし、『迷いの森』を抜けるのは自殺行為だし、山岳地帯は越えようとすると時間がかかるしで……結局、『火の国』をこっそりと経由した部下たちしか魔王城にはたどり着けなかったんだよ」

「ちょっと待って。その北の街道の超越種ってのは……魔王セロに飼われているのかしら？」

ピュトンが尋ねるも、アルベは肩をすくめてみせた。

「悪いけど、正確なことは分からない。でも、これまた北の街道にいつの間にかできていたトマト畑を守っていたから、餌付けされている可能性は高い。つまり、魔王セロは愚者――賢者と対になる最凶最悪の奇術師の称号を得ているけど、その実態は魔物使い《ティマー》と考えていいんじゃないかな」

直後、皆がぽかんと口を開けた。

「ま、まあ、落ち着きましょう。魔物使いや超越種の件は、とりあえず脇にいったん置いて――」

ピュトンは両手で皆を制してからアルベに改めて尋ねた。

「呪いによって人族が魔族になったばかりだと、魔核の不安定さが原因で破壊衝動をなかなか抑えられないはずだけど？」

「おそらくセロは超越種の魔物たちと戦うことで、その衝動を発散したんじゃないかな。結果的に魔物たちに認められて、トマトを触媒にして使役できるようになったんだと推測するよ」

「じゃあ、セロは結局、真祖カミラの長女ルーシーとは殺《や》り合っていないのかしら？」

「うん。部下の報告によると、二人が戦った様子はないみたいだね。事実、セロは吸血鬼だけでなく、人狼やダークエルフまで配下にしていることを考慮すると、魔物だけでなく、魔族や亜人族まで使役できる種族特性を持っている可能性だってある」

驚天動地の報告に皆は黙り込んだ。

もし全ての種族を使役可能だとしたら、それこそ史上最強の魔王に違いない。実際は、そんな事実など全くもってないのだが……情報官たるアルベの推測に全員が一言も発せずにいた。

「まあ、深刻に考えても仕方ないし、今度は良い方の報告だよ——何と！　高潔の元勇者ノーブルの居場所が分かったぜい！」

その言葉に、ピュトンも、サールアームも、またアシエルも、「はっ」と息を呑んだ。この百年ほどずっと捜し続けてきた人物の所在がついに判明したのだ。

「しかも、今話題にしたばかりの魔王セロのもとにいたよ。何とまあ魔族になっていたそうだ」

その瞬間、全員が顔を見合わせた。

御年百二十歳を超えていまだ壮健な巴術士ジージではあるまいし、聖剣による封印が百年も続いていることから、不死者になった可能性が高いと想定してきた。ドルイドのヌフと共に『迷いの森』にでも引きこもって隠れているのだろうとみなしてきたわけだが……

「さらに付け加えると、ドルイドのヌフも一緒に魔王セロのもとにいるようだよ。どうやら二人共、隠れることを止めたらしい。ただ、ダークエルフの精鋭や人狼のメイドたちが四六時中張り付いているから、虫程度では近づくこともできやしないけど」

アルベがそう言って締め括ると、皆はあからさまに落胆した。

そもそも、高潔の元勇者ノーブルやドルイドのヌフは強者だ。ピュトンたち四人がかりで挑めば倒せるが、こちらの損害も相当に出るはずだ。配下の虫に暗殺させるのは無理筋だろう。

結局のところ、ノーブルやヌフからすれば、『迷いの森』より安全だと判断したから魔王城に来たに違いない。せっかく姿を現したのに手が出せないとあって、皆は忸怩《じくじ》たる思いに駆られた。

おかげで、四人ともまた口を閉ざすしかなかった。

だが、そんなふうに気落ちする魔族たちに囲まれて、一人だけ――そう。意外なことに、プリムだけは口の端が裂けそうなくらい愉《たの》しそうな笑みを浮かべてみせた。

「だったら、むしろ簡単じゃないですか？」

四人の魔族が「はっ」として視線をやると、王女プリムはこともなげに言った。

「セロに殺させればいいのです。やり方は幾らでもあるはずです。それにノーブルが表舞台に出てきたということは、元勇者として魔王を試すつもりでいるんじゃないかしら？　まずは彼の思惑を調べる必要があります。そして、セロに止《とど》めを刺してもらう。難しいことではないですわ」

プリムがそう言うと、四人は「ほう」と息をついた。さらにプリムは話を続ける。

「そもそも、セロは明確な弱点を抱えています。それはある意味で、彼にとっての最大のトラウマと言ってもいいものです」

プリムがそう言い切ったので、アルベは「んー」と首を傾げた。

「そんな都合の良い弱点が魔王セロに本当にあるのかい？」

「ええ。セロは勇者パーティーから手酷く追放されたせいで、誰を本当に信じたらいいのか分からない状態に陥っているはずです。そもそも、魔族は実力を中心とした縦社会ですから、その周囲は魔王の強さに追従しているだけで仲間意識は薄い。その一方で、当のセロは元人族として、横への強固な繋がりを求めている――これは彼にとって、ちょっとしたジレンマと言えます」

「まあ、その気持ちは分かるけどね」

アルベはそう応じて、他の三人をじろりと見回した。

実のところ、アルベ、サールアームやピュトンも最初から魔族だったわけではない。アバドンが天使として君臨していた頃は、帝国軍や神殿に属していた人族だった。

もちろん、純粋な人族でもなかった。というのも、帝国では虫人、魚人や獣人などとの混血を積極的に認めて強兵を育んできたからだ。実際に、アルベたちもそんな血が幾つも混じり合った亜人であって、天使アバドンが魔王になった際、共に呪いを受けたことで魔族に変じた経緯《いきさつ》がある。

そんな四人に対して、この場では唯一、純粋な人族たるプリムがさらに話を続ける。

「要は、その強い魔王という点が重要なのです。魔王セロのもとに元勇者ノーブルがいて、しかもノーブルが魔族に変じたならば、私たちにとっては好都合だと言えます。お分かりでしょう？」

「うん。二人を競わせるってわけか。どちらが魔王に相応しい強さなのかどうか」

「そういうことです。私の見立てでは――現状、ノーブルに分があると考えております。元勇者としての力量に加えて、百年間も隠れて力を研磨してきたはずですから、そう簡単にはぽっと出の魔王になぞ負けないはずです」

プリムはそう結論付けて、どうだとばかりに胸を張ってみせた。

さて、そんなふうにしてプリムが示唆した離間の計だが……本来ならば、あながち間違ってはいない。強い魔族が並び立てばそこには必ず争いが生じる。だから、その不和を突けばいい――ただし、プリムにとって誤算だったのは、そんな魔族同士の格付けがもう終わっていたことだった。

そういう意味では、もし人狼メイドたちがせっせと虫の間諜を掃除していなかったら、セロとノーブルとの戦いの結果も届いていたはずで、プリムたちもまた違った計画を立てたはずだ。

結果として、プリムは誤った前提条件で第六魔王国に心理戦を挑むことになる。

「だからこそ、ノーブルがセロに戦いを挑むように工作を仕掛ける必要があるのです」

そんな計略に対して、アルベは「ほう」と感心したように合いの手を入れた。

「離間工作ということは……やっぱり敵陣に乗り込む必要があるわけか。これは相当に骨が折れそうだね」

「しかも、認識阻害に長けた吸血鬼や、封印を得意とするドルイドがいる渦中に飛び込むのです。相当な力量と覚悟が必要になるでしょうね」

プリムはそう付け加えて、アシエルに視線をやった。そのアシエルはというと、黒い影のまま、こくりと肯くように揺らめいた。こればかりは自己像幻視をおいて他に適任者はいない。むしろ、吸血鬼やドルイドの懐に飛び込むのならば相手に不足はない。

そんなアシエルの覚悟に対して、皆は心の中で素直に賛辞を贈った。

さらに、プリムは一気呵成にまくしたてる。

「アシエルによる第六魔王国への潜入と同時に、王国に対してもまた工作を仕掛けます」

「まだあの国でやり足りないことがあったのかい？」

アルベが呆れたといったふうに肩をすくめてみせる。

「あら、嫌ですわ。すごく中途半端なままじゃないですか？」

「何がさ？」

「王国と第六魔王国との戦争です。北の各拠点に騎士団を集めたまま睨みつけていても、何も起こりはしませんわ」

「あれはピュトンやアシエルが動きやすいように、あるいは不死王リッチが大神殿に侵入しやすいようにと、王都から多くの兵を剥がしたかったんじゃないのかい？」

「もちろんそれもありますが、些事に過ぎません」

プリムはそう言い切って、「ちっち」といったふうに指を振った。

たかだか些事で動員されたのだとしたら、騎士団にとっては堪《たま》ったものではないが……プリムの『魅了』に簡単にかかってしまったのだから文句の一つも言えまい……

「あの時点では勇者パーティーの侵攻に対して魔王セロがどう反応するのか分からなかったから、牽制の意味合いもあったわけですが――本当の主旨は、第六魔王国とのどさくさに紛れて『迷いの森』を焼き払ってでも、ドルイドのヌフや高潔の元勇者ノーブルを誘《おび》き出すことにあったのです」

「でも、その二人はすでに魔王セロのもとにいるよ？」

「その通りです。おかげで、逆にやりやすくなったと言えます。第六魔王国との戦争を継続して起こして、その混迷の最中にヌフの寝首をかけばいいわけですから」

「そんなに簡単にいくものかねえ？」

「だから、ここでピュトンに仕上げをしてもらうわけですし――」

というところで、プリムは言葉を切ると、ピュトンはいかにもうれしそうに付け加えた。

「つまり、聖女パーティーにもう一踊りしてもらうっていうことでいいのよね？」

その問いかけに対して、プリムはにんまりと笑った。

アルベはサールアームにちらりと視線をやってから、

「じゃあ僕たちはまたお留守番か」

と嘆くと、プリムも、ピュトンも、どこか労うように二人の肩をぽんと叩いてあげた。

「それでは、王国と第六魔王国に改めて仕掛けるといたしましょうか。各々、健闘を祈ります」

プリムがそう言うと、四人の魔族はその場で跪いた。

その様子はさながら第五魔王こと奈落王アバドン――いや、その同朋に敬するかのようだった。皮肉屋のアルべさえも素直に叩頭している。こうしてどこか狂信者の目つきでもって、四人は共にプリムを……いや、プリムに憑いている者を崇めたのだった。


「それでは、セロ様。またお目通りが叶えば幸甚でございます。今後とも、何卒、両国の発展の為に、微力ながらもお手伝いさせてくださいませ」

温泉宿泊施設での宴会も終わって、翌朝――

聖女パーティーと神殿の騎士たちは早朝のうちに出立するということで、第二聖女クリーンが代表して前に進み出てセロに挨拶した。

「はい。こちらこそです。岩山のふもとにある転送陣もまだしばらくは閉じずにおきますので、何か危急の用件の際には、そちらを通ってお越しください。何なら、たまには皆さんで温泉宿泊施設に遊びに来てくれると、僕としてはとてもうれしいです」

セロはちゃっかり温泉宿のアピールも忘れなかった。

何しろ宿のお客様第一号だ。この宿が繁盛するかどうかはクリーンたちの口コミにかかっているといっても過言ではない。もっとも、そのクリーンはというと、次に赤湯でゆっくりとできるのはいつになることやらと遠い目をしていた……

するとてくてく、と。ダークエルフの双子のドゥが小走りでやって来た。その両腕はかつて勇者バーバルが置き残した偽物の聖剣を抱き締めている。実は、昨晩のうちにセロはドルイドのヌフと相談して、その片手剣を魔王城封印の触媒にすることを止めていた。

「とりあえず、これはお返ししますよ」

セロはそう言って、ドゥから手渡された片手剣をそのままクリーンに餞別として贈った。

「本当に……お返しいただいてもよろしいのですか？」

「ええ。僕たちが持っていても意味のない代物ですからね」

「ありがとうございます！　このご恩……一生忘れることはありません！」

クリーンは涙をこぼしそうになった。

これにて一応は聖剣奪還という当初の目的が達成されたわけだ。

王国に戻っても、王侯貴族から無駄に謗《そし》られることもなくなるだろう。ただでさえ誰が敵なのか不透明なのだ。余計な瑕疵《かし》はない方がいい。もしかしたらセロもそれを見越して返還してくれたのかもしれないと、クリーンはセロの深慮に神の慈愛すら感じていた……

もっとも、セロからすれば、本物の聖剣は第五魔王アバドンに突き刺さっている上に、この二束三文の片手剣の調査も終わったとあって、紛い物に用などなかった。要は、体《てい》よく突き返してあげたに過ぎない。

「それでは皆さん。お達者で」

「はい。返す返すもセロ様にはお礼を申し上げます。誠にありがとうございました」

クリーンはそう言って、「ずずず」と涙と鼻水を聖衣の袖で拭った……

「じゃあな、セロ！」

「セロ様、できましたら次はパーティー戦闘の基本《コツ》をお教えください」

モンクのパーンチはぶんぶんと片手を振って、女聖騎士キャトルはぺこりと丁寧にお辞儀した。

「もしかしたら……また世話になるやもしれん。いずれな」

エルフの狙撃手トゥレスはこそりとセロの耳もとで囁いた。

「今度来るときは是非、俺とも手合わせ願いたい。少しは良い勝負ができるように鍛えておくよ」

「情けない話じゃが、くれぐれもそこにおる不肖の弟子のことはよろしく頼みましたぞ」

英雄ヘーロスと巴術士ジージはそんなお願いをしてきた。

セロは「分かりました」と笑みを浮かべて、片手を上げて別れを告げた。

そんなふうにして、聖女パーティーと神殿の騎士たちの姿が小さくなっていく様子をひとしきり見送った後で、セロは「んー」と伸びをした。

「さて、と……お客さんも早々には来ないだろうから、僕らは魔王城にいったん戻ろうか」

セロはドゥに言った。ドゥはこくこくと肯く。

朝早くから聖女パーティー一行を見送ったのは、セロ、ドゥ、それにモタと、宿の大将である人狼のアジーン、屍喰鬼の料理長フィーア、あとは幾人かの吸血鬼の給仕くらいだった。

ちなみにジージは王国に戻り次第、パーティーを抜けて第六魔王国にとんぼ返りするらしく、モタとの別れの挨拶は簡単なものだった。むしろ、騎士たちの方が給仕に「ここに残りたいいいい」と泣きすがった始末だ……もしかしたら、そんな給仕たちに酒場でも任せたら荒稼ぎできるのではないかと、セロもついつい邪《よこしま》なことを考えてしまったほどだ。

それはともかく、セロはいったん、眠たげなモタ、これから宿で仕事と張り切るアジーンやフィーアたちと別れると、付き人のドゥだけを連れて、魔王城前の坂道に新設された地下通路に入ってみた。昨晩、アジーンやモタが通ったルートを逆行した格好だ。

そこは人造人間エメスが研究室から直通で温泉宿に行ける通路を要望したことによって、現在も急ピッチで建造中の坑道《トンネル》で、他にも魔王城正面、ふもとのトマト畑や土竜ゴライアス様のいる洞窟方面にも延びている。しかも、エレベーターなる魔力制御された摩訶不思議な鉄の板《ゴンドラ》に乗ることもできるので上下の移動がとても楽だ。

「へえ。もう着くのか。すごいね、これ」

あっという間に魔王城正面に戻れたことに感嘆したセロは、とりあえず正門から入って、入口広間で人狼のメイド長チェトリエ、それにドバーとトリーに出迎えてもらった。

「セロ様、お帰りなさいませ」

三人の声がきれいに重なる。

そのうちチェトリエは温泉宿に手伝いにきてくれていたが、ドバーとトリーは魔王城に詰めていたので、セロも何だか会うのが久しぶりに感じた。

「うん。ただいま」

セロはそう応じてから、まずはドバーに声をかけた。

「掃除は順調かな？」

ドバーは相変わらずケモ度高めの人形《ひとがた》の姿で、端整な表情を崩さずに答える。

「はい。つい先ほど、掃除を終わらせたばかりです」

「それはどっちの掃除？」

「もちろん、間者《ゴミ》の方です」

「そうか……なかなか減ってくれないものだね」

「むしろ、日々増えています」

セロは「ふむう」と息をついた。以前から虫系の魔族が度々忍び込んでくるのだ。

今となっては第五魔王こと奈落王アバドンの手下に違いないと判断できるわけだが、これだけ増えてくると、監視の域を超えて明らかな敵対行為だ――

すると、チェトリエがドバーを叱責した。

「こら、ドバー。まだ汚れが残っているようですよ」

そして、メイド服のスカートをたくし上げると、太腿に幾つか装備していた包丁を一本、宙に鮮やかに投げつける。

「ぐえっ！」

直後、虫系の魔族が一匹落ちてきた。

同時に、三匹がセロたちを囲むように天井から静かに降りる。

もちろん、間者としては見つかってしまった時点で失格だ。本来ならば、すぐにでも情報を持ち帰るべく、ここは逃げに撤すべきところか。だが、第六魔王の愚者セロから漏れ出る禍々《まがまが》しい魔力を目の当たりにしたせいか――最早逃げ切れまいと悟って、せめて一矢でも報いようと戦闘を挑んできた。いかにも魔族らしい心構えだ。

一方で、セロはドゥを守るように身構えただけで、間者如きを相手する気になれなかった。

実際に、メイド長チェトリエが「あら、嫌ですわ。こんなに汚れが残っているなんて」と言うと、ドバーは長柄のわら帚《ぼうき》を取り出した。どうやらその柄が仕込み刀になっているようだ。

「申し訳ありません。掃除を再開いたします」

その瞬間、まず蟻に似た虫系の魔族の頭がきれいに飛んだ。

残りは蜻蛉《とんぼ》と蛾に似た者たちだったが、その二匹が詰め寄ってくるより先に――もう一人の人狼メイドことトリーが敵の影に待ち針を放った。どうやら『影縫い』というスキルのようで、二匹とも身動きが取れなくなった。

「埃が散るのは本当に目障りですよね」

トリーが裁縫担当としてうんざりすると、ドバーも小さく肯いた。

「これにて掃除完了です」

一時的に動きを止められた蜻蛉や蛾も、あっという間にドバーに切り伏せられていた。

セロは「ほう」と感心した。以前に『導き手』の効果のかかったダークエルフの精鋭たちとやり合っていたから強いだろうとは思っていたが、巨狼の姿にならず、人形《ひとがた》のままでこれだけ動けるとは思っていなかった。メイドたちがこれだけ動けるならば魔王城の防諜は安泰だろう。

「三人とも、お疲れ様」

セロはメイド長チェトリエ、それにドバーとトリーを労った。

三人は主人の前できちんと仕事をこなせたことで、「はふ、はふ」と息遣いも荒く、人狼というこ

ともあってかよく甘えたがった。これぱかりは仕方ないので、セロも「おー、よしよし」と三人を存分に撫でてあげた。予想以上にもふもふだったので、かえってセロが癒されたほどだ。

「あはは……これも魔王の仕事のうちかな」

ドゥも何だか撫でて欲しそうに、はふはふしてきたものの——

そんなセロを廊下の陰から、じいっーと嫉妬の眼差しでもって、ルーシー、双子のディン、エメスとヌフまでもがなでなでを狙っていることに、肝心の主人は気づいていなかったのだった。

セロはよほどフラグを踏むのが得意らしい——

話は少しだけ遡《さかのぼ》って、聖女パーティーが王国に出立したばかりの早朝だ。

この出立時にモタは「うー」と眠い目をこすっていたら、師匠である巴術士ジージから早速小言をいわれた。

「よいか。魔術の研磨に近道はない。二度と魔術を暴発させるようなへまをしてはならぬ。立派な魔術師を目指して、時間をゆめゆめ無駄にするでないぞ」

モタは「ほーい」とまるで口うるさい親との会話を打ち切りたい一心で生返事して、「じゃねー」と適当に別れの挨拶を交わしてから、ジージの教え通りに時間を無駄にしない覚悟でもって、ものの見事に二度寝した……

もちろん、宿の大将こと人狼アジーンにきちんと許可をもらって、しばらくの間は温泉宿泊施設の二階の角部屋に泊まる予定になっている。セロは「別に無料《ただ》でいいよ」と言ってくれたが、働かざる者寝るべからず――モタもこの第六魔王国の国庫がすっからかんだと小耳に挟んでいたので、勇者パーティー時代の給金を宿泊費に当てた。

「ぐーすかぴー」

こうして鼾《いびき》をかいて、お腹もぽりぽりと掻いて、洟提灯をたまにぱちんっとしながらも、幸せな二度寝を決め込んだモタだったものの……さすがに昼頃になって、「うー」と起き出した。

「さてと……頑張らねばねば」

モタにしては珍しく、起きがけに気合を入れる。

実は、今日はちょっとした就職活動をするつもりだ。本当なら人造人間のエメスやドルイドのヌフあたりと、魔王城の地下のすっごい部屋で一緒に研究活動をしたかったが、ジージがそこに加わるとなると絶対にこき使われるに決まっている……

だから、ジージが戻ってくるまでに、この国で自分なりの役割を見つけなくてはいけない。

一番楽なのがいわゆる姉として弟たるセロの後見人――いわゆるお世話係だ。セロはしっかり者だからきっと何もしなくても問題ないはずだ。

それが駄目なら、ヤモリたち魔物の飼育係だ。あの子たちはとても賢いので、別に世話などしなくとも勝手にやっていけるだろう。これもまた一日中寝て過ごしていても大丈夫なはずだ。

何だったら、封印や認識阻害の見張り番だっていい。さすがにヌフやルーシーが高度な術式を施しているだけあって、これを見破れる者は早々には出てこないだろう。これならば、たとえどこかに遊びに行ってもバレやしないはずだ。

「にしし」

我ながら完璧な考えだなと、モタはつい悦《えつ》に入った。

一方で、ダークエルフたちがやっている農作業はきつそうだ。モタは魔女なので肉体労働は得意でない。それにこの宿の女給も向いていない。そもそも、モタに接客業などやらせたらそれこそ宿が爆発して火の海に巻き込まれるに決まっている……

「はてさて……誰に相談しに行くかなあ」

こうしてモタが腕組みしながら歩いて、温泉宿の玄関から出ようとしたときだ。

ぽこん、と。

出入口で誰かと正面からぶつかってしまった。暖簾《のれん》がかかっていたので、考え事をしていたモタは前方への注意が欠けていたのだ。

モタは「うぎゃ」と尻餅をつくも、こちらに非があったので「ごめんなしゃい」と素直に謝ったら、そこにはモタと同じくらいの背格好の亜人族の男性が突っ立っていた――何とまあ、ドワーフだ。しかも、そこそこの人数がいる。

「いや。拙者こそすまなかった。大丈夫か?」

ぶつかったドワーフに毛むくじゃらの手を差し伸べられて、モタは立ち上がった。

そして、すぐにアジーンや吸血鬼の女給たちに声をかけようとするも、今は皆がちょうど昼休憩な上に、セロが「お客さんも早々には来ないだろう」なんて呑気なことを言ったせいで、今日は丸一日研修に当てていたことを思い出した。

だから、モタは仕方なく、「らっしゃいー」と声をかけ、とりあえず一時的に対応してあげた。

すると、先ほどのドワーフが話し始める。

「拙者らは『火の国』からやって来た。第六魔王が代替わりをしたというので、挨拶に伺ったわけだが……いやあ、数日前の隕石《メテオフレイム》には驚かされた。その調査も併せてお願いしたい。ところで、新たな魔王はどこにいらっしゃるのか？」

モタはすぐさま思い出した──

ドワーフはエルフに輪をかけて偏屈と言われる種族だ。そもそも、この数百年ほど、人族の歴史には姿を現していない。

基本的には、大陸北東にある火山に囲まれた、火竜サラマンドラを祀《まつ》っている場所で生活をしていて、全員が火に対する強い耐性を持ち、鋳造や酒造にこだわりのある亜人族だと、ジージの持っていた古い文献で読んだことがあった。

それにドワーフと言ったら、つい先日、高潔の元勇者ノーブルが治める砦に流れ者がいると耳にしたばかりだ。何にせよ、火や鉄や酒と同じくらい隕石にも興味を持っているらしい。とはいえ、モタでもすぐに気がついた──この訪問は国同士の立派な外交に違いない、と。

「あわわ」

モタは慌てて、さてどうしようかと考えた。

一方で、先ほどのドワーフはモタなどお構いなしに首を傾げながら呟いた。

「ところで、第六魔王国の魔王城とはこんなふうだったであろうか？　以前、拙者が真祖カミラ殿を訪ねたときには、立派な山城があったように記憶していたのだが？」

　モタは返答に困った。認識阻害や封印については軽々しく部外者に言ってはいけない。それぐらいの分別はモタもさすがに持っている。

「えーと……ここは新しく建てた宿屋なんですよー。赤湯がとっても気持ち良いのです」

　直後、モタはびくりと震えた。なぜなら、ドワーフが全員、目の色を変えたのだ。

「ほう？　赤湯とな？」

　モタの眼前数ミリまでドワーフたちが一斉に迫ってくる。なかなかにむさ苦しい迫力だ。

「ほ、ほいな。真っ赤な温泉でございやす」

　そんな暑苦しさを押し返して、モタが赤湯を自慢すると、ドワーフたちはざわついた。

　当然のことながら、『火の国』にも温泉は豊富にあるものの、残念ながら赤湯だけなかった。

　かつては存在したらしいのだが、噴火によって消失してしまったのだ。そんな経緯について、ドワーフたちは幾度も祖先から残念無念と語り継がれてきた。

「まさか……そんな伝説の赤湯に……訪問先で入ることができるとは……」

　先ほど話しかけてきたドワーフは感無量といったふうに涙まで流した。

　ちなみに、ドワーフはわりといい加減で刹那的な種族でもある。本来ならばすぐにでも第六魔王の愚者セロと謁見して、隕石調査に取りかかる予定だったはずだが——ここに来て、最優先事項があっさりと覆された。

「それでは早速ですまないが、二十名の宿泊でお願いしたい。もちろん、すぐに赤湯に入るぞ」

　こうして第六魔王国の温泉宿はオープン二日目にして、またもや団体客の訪問に見舞われた。しかも、当のモタはというと、思わぬ就職活動をする羽目になったのだった……


「お客さんも早々には来ないだろう」

と、悠長なことを言ったセロに、モタは「セロのお馬鹿ああーっ！」と罵《のの》りたい気分だった。

いきなりの宿泊客……それも『火の国』のドワーフの団体客——いや、より正確に言えば、公式な外交使節団の来訪だ。大陸の歴史から数百年もの間、その姿を消していた亜人族が重い腰を上げてやって来たのだ。まさに歴史的な快挙と言っていい。もっとも、そんな奇跡的な訪問の窓口となってしまったのが……よりにもよってモタだったことに、モタ本人も困惑するしかなかった。

一見すると、ドワーフたちはモタと同じくらいの背丈しかない。

だが、全身がゴツゴツとした筋肉質で、ちりちりの長い黒髪と顎髭が特徴的だ。

その身には板金鎧ではなく、甲冑と言われる独特な防具を纏っている。また、武器も刀と呼ばれる片刃の剣で、王国でたまに出回るときには至高の芸術品として高値が付く代物だ。

ちなみに、この二十人の中には女性もいるのかもしれないが……モタからすると全員が小汚いおっさんというか、落ち武者にしか見えないから不思議なものだ。そんなドワーフたちに共通しているのは、全員が短気で喧嘩っ早そうなところだろうか。というか、ほんのりと赤ら顔なので、外交団なのにすでに全員が酔っ払っている可能性だってある……

「それでは、ちょいとここでお待ちくだせーやす」

そのせいか、モタもなぜかべらんめえ口調になって応対した。

とりあえず、怖そうな種族だからあんまり怒らせないようにしなくちゃなあと、モタは急いで接客担当を捜しに出かける。

が。事務室、物品コーナー、展示室など一階を見回っても給仕が誰一人としていない……

「ど、ど……どゆこと?」

モタは首を傾げた。

今日は丸一日研修に当てるると、たしかに宿の大将こと人狼アジーンは言っていた。

もしや寝惚けて聞き間違ってしまったのか? そうでないなら、研修を早々に切り上げ、皆で外に出て、畑作業でも手伝っているのだろうか?

「うー。こりゃ、まっずいなあ」

「おーい、若女将?」

すると、ロビーからドワーフの声がしたので、モタは若女将であることを否定するかどうか迷いつつも、「ほーい」と愛想よく出て行った。ここらへんがモタの性格の良さというか、やらかしても許される愛嬌なのだが……残念ながら今回だけは悲劇しか呼びそうにない。

さて、モタがロビーに戻ってみると、ドワーフたちは甲冑を脱いで、さっさとひと風呂浴びたいといった様子だった。これ以上待たせて外交問題になったら困るので、モタも仕方なく腹を括ることにした。

「なあ、若女将。まずこれらの荷物を置きたいのだが、どのような部屋があるのだろうか？」

「えーと……まず部屋は二階に個室やパーティー用の五、六人部屋と、あとは三階に大部屋がありやすです」

モタがそう説明すると、先ほどのドワーフがまた進み出てきた。

二十人の中では比較的若くて凛々しい……ものの、やっぱり気のせいかもとモタは考え直した。それだけドワーフは皆、似たりよったりに見える。何にせよ、その若者はオッタと名乗った。モタと名前が似ていたので、ちょっとだけ親近感を覚えてしまったのは内緒だ。

そんなドワーフの代表オッタがモタに注文した。

「部屋は男女別々にしたい。男どもは三階の大部屋にて雑魚寝で構わない。女子《おなご》たちは五人いるので、二階のパーティー用の部屋で頼む。とりあえず、部屋に案内してくれないか」

全員筋肉質な上に髭面なのに、やはり女性もいたのかと、モタは「がびーん」と軽いカルチャーショックを受けた。

「それと宿泊費は幾らなのだろうか？」

モタはつい「うっ」と呻った。

パーティー用の部屋や大部屋の値段なんて聞いていなかった。

個室の金額なら払ったばかりだから分かるが、王国の木賃宿よりもかなり低めだったので、モタはてっきりセロが気を利かせて値引きしてくれたのだと思い込んでいた。

ただ、この温泉宿自体は王国の三ツ星級ホテルと比較しても遜色ない。セロの性格を考えると、そんなに阿漕《あこぎ》な商売をするとは思えなかったが、常識的に考えれば、上級冒険者のパーティーが一日で稼ぐぐらいの金額に相当するんじゃないか——モタはそう考えて、大部屋は日本円にして一泊三十万円、パーティー用はその半額ぐらいを王国通貨で提示してみた。

もちろん、このときモタは、セロが「しばらくはオープン価格で王国の安宿と同じくらいでいい」とアジーンに伝えていたことなど知るはずもなかった……

そんな値段に対して、ドワーフの代表オッタはやや渋い顔を作る。

「むう。実はだな……路銀はさほど持って来ていないのだ」

当然だろう。外交団なので、宿泊は魔王国持ちだと認識していた。そもそも『火の国』は現在、王国とは一切交易をしていないので王国通貨など持ち合わせていない。

「仕方あるまい。夜食に供しようと思っていたのだが……こちらの物納で如何《いかが》か？」

そう言って、オッタはにやりと笑みを浮かべながらアイテムボックスから酒樽を取り出した。

火の国で酒造された最高級の麦酒《エール》だ。もし接客していたのがアジーンだったなら、この場で腰を抜かしていたところだが……残念ながらモタにはその価値がよく分からなかった。駆け出し冒険者時代から、モタはお酒を飲まずにきた上に、パーティーの財布係はセロが務めてきたからだ。

ちなみに、『火の国』の麦酒もやはりほとんど出回らないので、王国では好事家の貴族がオークションにかけて、一樽が日本円に換算してうん千万円で落札されるほどである。

ドワーフ代表のオッタもそんな事情は一応聞きかじっていたようで、交渉ごとの初手としてまずは強気に出て、せいぜいモタのペースを崩してやろうと思っていたわけだが……

「うーん」

そんな超が付くほどの高級な酒樽を幾つか出されても、モタは全く動じないどころか、本当にこん

な年季の入った薄汚い樽程度で宿泊費代わりになるのかなあと訝《いぶか》しみつつ、

「まっ、おけおけ」

と、つい生返事してしまった。

このとき、オッタは思わずモタに若女将としての貫禄を垣間見た。

もちろん、モタからすれば、とりあえずドワーフたちを部屋に上げて、温泉に案内して寛《くつろ》いでもらって、その間に皆を捜したい一心でしかなかった。何なら宿賃はモタが一時的に負担してあげたっていいとまで考えていたくらいだ。

そんなわけでドワーフ全員をさっさと温泉に連れて行ってから、モタは「はあぁ」とため息をついて、再度、宿内を捜し回ることにした。さっきは入らなかった調理室をちらりと覗いてみたら、

「フィーア！」

早速、料理長こと屍喰鬼のフィーアを見つけた。

「おや、モタさん。いったい、どうしたんですか？」

「うえええええん」

モタはその胸に泣きついた。孤島に流されて、やっと船影を見かけたような気分だ。

フィーアはというと、そんなモタを「よしよし」とあやして訪問客のことを聞き出しながら、今なぜスタッフがいないのかを説明した——

「大将のアジーンさんは魔王城に行っています。このお昼休みを利用して、極上燻製肉コレクションの隠し場所を改めて検討し直すと仰《おっしゃ》っていました」

「ふむふむ。そいや、昨晩もお肉が云々《うんぬん》と言ってた気がするぜい。宴会に出てたやつだよね。美味し

かったなあ。今度、しれっと盗み食いしに行こうっと」

「え、ええと……それから、吸血鬼の皆さんは『迷いの森』や魔王城に戻っています」

「それはなぜー？」

「棺に入らないと休んだ気になれないということで、それぞれの棺を取りに行ったのです。宿から少し離れた林内に置き直すかもしれないと言っていましたね」

モタは天を仰いだ。ということは、どちらも一時《いっとき》は戻ってこないだろう……

問題はドワーフたちがどれだけ長く温泉に浸かってくれるかだ。出てくるまでにスタッフが戻ってこないと、モタとフィーアだけで孤軍奮闘する羽目になる……

「何にしても、モタさん。私はすぐにお夕食の準備に取りかかります。ドワーフの皆さんも長旅でしたでしょうから、お腹にがつんと入る食事の方がよいはずです」

「わかった。わたしは何をすればいい？」

「作り終えた食事を宴会場に運んでください。二十人分のフルコースになります。お願いします」

モタは、「らじゃ」と答えた。

給仕たちが戻ってくるまでの辛抱だ。こうなったら一丁気合入れて乗り越えてやるぜと、モタは「ふんす！」と逞《たくま》しく腕まくりをしてみせたのだった。

モタは腕まくりをした上で、両頬をパンッと叩いて気合まで入れた。

そして、屍喰鬼のフィーアの料理ができ上がるまで時間を有効活用しようと、いったん宿を出てから、「よし、やったるぜい！」と自らを奮い立たせて、一意専心——

狼煙を上げた。

……

…………

…………………

フィーアから藁をもらって、掘った穴に入れ、火を起こしてぼんやりと宙を見る。

「んー、ダメだなー」

もくもくと煙は上がるのだが、今日は思ったより風が強くて、一気に流されてしまった。

だから、モタはあまり得意ではない風系の魔術によって、風向を調整しつつ、ついでに煙で文字を作ろうと試みる——もちろん、メッセージは「たすけて」だ。

魔王城にいる誰かが見つけてくれると信じて、生活魔術『そよ風《ブリーズ》』によって煙文字を整えてみるのだが……これがなかなか上手くいかない。そもそも、モタは大規模な魔術を扱って暴発させるのは得意だが、こういう細かい微調整は滅法苦手なのだ。

本当ならばこの空き時間を利用して、スタッフを捜しに行きたかったのだが、ドワーフたちの入浴時間が長いのか短いのか、予想がつかない上に、急に声掛けされる可能性だってある。だから、モタは赤湯の外壁のそばで、渾身の思いを込めて、「たすけて」と狼煙を上げ続けた。

もっとも、モタは煙に巻き込まれて、「ごほ、ごほ」と、それこそ落ち武者みたいになった。

その一方で、ドワーフたちはというと、赤湯を前にして呆然としていた。

「これは紛う方なく、『地獄風呂』ではないか……」

若女将の話を信じていなかったわけではないが、てっきりお湯に含まれる鉄分が沈殿して、湯床が錆びて赤くなった程度だろうと見立てていた。だが、この温泉は違った。お湯そのものがまるで血のように赤く濁っているのだ。見るもおぞましい赤々しさだが、それだけにドワーフたちの心はこの焼けるような炎獄にすでに囚われていた――

かつて古の大戦にて火竜が血反吐をはいたときに『地獄風呂』ができたと伝承にあったので、その存在だけは祖先から引き継いできた。ところが、火山の噴火によって貴重な『地獄風呂』は失われてしまった。

エルフ種と同様にドワーフも長寿を誇るので、長老たちから「今の若いもんは『地獄風呂』も知らんからな」と上から目線で言われて、それが世代間対立の原因にもなっていたほどだ。それをまさか訪問先の第六魔王国で目の当たりにするとは……

と、ドワーフたちは全員、眼前の光景に対して涙に咽《むせ》んでいた。

火竜に見《まみ》える際の儀式同様に、両手で赤湯を拝んで、次いで三跪九叩頭の礼までして、もちろん入浴前の行水もしっかりとしてから、

「では、いざ……入らせていただくとするか」

と、恐る恐る足先を入れて、ゆっくりと全身を浸からせてみる。

「誰か見てー」

「お、おおおおおおおっ――――！」

まさに一瞬だった。

そんな刹那でドワーフ全員が絶頂に導かれた。この時に命果ててもいいと思ったほどだ。

「まるで母に抱かれた赤子のような気持ちだ」

当然のことながら、温泉大国である『火の国』で生まれ育ったドワーフは温泉に一家言ある者たちばかりだ。数々の秘湯にエクストリーム入浴することが大人への通過儀礼になっている可笑しな種族でもある。

そんなドワーフたちがこの赤湯にいとも容易く、心から何から全てを奪われた――

ちりちりだった黒い長髪や顎髭がさながらストレートパーマでも当てたかのように、さらっさらのつやつやになっている。そのおかげで落ち武者だったのが、今ではきれいな貞子《さだこ》ぐらいに進化していた。

さらに天にも昇る気分で宙を見つめてみると、狼煙らしきものがあった。その煙が様々に形を変えていく。どうやら前衛的なパフォーマンスのようで、文字を作っているらしい。たすけ……いや違う、あれはきっと――たのしーナ、すけすけ、てナニ、すし、ナン。

「ううむ。いまいち分からん」

だが、趣向としては面白かった。

何となく雅《みやび》な風流すら感じられて、無骨なドワーフたちはそんな趣《おもむ》きも満喫した。

そして、皆の腹が一斉に「ぐうう」と鳴ったこともあって、「飯を食って、飲んでから、また入らせてもらうとするか」と、小一時間ほどで赤湯からいったん上がった。

ドワーフ代表のオッタはすぐに廊下で若女将ことモタを見つけた。

「お食事ができておりやすです」

何だか落ち武者みたいにやつれているようにも見えたが、オッタは礼を言った。

「それは助かる。長旅で腹が減っていたのだ」

「順に出しやすから、こっちの宴会場で待っていてくだしゃい」

モタはそう言って、とぼとぼと調理室へと入っていった。客人に対してやや無礼ではあったが、オッタたちは赤湯で感動したばかりだったので気にも留めなかった。

とはいえ、モタの気落ちも仕方のないものだった。何せフルコースを二十人分だ。両手に二つの皿を持っていったとしても、モタ一人だと十往復だ。しかもフルコースなので何皿も予定されている。

残念ながら、台車やトレーなどはどこにもなかった。そもそも吸血鬼は普段、モタ以上に棺でぐーすか寝ているくせに、起きているときは血の多形術や闇魔術などを駆使する器用な種族だ。

「うー。早く持っていかないとおおお」

もたもたしていたら料理が冷めるし、せっかく味方してくれているフィーアに申し訳ない。こんなことなら師匠のジージからきちんと風魔術の『浮遊』でも学んでおけばよかったと、モタは後悔しきりだった。たしかにジージの言う通りだ。魔術の研磨に近道はない。これからは時間を無駄にせずに努力しようとモタは心に固く誓った。

「ひい、ひい」

と、モタは悲鳴を上げつつも、まず前菜二十人分を何とか運び込んだ。

魔女には不得手の肉体労働だったものの、やれば何とかなるものだなと、モタも「ふう」と一つだけ息をついた。

だが、戦いは始まったばかりだ。これから主食に向けて料理もボリュームが増えてくる。モタはつい暗澹《あんたん》たる思いに駆られた。さらにドワーフ代表のオッタがモタに声をかけてくる。

「おーい、若女将！」

「ほいほい、何でござりまするか？」

モタは若女将と呼びかけられたことに対して否定する余裕もなくなっていた。

「第六魔王とはいつ頃、謁見が可能なのだろうか？」

モタは「うげっ」と呻った。

狼煙の効果もなく、モタはセロと連絡も取れていない。そんなことがバレたら今度こそ外交問題だ。はてさて、どうするかとモタはオッタの前でおたおたした。

そのときだ。捨てる神あれば拾う神ありとはよく言ったもので——

「モタいるー？」

と、ロビーから声がしたのだ。夢魔のリリンだ。

どうやら昨晩、モタに気絶させられたとあって、今頃起き出してモタに会いに来たらしい。

もちろん、モタの乾坤一擲が功を奏したのか、リリンは昨晩襲われたことは全くもって覚えていない。起きたらモタが隣にいなかったので、人狼の執事アジーンから昨晩のことを聞き出して、「そっか。慣れない場所でろくに眠れなかったのか……モタに悪いことをしたなあ」と、こちらを訪ねに来ただけだ。

逆にモタはというと、ドワーフ代表のオッタに「ちょいと失礼しやすです」と伝えてから、ロビーにどたどたと駆けていくと、リリンを見つけてその胸に飛び込んだ。

「リリンんんん！」

「おおっと！　いきなりどうしたのさ？」

「大好きー」

「へ？」

「昨日は本当にごめんねー」

いきなりの告白と謝罪に戸惑うリリンだったが、モタの顔は涙と鼻水塗れでそれはもうひどい有り様だった。何はともあれ、リリンを押し倒したモタの目はギラリと異様に煌《きら》めいた。

「というわけで、はよ、セロを呼んできて！」

「はい？」

「ドワーフが団体さんで外交に来ているの！　ヤッバいの！　ほら！　立って、出て、そう！　魔王城の方をきちんと向いて！　そこにステイ、ステーイ！」

「おいおい、急に何だっていうんだよ？」

「リリンなら大丈夫！　昨日だって耐えられたんだし！　じゃあ、いっくよおおおお！」

リリンはものすごーく嫌な予感しかなかったものの……

気がついたときにはモタの風魔術の暴発で魔王城まで吹っ飛ばされていた。こういうのだけモタは本当に得意なのだ。

「ぎゃあああああ！」

そんなリリンの絶叫が宙を舞ったので、さすがにセロたちも気づいたわけだが――

頭から魔王城の入口広間に突っ込んでいって、見事に着地に失敗したリリンがまた気を失ってしまったせいで、結局のところ、救援が温泉宿にやって来るのは、さらに一時間が過ぎた頃になった。もちろん、その間、モタが何とか若女将を演じたのは言うまでもない。

「セロ様」

付き人のドゥがちらちらとセロに視線を投げかけてきた。

どうやら魔王城一階の入口広間への闖入者——先ほど空から降ってきた夢魔のリリンがドゥの介抱もあって、やっと目を覚ましたらしい。

「ここはどこ……？　ぼくは誰……？」

かなり危険な状態だ。セロはすかさず「大丈夫？」とリリンに声をかける。

「む？　これは愚者セロ様。ええと……挨拶が大変遅れまして、誠に申し訳ございません。ぼくは前代の第六魔王こと真祖カミラが次女、夢魔のリリンと申します」

「うん。ルーシーから聞いているよ。ところで、なぜ空を飛んできたのかな？」

「空を？　はてさて？　たしか……温泉宿の玄関先でモタに何かされた、微かな記憶が……」

「あー、ごめんね。モタのせいか。どうせ可笑しな魔術の実験にでも付き合わされたんでしょ？」

セロがいかにも申し訳なさそうに尋ねると、リリンは「うーん」と眉間に皺を寄せた。

本来ならモタに対して怒り出していいはずなのに、即座に浮かんだのがモタの涙と鼻水塗れの表情だった。つまり、モタはリリンに何かをしてほしかったわけだ。それが果たして何だったのか？　しっかりと思い出そうとこめかみのあたりを指先でとんとんと叩いてから、ぽくぽくぽく、ちーんと鳴って、リリンはやっとモタの台詞を復唱してみせた――

「というわけで、はよ、セロを呼んできて！」

リリンがモタの真似をして言ってみると、セロは「ん？」と首を傾げた。

「ドワーフが団体さんで外交に来ているの！　ヤッバいの！　ほら！　立って、出て、そう！　魔王城の方をきちんと向いて！　そこにステイ、ステーイ！　リリンなら大丈夫！　昨日だって耐えられたんだし！　じゃあ、いっくよおおおおお！　――そうです。今、思い出しました。その後にぼくはここに飛ばされてきたのです。セロ様、どうやらドワーフの外交使節団が温泉宿泊施設に到着して、よりにもよってモタ一人で対応しているようなのです」

このとき、入口広間に集まってきた全員が「ドワーフの外交使節団？」、「しかもたった一人だけで対応？」と仰天したのは言うまでもない。もちろん、セロだって当惑の声を上げた――

「ドワーフって……まさか、あの『火の国』のドワーフ？」

これはまあ、王国出身の元人族としては当然の反応だろうか。

たとえるならばツチノコとかモスマンとかチュパカブラと遭遇するようなもので、セロからすれば、むしろリリンに担がれているんじゃないかと眉をひそめたほどだ。

ただ、魔王になってからというもの、『迷いの森』から出てこないドルイドのヌフが仲間になったり、百年前に亡くなったはずの高潔の元勇者ノーブルに出くわしたりと、それこそネッシー級の邂逅を二度もしてきたわけで——ドワーフくらいじゃもう驚いちゃいけないのかなと、セロもすぐに魔王としての顔つきに戻って、大階段を上って玉座の間に入った。

「さて、それではドワーフとの外交について皆の意見を聞きたい」

玉座に着いてから皆に話を振ると、ルーシーが助言した。

「セロが温泉宿に出向くのは自らを軽んじる行為だから論外だ。こういう場合は外交官が赴いて、日程や内容の調整を行う。いわゆる予備交渉だ。その上で先方をこの玉座の間に来させる」

そう言われても、セロは首を傾げざるを得なかった。この第六魔王国の外交官がいったい誰なのかという大きな問題があったからだ。

セロは玉座の間に集まっている皆を見渡してみた——

まず、ルーシーは適任だが、第六魔王国の実質的なナンバーツーだ。前魔王の真相カミラの長女として対外的にもよく知られていて、立場的にはセロとさして変わらない。

次に、そんなルーシーと同格の力を持つ人造人間エメスもいいのだが、たまに高圧的で気に入らない相手にとことん容赦ない部分がある。ここらへんは元魔王なので仕方のないところかもしれないが……たまに「実験体はどこじゃー」、「拷問させろー」などと、なまはげよろしく相手を見て舌舐《したなめず》りする癖があるので注意が必要だ。

それに、ドルイドのヌフはセロからすれば封印の為に来てくれたお客さんという印象が抜けきらないし、そもそも性格が内向的なのであまり外交には向いていそうにない。どちらかと言うと、得意の闇魔術を活かして間諜をしてくれた方がよほど適当かもしれない。

さらに、同じダークエルフでもエークは——実のところ、最も適任だが、こちらはすでに近衛長という役職がある上に、魔王城周辺の改修工事などであまりに多忙だ。同様に、人狼の執事アジーンも温泉宿の大将まで務めてもらっている。幾ら二人が優秀でも、仕事をこれ以上増やすのは酷というものだ。

最後に、ダークエルフの双子のドゥやディンは子供なので、相手が見くびられたと捉えるかもしれない。人狼のメイドたちチェトリエ、ドバーやトリーも本職がメイドなのが玉に瑕《きず》か。メイドが外交官までやっているとはどういう了見だと、これまた相手を怒らせる可能性がある。

「ふむう。仕方がないな。じゃあ……一時的に窓口になってくれたモタにでも頼もうか」

セロは観念しかけたものの、「いや、やっぱりダメだな」とすぐに撤回した。

人当たりが良いから向いているようにも見えるが、モタは何せ細かいことが苦手だ。外交は微調整の連続だから、ある意味で最も向いていない。それにこのときセロは、モタが若女将としてすでに十全に務めていたことをまだ知らなかった。

何にせよ、セロは「はあ」と小さく息をついた。

ドワーフたちの目的がどうあれ、もしかしたら第六魔王国にとって初めての友好国ができるかもしれない。ルーシーは魔王自ら行くべきではないと言っていたが、やはりここはセロが出向くのが一番なのではないか……

すると、セロがそう告げようとしたタイミングで、ルーシーがちょうど声を上げた。

「リリンよ。結局、貴女はどうしたいのだ？」

その問いかけに、リリンはギュッと下唇を噛みしめた。

魔王城から家出してもうずいぶんと経った。母の真祖カミラから長女ルーシーほどには期待されていないと感じたからこそ、リリンは若気の至りで城を出奔して、ルーシーとは別の道を選んだ。しかも、その際に行き掛けの駄賃として宝物庫のものまでこっそりと持ち出してしまっている。第六魔王が代替わりした今、そのことでセロから罰されても仕方がない立場ではある。

だが、セロは昨晩、小言すらいわなかった。しかも、姉のルーシーと同様に——今、リリンに期待の眼差しを向けてくれている。もしかしたら、この愚者セロという人はノーブルに勝る実力を持つだけでなく、意外と人誑《たら》しなのかもしれない……

そもそも、この第六魔王国にいれば、屍喰鬼のフィーアや親友のモタから料理について多くを学べるだろう。だとしたら、故郷で再度、しっかりとした役割を持つべきではないか？

リリンはそう考えをまとめて、セロの前に跪《ひざまず》いた。

「新たな第六魔王の愚者セロ様、どうかぼくに役割をお与えくださいませ。真祖カミラが次女、夢魔のリリン——その任を全《まっと》うしたく存じます」

直後、リリンの体を光が包んだ。セロの自動スキル『救い手《オーリオール》』だ。

さすがにルーシーには及ばないものの、真祖直系の吸血鬼として力強さがグンと上がったことに加えて、ルーシーよりも遥かに『魅了』が増した——蠱惑的でどこかユニセックスな妖しさに磨きがかかって、その場にいた女性陣から思わず、「きゃあ」と嬌声が漏れたほどだ。これはもしかしたら外交官として最大の武器になるかもしれない。

するると、ルーシーはそばにいた付き人のディンに声をかける。

「ディンよ。しばらくは妾《わらわ》のことはいいので、外交時はリリンを補佐してやってほしい」

「畏まりました」

リリンが新しくなった第六魔王国に戻ってまだ日も浅いことから補佐を付けたわけだが、ディンの博識が外交にも役立つだろうというルーシーの配慮でもあった。

こうして、リリン、ディンと幾人かのダークエルフの精鋭たちが温泉宿へと足早に向かった。

もちろん、モタ一人では大変だからと、アジーンがすでに先行しているし、また『迷いの森』などに棺を取りに行った吸血鬼の女給たちにも戻るようにと、メッセージと子猫を抱えてドゥがてくてくと駆け出していた。

さて、そんなリリン一行が宿に到着したとたん、

「リリンんんんん！」

モタがまたもや玄関先で涙と鼻水塗れで飛びついてきた。

だが、リリンもさすがに学習したのか、さっきの風魔術のお返しとばかりにモタのダイブをひょいと避けたので、モタは門柱にしたたかに頭をぶつけた。

「モタ。遅れてすまなかったな」

「あ、いたたた……あれれ？　本当にリリン？　何だか、急に立派になっていやしないかい？」

「ふふ。モタにそう見えているのなら本望だ。ところで、ドワーフの代表と話し合いを持ちたい。今はどこにいる？」

「んーと、宴会場にまだいるはずだけど……」

モタが言葉を濁したので、リリンは先着していたアジーンにどうしたことかと視線をやった。

「連中、まだ夕方にもなっていないのに、宴会場でべろんべろんに酔っぱらっていますよ。呂律《ろれつ》も回

「なるほど。さすがはドワーフ。噂に違《たが》わぬ酔いどれ種族ということか」

リリンはやれやれとこぼすしかなかった。

法術やアイテムで『酩酊』などの状態異常ならば簡単に解けるものの……むしろ酔って判断が鈍くなっているうちに、リリンは謁見の段取りを手早くまとめ上げることにした。

ドワーフたち相手に散々苦労させられたモタからすると、まさに「ひょえー」と、その手際の良さに目を見張ったわけだが――何はともあれ、こうして明日の午前中に玉座の間にて謁見して、それから昼に会食をするという流れに落ち着いた。細々《こまごま》とした点についての予備交渉はまだこれからだったが、何にせよ両国にとっては歴史的な一歩だ。

この日、モタとリリンは第六魔王国で初めての役割を立派に務め上げたわけだが――そんなふうに謁見を一日遅れにしたことによって、さらなる客人が加わって、謁見中に下半身を晒し合うようなハプニングが起こることになるなど、このときセロも、リリンも、モタも、当然のことながら知る由もなかった。

02 秘湯は蕩かす

「これはいったい……何事なのかしら？」

第二聖女クリーンは首を傾げた。

第六魔王国の温泉宿泊施設から出て、北の街道を南下して、やっと王国に戻ってきたと思ったら、最北の城塞がやけに物々しくなっていたのだ。神殿の騎士団がいまだにここで待機しているだけでなく、王国の虎の子たる聖騎士団までが駐屯している。

第六魔王国を訪問する前に、ムーホン伯爵領で各騎士団の幹部たちを説得したはずなのにいったいどうして？　――と、聖女パーティーの面々が眉をひそめていたら、そんな城塞の門前にて聖女パーティーを出迎える者が二人いた。

まず、聖騎士団長のモーレッツだ。

まさに団長になるべくして生まれたような巨漢で、太い手首に、丸太のような腕で、背中をバンッと叩かれたなら新米騎士など簡単に奮い立たされることだろう。

大顔で、どこか飄逸味《ひょういつみ》のある壮年の男性騎士で、英雄へーロスをいなせるほどの剣技だけでなく、子爵家の出身とあって見た目のわりに行儀も良く、また意外と弁の方も立つ。こういった人柄や口達者なことも含めて、実力者揃いの聖騎士団をまとめるのに一役買っている。

とはいえ、そんな聖騎士団長モーレッツ以外にもう一人、意外な人物がいた。女聖騎士キャトルが思わず、クリーンよりも前に進み出て声を上げてしまったほどだ。

「お父様……なぜこんなところに？」

そう。団長モーレッツの横には、シュペル・ヴァンディス侯爵が立っていたのだ。

もっとも、シュペルとて団長を長らく務め、社交界に戻る際にモーレッツにその地位を譲っているので聖騎士団と全く無関係ではない。そのシュペルはというと、さすがに公私混同はせず、キャトルをいったん無視してクリーンに真っ直ぐに向いた。

「王女プリム様が拐《さら》われました。犯人は元勇者のバーバル。私はその逮捕の為に王命でここまでやってまいりました」

この報には、さすがに聖女パーティーでも動揺が広がった。

キャトルは両手を頭にやって、「そんな馬鹿な……」と絶句した。一方でクリーンは意外と冷静にシュペルに尋ねる。

「バーバル様はどこかの塔に蟄居《ちっきょ》なさっていたのでは？」

「その通りです。監視も付いていましたし、定期的に大神殿の神官が訪れて、告解の機会も与えられておりました。しかし、よりにもよってその神官を人質に取って、王国から出て行きました」

クリーンはふと首を傾げた。

「ええと……お言葉ですが、神官を人質にして拐っていったということならば、プリム様は関係ないのでは？」

「残念ながら、その神官こそ、プリム様が扮装した姿だったのです」

聖女パーティーの全員が「はあ」とため息をついた。

これでは単なる駆け落ちだ。若い男女が身分違いの悲恋のあまり、誘拐を偽装して王国から出て行った――いかにも吟遊詩人が好みそうな題材だろう。というか、これまたいかにもバーバルがやりそうなことで、その人柄をそれなりに知っている女聖騎士キャトルやモンクのパーンチは「あちゃー」という表情になった。もちろん、バーバル本人はそんなことを一切していないので、ただの風評被害に過ぎない……

ともあれ、クリーンもあのバーバルなら仕方がないと納得しながらシュペルに確認した。

「つまり、現状は誘拐というよりも、駆け落ちということでよろしいのでしょうか？」

「実質的にはそう考えていただいても構いません。どうやら、これまでもプリム様は神官の姿で何度もバーバルに会いに行っていたそうです。ただし、現王は大変ご立腹で、今回の件はあくまでも正式には誘拐という犯罪行為とみなしていますので、くれぐれも公然と駆け落ちなどとは仰《おっしゃ》らないようにお願いいたします」

「畏まりました。何というか……ため息しか出ない話ですね」

ただ、クリーンとてそんな逃走劇を真に受けるほど純粋ではなかった。

事実、あまりにタイミングが良すぎるのだ――各騎士団の幹部に『魅了』をかけて、王国と第六魔王国との対立を演出したのは王女プリムだ。帰国して詰問する前に見事に逃げられた格好で、やはりプリムはどこか怪しい……

そんな事情も含めて、シュペル卿やモーレッツ団長と付き合いのある英雄へーロスがこれまでの経緯を二人に包み隠さずに話し、さらに魔王セロから聖剣が返還されたことも説明したら、

「何とまあ、プリム様が不死王リッチや奈落王アバドンとつるんで、王国の陰で蠢《うごめ》いていた可能性が

あるですと……？」

シュペルもしだいに顔色が悪くなっていった。

よろよろと無様にふらついてしまったので、モーレッツが両手で支えたほどだ。娘のキャトルにしても、これほどまでに不安げな父を見るのは初めてで、「お父様！」と駆け寄った。

すると、シュペルは頭を横にぶんぶんと振って、努めて冷静にキャトルへと尋ねる。

「娘よ。お前の目から見て、ここ最近のプリム様はどうだった？」

その問いかけに、キャトルはいったん口の端を引き締めてから真剣に答えた。

「ここ最近だけではありません。実は、小さな頃からずっと違和感がありました」

「小さな頃から……だと？」

「はい。あれはたしか……御年十歳ぐらいのときです。まるでプリム様がご本人ではないような印象を強く受けました」

「どうしてそんなふうに感じたのだ？」

「全てが作り笑いに思えてしまったのです。少なくとも私にはそう見えました。だから、そのときを境に私はプリム様と距離を取るようにしました。もちろん、王女様を守る近衛騎士になる為に、立場の違いをはっきりさせようと努めたといった事情もあります」

それを聞いて、シュペルは「ふう」と息をついた。

「そうか。プリム様が十歳のときか……たしか王子たちが皆、亡くなられた頃合いだな」

シュペルがそう呟いてしばらく物思いに沈んでしまったので、クリーンは話題を変えてモーレッツに尋ねることにした。

「ところで、王国最北の城塞にこれだけの騎士たちが集結しているということは、もしや？」

「ご想像の通りです。プリム様一行が第六魔王国に逃れたという目撃情報が上がったのです」

「お言葉ですが……私たちはその第六魔王国から戻って来たばかりです。しかしながら、道中で二人とはすれ違いませんでした」

クリーンの返事を耳にして、シュペルがふと顔を上げた。

「第六魔王が匿《かくま》っている可能性はございますか？」

その質問に対して、クリーンも、パーンチも、頭を横に振ってみせた。

「セロ様はそのような腹芸が得意な方には見えませんが……」

「それにバーバルの性格上、セロのもとには行かねーよ。断言してやってもいい」

「あら？　意外と謝罪も兼ねてやって来る可能性もあるのでは？」

「聖女様よ……あの野郎がそんな殊勝なタマに見えるか？」

「まあ、たしかに……そうですね」

そこでしんと静かになると、これまで無言を貫いてきた巴術士ジージが場を引き取った。

「誘拐にせよ、駆け落ちにせよ、もし王女プリムがいまだ暗躍しているのだとしたら、どうしても王国と第六魔王国に対立してほしい事情があるのじゃろうな。もしくは王都から聖騎士団を引き離したいのか。はたまた何かしらの罠や陰謀を残しているのか。何にせよ、わしらは今もまんまとその掌上で踊らされているわけじゃ。これは嬉しくない話じゃのう」

その言葉で、シュペルも、モーレッツも俯いてしまった。まんまと嵌《は》められたことに気づいたからだ。ジージは「はあ」と息をついてからクリーンに話を向ける。

「はてさて、これからどうするのじゃ？　聖女殿よ？」

「急いで王都に戻りたいところですが……ジージ様はこの事態をどう受け止めますか？」

「ふむん。たしかに鬼のいぬ間に王都に帰りたいのはやまやまじゃが、まあ十中八九、どこぞで罠を仕掛けて、手ぐすね引いて待ち構えておるじゃろうな」

「やはり、そう見ますか」

「でなければ、このタイミングで王都を空っぽにするわけがなかろうて……やれやれ、仕方あるまい。ここはこの小僧どもの尻《けつ》でも拭いてやるべきかのう」

ジージが剣呑な目つきでシュペルとモーレツを睨みつけたので、二人はさらに委縮してしまった。

王国でも最高峰の権力者の二人といえど、ジージにかかれば形無しか。

ともあれ、シュペルとしてもこんな王国の端まで出動してしまったわけで、バーバルや王女プリムの行方について、何なら第六魔王国に対して外交に赴く必要も出てくるかもしれないと、改めて気を引き締め直すしかなかった。

「さて、噂通りに、魔王セロが話の分かる人物だといいのだが……」

シュペルはそう呟いて、城塞の門前から北の街道をじっと見つめるのだった。


こうしてシュペル・ヴァンディスたちが王国最北の拠点で準備を整えていた頃――

国中が王女プリムの逃亡劇《ロマンス》で揺れる一方で、とある伯爵家では別のことで一悶着が起きていた。

「ほほう？　第六魔王国に真っ赤に燃え盛るような秘湯があるかもしれんじゃと？」

いったいどこをどう経由して漏れてきたのか、赤湯の件がこの地に届いてしまったのだ。

「ふふふ。それならば――麻呂が行くしかあるまいて。早速、旅の支度をするでおじゃる！」

もっとも、この麻呂眉おじゃること、ヒトウスキー伯爵が王国や第六魔王国に降りかかる災難を見事に切って捨てることになるとは、このとき、さすがに誰一人として予見できなかった。


その日、王国最北の城塞ではちょっとした騒ぎが起きていた。

というのも、遠方から馬車が一台、ごと、ごと、とゆっくりやって来たせいだ。

これはもしや……元勇者バーバルと王女プリムを乗せた逃避行の馬車ではないか……と、兵や騎士たちが慌てふためき、全員が身を乗り出して監視する中で、シュペル・ヴァンディス侯爵と聖騎士団長モーレッツは「はあ」とため息をついた。馬車に飾られたエンブレムがとある貴族の家紋を表していたからだ――旧門七大貴族が一つ、ヒトウスキー伯爵家だ。

「皆、下がれ。あれは秘湯馬鹿だ。各自、持ち回りの役割にすぐ戻ること」

モーレッツの一言で、「何だあ」と皆はがっかりした様子で城塞の中にすごすごと入っていく。

その一方で、馬車はいかにも優雅に田舎道を駆け上がって、シュペルとモーレッツの前でいったん停まった。馬車の物見窓が開くと、そこからは麻呂眉で意外に幼い印象の男性がひょっこりと顔を出した。

「これはシュペル卿にモーレッツ卿ではないか。久しぶりでおじゃるな」

本来ならばシュペルの方が侯爵家なので家格は高いはずだが、ヴァンディス家はあくまでも武門貴族の筆頭であって、それに比してヒトウスキーは伯爵家だが旧門貴族かつ七大家に当たる。その為、ヒトウスキー家の方が高貴とされてきた。そもそも、ヒトウスキー伯爵といえば、「彼が傅《かしず》くのは現王ではなく、秘湯だけ」——と語られるほどの奇人変人、もとい過激な風流人だ。

そんなわけで、シュペルも、モーレッツも、このときヒトウスキーが馬車から降りもせずに挨拶を済ませたことについて腹は立てなかった。

「ええ、お久しぶりです。ヒトウスキー卿」

とはいえ、シュペルは穏やかに応じつつも、内心では舌打ちしていた……

たしかに第六魔王国にできたとかいう温泉宿泊施設については娘のキャトルから報告を受けていた。第二聖女クリーンにお供していた神殿の騎士たちも入浴して、その素晴らしさを方々に話し回っていることも耳にしていた。

が。

そんな報告がもたらされてから、まだ数時間も経っていないのだ……

それにもかかわらず、ヒトウスキー伯爵はこんな片田舎にまで駆けつけて来た。たしかに所領はここから遠くないが……この情報収集能力かつ行動力は尋常ではない。というか、ここまで迅速に駆けつけてきたということは、第六魔王国の情報を知り尽くしていた可能性だってある。

「いやはや……まさかな」

シュペルは忌々しくこぼした。

ヒトウスキー伯爵にまつわる、とある噂がふいに脳裏を過ったせいだ。

それは眼前にいるこの風流人こそ旧門貴族の陰に隠れて、王国の暗部に通じる諜報機関を束ねる猛《も》者《さ》なのではないかというものだ。実際に、おじゃる麻呂と揶揄されがちなヒトウスキーではあるものの、シュペルも、モーレツも、そんなヒトウスキーの佇まいに只者ならぬ強者の貫禄を感じたことが度々あった。

しかも、ヒトウスキー家は十年ほど前になぜか家人の粛清があった。変わり者だが一芸に長けた家人がほとんどいなくなって、今ではヒトウスキー伯爵の秘湯巡りに付き従う者もわずかばかりだとか……もしかしたら、この秘湯巡りとて情報収集の一環なのやもしれない――

「ところで、ヒトウスキー殿。本日はどのようなご用件で？」

シュペルは改めて気を引き締めてから尋ねた。

「おほほ。戯れを仰るな、シュペル卿よ。麻呂が来たということはもう言うまでもあるまいて」

「まさかとは思いますが……このまま北の魔族領を突き進んで、第六魔王国にある温泉にでも向かわれるおつもりですか？」

「ほう。したり！　やはりあるのじゃな。秘湯がそこに！」

シュペルは「あちゃー」と額に片手をやった。気を引き締めたのにすぐこれだ。相手の飄々としたペースについ流されてしまった。

どうやら、さすがのヒトウスキーでも魔族領に関することなので、そこまで確定的な情報を持たずにやって来たようだ。上手く騙せば、追い返すことも可能だったわけか……

　ともあれ、ヒトウスキーが第六魔王国に興味を持っているのは確かだ。今の第六魔王国は秘匿すべきことだらけなので、はてさて諜報機関を束ねているやもしれない男がいったい何を知りたいのかと、シュペルが探りを入れようとすると――

　そんなタイミングで、意外なことに第二聖女クリーンが門前にやって来た。

「ヒトウスキー伯爵がいらっしゃったと聞きましたが……？」

　はて、どんな繋がりだ？　と、シュペルもさすがに眉をひそめた。

　だが、ヒトウスキーはわざわざ馬車から降りて来て、ずいぶんと仲良さそうにクリーンと軽い抱擁を交わした。

「聖女殿、聞きましたぞ。大変なお役目を果たしたばかりでおじゃると？」

「ありがとうございます、ヒトウスキー様。何とか聖剣を取り戻すことができました」

「ほう。それは重畳。現王もさぞお喜びになるでしょうな」

　そんな二人に対して、シュペルは不躾だったが質問した。

「ところで、大神殿の聖女様と旧門貴族のヒトウスキー殿とはいったいどのような繋がりで？」

　当然の疑問だ。クリーンは断じて生臭坊主などではない。貴族との繋がりを持っているなど、神に仕える聖職者にとっては百害あって一利もない。主教イービルですら、社交界とは距離を置いている。実際に先日、園遊会にやってきたのは腰巾着と謳《うた》われる主教フェンスシターだった。

　とはいえ、ヒトウスキー伯爵はそんな疑惑を笑い飛ばしてみせた。

「ほほほ。そう勘ぐることでもおじゃらんよ。のう、聖女殿？」

「うふふ。はい、そうですね。かれこれ三年ほど前になりますか」

「そうでおじゃるな。秘境でガスに満ちた温泉に入って、麻呂が窒息死しかけたところを大神殿に運ばれて治療してもらったのがきっかけだったでおじゃるか？」

「いえ、違いますよ。たしか断崖絶壁にある温泉に入ろうとして滑落して瀕死になったところを運ばれてこられて、私が治療を担当させていただいたのです」

「そうであった。そうであった。懐かしいのう。もうあれから三年も経つのでおじゃるか」

そんな会話を聞いて、シュペルは無言になった。一瞬でも王国諜報機関の最重要人物だと見立てた自分を罵《ののし》ってやりたい気分だった。やはり秘湯馬鹿に過ぎないのだ。

「それより、聖女殿もやはり赤湯とやらには入ったのでおじゃるか？」

「もちろんです！　あれは人生で最高のお湯でした……」

クリーンはいかにも感慨深げに、頭痛と胃痛塗れだったのに赤湯に入ったとたんに治って、それ以降は何だか憑き物でも落ちたかのように穏やかに過ごしていますと伝えたら、

「それほどの湯か！」

「はい！」

「麻呂も入りたいぞ！」

「ならば早く行くべきです！」

シュペルも、モーレッツも、何言ってんだこの二人は――といった顔つきで仲良く話しているところを見つめていたわけだが、そのとき、ふいに嫌な予感がした。このままだとヒトウスキー伯爵は間違いなく、馬車で勝手にごとごとと魔王国に突撃するだろう。

はてさて、第六魔王国がそれをどう捉えるか？

頭のネジが一本緩んだ旧門貴族の戯れと認識してくれるならいい。だが、最悪の場合は戦争の口実になるかもしれないし、何より人質にされかねない。

ただでさえ勇者パーティーが勝手に侵攻し、また聖女パーティーと神殿の騎士団も無断で訪問したばかりなのだ。二度は許したとしても、三度目もそうだとは限らない。とはいっても、赤湯を前にしたヒトウスキーがシュペルの諫言を聞き入れてくれるとも到底思えなかった。

「では、早速、麻呂も行くとしようかの」

この瞬間、シュペルのふっさふさの頭部には十円ハゲができた。

こうして王国筆頭の武門貴族であるヴァンディス侯爵家と、旧門七大貴族のヒトウスキー伯爵家が揃って魔王国を訪問する羽目になったのだった。


王国最北の城塞にて聖女パーティーは結局、三手に分かれることになった――

まず、第二聖女クリーンはパーティーのリーダーとして、聖剣奪還と第六魔王国の現状を報告する為に王都に戻ることに決めた。また、身辺整理ついでに護衛も兼ねて巴術師ジージもその帰途に付き添った。

次に、女聖騎士キャトルは王女プリム捜索の為に北の拠点に残った。バーバルやプリムの足跡が途絶えたところから改めて見直すことにしたわけだが、キャトルだけではさすがに力不足なので、探索などが得意な狙撃手トゥレスが同行することになった。

最後に、第六魔王国に向けて、聖騎士団長モーレッツを始めとした精鋭数名が先触れとなって、その後方には馬車が二台——シュペル・ヴァンディス侯爵とヒトウスキー伯爵のものが聖騎士団の小隊に守られながら縦走した。先触れの中には魔王セロと付き合いだけは長いモンクのパーンチがいて、道案内役を務めている。また、後方に目をやると、シュペルの馬車のそばには英雄ヘーロスがいて、騎乗にて並走しているといった状況だ。

そのヘーロスが開いた窓越しにシュペルに尋ねる。

「正直にお聞きしたいのですが、ヒトウスキー卿の暴走など捨て置けば良かったのではないですか？　所詮、放蕩貴族でしょう？」

「では逆に聞くが、ヘーロス殿は彼《か》の御仁のことをどの程度知っているのだ？」

「駆け出し冒険者の頃、幾度か秘湯調査とゲテモノ食材の調達の依頼《クエスト》を出された程度です」

「ふむ。その程度で済んで本当に良かったな」

「はあ」

「まあ、何と言うか……とても嫌な予感がするのだよ」

「失礼ながら、それはどういう意味なのでしょうか？」

「あの秘湯馬鹿のせいで、王国が転覆するような支離滅裂な事態が起こりかねん——そんな気がして、さっきから悪寒が止まらないのだ」

シュペルはそう言って、十円ハゲの部分をさすった。

今日は何だかやけに抜け毛が多かった。頭痛までしたので額に片手をやると、何だか生え際が後退しているような感覚さえあった。

「まさか……この年になって、こんな悩みに苛《さいな》まれるとは思ってもいなかったよ」

「は？」

「祖父も父も問題なかったから、大丈夫な家系だと高を括っていたのだがな」

まさかシュペルが毛髪の話をしているとは英雄へーロスも察せず、「ふう」と息をつきながら、身分の高い人間の考えることはよく分からないものだなと、首を傾げざるを得なかった……

その直後だ。

「シュペル卿！」

へーロスは前に進み出て、馬車の御者に注意を促してからその速度を緩めさせた。

というのも、前方で聖騎士団長モーレッツやモンクのパーンチたちが足を止めていたのだ。王国最北の城塞から魔王城までは馬で飛ばせば一日ほどの距離なので、こんなに早く休憩を取るのはいかにもおかしかった……

へーロスは馬を走らせて先触れたちと合流して、「いったいどうしたのだ？」と問いかけた。

「遠くに視認できるだろう？」

モーレッツはくいっと親指で差した。

「ヤバいぜ、へーロスの旦那よ。ジョーズグリズリーの群れだ」

同時にパーンチが付け加える。

たしかに畑が広がる畦道の前には巨大な魔獣が何かを物色するかのように突っ立っていた——

ちなみにジョーズグリズリーとは、牙剥き出しの鮫の頭部に、人の三倍ほどの背丈がある熊の体躯で、その体も固い鱗《うろこ》で覆われて、さらには両手足にエラまで有した水陸両用の凶悪な魔物だ。一体だけでも王国領に入ってきたなら騎士団が小隊規模で出動して仕留めにかかるほど獰猛《どうもう》な性格で、南の魔族領にいる大蜥蜴《おおとかげ》のバジリスクと同じくらい危険な魔獣なのだが……それがよりにもよって群れで十体もいる。小さな個体もいるので、おそらく家族でここまで移動してきたのだろう。

超越種のヤモリたちの縄張りなのに、ああやってトマトを物色しているということは、相当に腹を空かしている可能性が高い。当然、こちらに気づいたら襲いかかってくるに違いない。

何にしても、普段は平穏とされる北の街道ではかなり珍しい光景だ。

「はあぁ……こういうところだよな」

シュペルはそんな魔獣たちを遠目に見て、これ見よがしにため息をついた。いかにも、だから不幸を呼び込む秘湯馬鹿と一緒にいたくないのだと言わんばかりの態度だ。

現状、ヘーロス、パーンチも含めて聖騎士団の精鋭ならば、群れの殲滅《せんめつ》は難しいかもしれないが、追い払うことは可能だろう。実際に、彼我の戦力差に気づいているのか否か、ヒトウスキーが馬車の物見窓からぴょこんと顔を出して、

「何をしているのじゃ。あんな熊もどき、早く片付けるでおじゃるよ」

そんなふうに緊張感もなく急《せ》かしてきた。

だが、モーレッツは部下たちをあえて制した。第六魔王国は魔物を飼い慣らしているという報告を事前に受けていたからだ。

「さて、それでは諸君。かのジョーズグリズリーは第六魔王国配下の魔物ではないという認識でよろしいか？」

モーレッツの疑問に対して、ヘーロスも、パーンチも、さすがに顔を見合わせた。一番詳しいのはパーンチなのだが、せいぜい知っているのは、かつてトマト畑で痛い目にあった――

「ヤモリ、イモリ、コウモリと、あとはかかしぐらいしか……オレは知らねえよ」

そこまで言って、パーンチはお手上げだと両手を上げる仕草をした。

とはいえ、どうやら敵は待ってくれないようだ。突然、ジョーズグリズリーの群れで一番大きな個体がこちらに気づいて、「がるる」と咆哮《ほうこう》を上げて突っ込んできたのだ。

「各員、『聖盾防御陣形』を取れ！」

モーレッツが声を上げると、聖騎士たちは聖盾で亀甲隊列《テストゥド》を作った。

凶悪なジョーズグリズリーの一撃、二撃でも、びくともしない強固な守備陣形で、まさに王国最強の盾だ。ただ、攻撃役《アタッカー》のヘーロスはというと、片手剣の柄に手をやりつつ惑っていた。果たしてこれだけ巨大なジョーズグリズリーに峰打ちが可能かどうか、と……それはどうやらパーンチも同様で、どれだけ殴れば気絶してくれるか見当もついていないようだった……

モーレッツは両手に聖盾を構えつつも、そんな攻撃役の二人を見てわずかに焦燥を感じていた。一体だけならまだしも、もし群れが一斉にこちらに襲いかかって来たら、いったいどれほどの時間耐え切れるだろうか――さすがに王国最強の防御陣形でも自信が持てなかった。

「ちいっ……」

そんな三人の舌打ちが鳴った。

そのときだ。

一人の男が優美に宙へと舞った。

「理性ある魔物か否かなぞ、臭いで分かりまするぞ」

次の瞬間、ジョーズグリズリーは聖騎士たちに突っ込むより先に一刀両断にされていた。斬ったのは——ヒトウスキーだった。

一度だけふわりと地に降りて、刀をすとんと鞘に収めてから、また宙を軽やかに高々とバク転して、聖騎士たちが構えていた聖盾の上にゆるりと優雅に降り立つ。これにはヘーロスも含めて、その場にいた全員があんぐりと口を開けた。

「な、な、何てことをしてくれたのだ……ヒトウスキー卿！」

馬車の中にいたシュペルが身を乗り出して、思わず声を張り上げた。ジョーズグリズリーが第六魔王国で飼い慣らされている魔物かどうか、臭いなどという曖昧な判断で確定すべきではないと考えたからだ。

だが、ヒトウスキーは流し目だけでさりげなく畦道の方を差した。

「かの地にいるヤモリ、イモリやコウモリたちも、ちょうど熊もどきを退けておじゃるぞ？」

この言葉にシュペルは「はっ」とした。

ということは、ジョーズグリズリーは野良の魔獣で確定ということだ。つまり、誰もがジョーズグリズリーという凶悪な魔獣の突進に注視する中で、このおじゃる麻呂だけが冷静に全体の戦況を俯瞰していたことになる。

そんなヒトウスキーはというと、優美に歩んで馬車に乗り、雅な扇子でぱたぱたと涼んでいる。

逆に、シュペルはわなわなと車内で倒れかけた。危うく第六魔王国と敵対関係になるところだった……いや、魔族の国なのだから基本的には敵対で構わないものの、王国の政情が不安定な今は無駄に敵を増やしたくはない……

「はあ……本当にこういうところだよな」

シュペルがまたため息を漏らして、無意識のうちに後頭部に触れると、あの部分が十円から五百円ほどに広がっている気がした……

一方で、モーレッツ、ヘーロスやパーンチはジョーズグリズリーの切断面に目を丸くするしかなかった。大蜥蜴のバジリスクよりも固いとされる、分厚い鱗がきれいさっぱり真っ二つに斬られていたからだ。それぞれ互いに、「できるか?」と探るような視線を投げかけて、三人共に頭を横に振ると、代表してヘーロスが呟いた――

「もしかしたら、あのヒトウスキー卿はとんでもない御仁かもしれんぞ」

そんなヘーロスの脳裏にすぐに浮かんだのは、同じく王国最強の人外と言ってもいい巴術師のジージの姿だった。何にせよ、こうして第六魔王国訪問組はやっと北の街道のトマト畑に差しかかったのだ。

北の街道に新しくできた、広々としたトマト畑の手前で、英雄ヘーロスは一息ついた。

「どうやら……問題はなさそうだな」

他のジョーズグリズリーはすでにヤモリたちによって全滅させられていた。

もちろん、その事実に聖騎士団長モーレッツやシュペル・ヴァンディス侯爵は唖然とした……

王国の基準で言えば、ジョーズグリズリーは魔物の中でも極めて危険度の高い魔獣だ。その群れをあんな小さなヤモリ、イモリやコウモリたちが撃退したというのが、モーレッツやシュペルには信じられなかった。事前にヘーロスたちから、超越種直系の魔物の件は耳にしていたとはいえ、今でもまだ半信半疑といったところだ。

「それでは……このトマト畑の畦道を進むぞ」

モーレッツはごくりと唾を飲み込んでから皆に告げた。そして、畦道に入ってすぐにモーレッツたちはいったん足を止めた。というのも、ジョーズグリズリーの死体の前で、コウモリとヤモリが何事か意思疎通していたのだ――

「キイ？」

「キュイ」

さすがに何を言っているのかは分からないが、一見するといかにも可愛らしい光景だ。

「キイキイ！」

すると、コウモリは最後にそう鳴いて、こくりと肯《うなず》いてみせた。

モーレッツたちもちょっとだけほっこりして、そんな長閑《のどか》な光景に、「ほっ」と短く息をつくも――

直後、聖騎士たち全員がギョッとした。というのも、コウモリが自分の体の数百倍はあるはずのジョーズグリズリーの死体を足の爪に引っかけて軽々と持ち上げ、全くよろめくことなく、ぱたぱたと飛んで行ったからだ。

「…………」

先ほどまでの可愛らしさとは一転、まるで不可解な手品でも見せつけられたかのように、聖騎士たちは無言になってしまった。

おそらく巣にでも持ち帰ったのだろう。ヤモリもコウモリも肉食ではないはずだが、ジョーズグリズリーの肉は独特な臭みはあるものの、部位によっては高級肉とされ、しかも頭部の魚部分は珍味として知られている。そういう意味ではちょっとした戦利品だ。

が。そんな観察もすぐに終わることになった――

「こ、これほどとは……馬鹿な……」

モーレッツも含めて聖騎士たちは全員、強烈なプレッシャーを浴びせられたのだ。

実際に、コウモリを見送って畦道に残ったヤモリ一匹がモーレッツたちをつぶらな瞳でじっと見つめて、畑に害ある存在かどうか品定めしてきた――

当初はモーレッツやシュペルとて、第六魔王国が魔物を手なずけていると聞いたときには、ただの法《ほ》螺《ら》話か、もしくは欺《ぎ》瞞《まん》工作ではないかと首を傾げたものだ。人族や動物の関係と同様に、魔族や魔物の間にも大きな隔たりがある。動物とは本来、野性で自由気ままなものであって、家畜でもない限り、人族の言うことなどろくに聞かない。

ところが、眼前にいる魔物は明らかにトマト畑を守護している。それにこれほどのプレッシャーを放つということは、超越種直系の魔物が最終進化した姿に間違いなかった。というか、先ほどのジョーズグリズリーの群れよりも、この小さなヤモリたった一匹の方がよほど危険な存在に感じられるのだから、モーレツもシュペルも頭痛しかしなかった……

しかも、そんな神獣にも等しいヤモリがこの畑には無数に潜んでいるように感じるから、何とも不思議なものだ。もしかしたら危険を察知する感覚がおかしくなってしまったのだろうか……

「ここは……もしや地獄か、魔界か、霊界か？」

モーレツは息をするのも苦しくなってきた。

一見すると、トマト畑が広がる、穏やかな田舎道のはずなのに、その実態はというと、畑に見せかけた、あまりにも苛烈な第六魔王国の防衛拠点なのだ。

おかげでモーレツは想像せざるを得なかった――もし、かの国と戦争することになったら、これら神話級の魔物たちが王国最北の城壁へと一斉に雪崩れ込んでくるのだ、と。

「そのときは、王国は北部を即座に放棄せねばいかんのだろうな」

モーレツは王国最強の盾たる聖騎士団の長として暗澹《あんたん》たる思いに駆られた。

それはまたシュペルも同じ思いだったようだ。ヤモリだけではない。空を飛ぶコウモリも、赤いため池に隠れているイモリも、報告よりもずっと危険な生物だ……

百聞は一見に如かずというが、第二聖女クリーンや英雄ヘーロスが第六魔王国には先制攻撃を仕掛けてはいけないと、口を酸っぱくして言っていたのがここにきてやっと理解できた。それと同時に、このときシュペルのふさふさの髪の毛が哀しいかな、またはらりと風に乗って飛んでいった。

こうして、しばらくの間、小さなヤモリ一匹を前にして沈黙だけが過ぎていった――

すると、何とまあ、パーンチが一人、何食わぬ顔をして口笛を吹きながら進み出て、ヤモリに対し

ていかにも親しげに、

「すまん。また団体で来ちまったんだがいいか？」

そう手を合わせて拝み始めたのだ。

死ぬ気か——と、モーレツやシュペルが唖然としていたら、ヤモリは「キュイ」と鳴いた。

「ありがとうな。セロにはよろしく伝えておくよ」

「キュキュイ！」

どうやら通行の許可を得たようだ。

モーレツも、シュペルも、「ほっ」と胸を撫で下ろす一方で、戻って来たパーンチに感心せざるを得なかった。

「よくもまあ……あんな化け物に話しかけられたものだな」

モーレツがパーンチにそう声をかけた。

「はは、ちょっと前に嬲《なぶ》り殺しにされた上に、土中に埋められたんでな。オレの仲間なぞ串刺しだったり、ゲル状に溶かされたりもしていたし……まあ、そんなふうに凹々《ぼこぼこ》にされて一回死にかけてみると、胆も据わるってもんよ」

モーレツもシュペルもその返答に今度はドン引きせざるを得なかった。

ただ、これからそんな死に等しいモンスターハウスを突っ切って進まなければいけないのだ。

ヘーロスによると、「封印は一時的に切られているから問題ありません」とのことらしいが、封印があろうがなかろうが、結局は苛烈な台風の中に無謀にも飛び込んでいくことに変わりなかった。自殺行為みたいなものだ。

ちなみにシュペルはというと、娘のキャトルはよくぞこんな激流に身を委ねることができたものだと、父親としてその成長に胸がすく思いでもあった。まあ、そのキャトルはヤモリに「あら、可愛い」と、無邪気に指先でつんつんしていたのだが……

「そ、それでは皆……逝くぞ」

行くのニュアンスがやや違った気もしたものの……

モーレッツは部下を死地に向かわせるかのような悲壮さでもって告げた。

そんな畦道を平然と進むことができたのは――この一行の中ではヒトウスキー伯爵と、前回の往復含めて二度目となるヘーロスやパーンチだけだった。

王国最強の盾として危機察知に長けた聖騎士ほど、目眩や嘔吐に堪えながら、それでも何とか皆で支え合って気力で進んだ。途中で力尽きて、目をつぶろうとする同僚の頬を聖盾でぶん殴っては、「寝るな！　ここで寝たら死ぬぞ！」と言って目を覚まさせ、あるいは足もとを過る蟻一匹、頬を掠める羽虫一匹に「ひえっ」とびくつきながらも、最早二本の足で立つことすらできずに――それでも何とか聖盾を杖代わりにして皆で歩んだ。

こうしてやっと、プレッシャーの暴風が吹き荒れるトマト畑をひいひい言いながら、時間をかけて這《は》い出ると――

「おおおお――っ！」

そこには蠱惑《こわく》的な美少女の夢魔のリリンと、世にも美しき吸血鬼の女給たちが立ち並んでいた。

ただし、その傍らには酔っ払いの落ち武者ことドワーフたちがいて、いきなりモーレッツたちに眼《がん》を飛ばしてきた。さらにはいかにも喧嘩腰でこんなふうに罵り始めたのだ。

「あれは人族じゃねえか？」

「ちょうど良いところに来やがったぜ」

「これで拙者どもの力を証明できるというものだ」

「おうよ！　いっちょ戦争するか！　見敵必殺《サーチアンドデストロイ》じゃあああ！」
・・・こうして王国の聖騎士たちは建国以来数百年ぶりに邂逅《かいこう》したはずの『火の国』のドワーフたちからなぜか——唐突に宣戦布告されたのだった。

シュペル・ヴァンディス侯爵を中心とした外交使節団がひいひい言いながらも、何とかトマト畑から這って出てきた——その少し前のことだ。

温泉宿泊施設の応接室にて、『火の国』のドワーフ代表のオッタと、第六魔王国の外交官に正式に就任した夢魔のリリンとが、互いの顔と顔を突き合わせて予備交渉をまとめていた。とはいえ、その内容は他愛ないもので交渉自体も順調に進んだ。

「再度の確認となるが、ドワーフの方々があれだけ酔っ払っている以上、セロ様との謁見は明日の午前中でよろしいか？」

「構わない。いや、むしろ助かる」

「それでは昼前に謁見してもらって、そのまま会食という流れでいきたい。何か食べられないもの、もしくは苦手なものはあるか？」

「特にない。この宿でいただいた料理は絶品だった。おかげで酒がついつい進んでしまったよ」

「うれしい言葉だ。後で料理長にその旨伝えて労っておこう。それと隕石調査の件だが、これも問題はないのだが……」

「なぜ急に言葉を濁そうとする？」

「実は、すでにぼくたちの仲間である魔物たちによって、クレーターは修復中なのだ」

「ふむん。そういうことか。なるべく早く見てみたいところだが……赤湯と酒宴を優先したのは拙者らの都合だ。致し方あるまい」

なお、同席者は他にもドワーフから二名——とはいってもすでに強《したた》かに酔っ払っている者たちで、それに対して第六魔王国からはダークエルフの双子ディン、人狼の大将アジーンが席についていて、また吸血鬼の女給たちも幾人か壁際に控えていた。

ちなみにここまで若女将として頑張ってきたモタはというと、アジーンたちの助勢で宴会場が落ち着いたとあって、「ふへえー」と、事務室でだらしなく休憩中だ。しかも、屍喰鬼のフィーアから賄《まかな》いをもらって、さらにはドワーフたちが持ってきた酒樽からこっそりと中身まで拝借して、

「ぐふふ。アジーンが言うには……すんげー高いお酒みたいだから楽しみー」

などと悦に入っていた。冒険者時代、バーバルは下戸で、セロも聖職者なのでお酒を控えて、さらにはモンクのパーンチまでもが「アルコールは筋肉の敵だ」などと言い張って飲まなかったので、モタにはついぞお酒に触れる機会がなかった……

だが、リリンも、アジーンも、「よくぞ一人で支えてくれた！」と、モタを目一杯持ち上げてくれたものだから、

「そんなわたしに、乾杯！」

と、ついにここにきてお酒を解禁――

何か食べてはお酒で流し込み、「ぶはあ」と、おっさんみたいな息を吐く。

かくしてモタ酒豪伝説の幕開けとなったわけだが……折悪しくちょうどそのときだった。

「もしや貴殿は、拙者らドワーフを軽んじるつもりか！」

突然、応接室から怒号が上がった。

モタは「何ぞ？」と、お酒の入った木杯を片手にすぐそばの応接室を覗いた。

すると、ドワーフ代表のオッタがテーブルをドンッと叩く。

「なるほど。第六魔王国には一騎当千の猛者ばかりいるのだろうな。それはリリン殿やアジーン殿だけでなく、後ろの女給たちを見てもよーく分かる」

もちろん、セロの自動スキル『救い手』によって身体強化《バフ》がかかっていることについてはオッタもまだ知らない。おそらく素の身体能力《ステータス》だけで近接格闘最強と謳われるドワーフと直接殴り合えば、リリンは負けるだろうし、アジーンでもかなり手こずるはずだ――それほどにドワーフは近接戦において精強な亜人族である。

そもそも、火竜サラマンドラの加護だけでなく、種族特性として『凶化』も持つ。これは状態・精神異常にかかった際に身体能力が上昇するもので、『ほろ酔い』、『酩酊』や『泥酔』などと非常に相性がいい。まるで酔いどれ種族の為にあるようなどうしようもないスキルだ。

「だからと言って、拙者らを舐めてもらっては困る！　こうなったら貴国に徹底抗戦も辞さぬ覚悟ですぞ！」

オッタもかなり酔っているのか、その鼻息はやけに荒かった。

「ありゃりゃ」

モタは息をついて、同じく廊下から眺めていたフィーアに「どったのさ？」と尋ねた。

フィーアによると、要はドワーフ側がごね始めたらしい。特に赤湯の調査も謁見時の要望として追加したいと、リリンにしつこく要求してきたようだ。

「そんぐらい、いいんじゃね？」

モタが気安く返すと、フィーアは頭を横に振った。

「おそらく調査というのは名目に過ぎません。調査をしているということにして、この宿に長く、安く、居座るつもりなんでしょう」

「そかー。なるほどなー」

他にも田畑の調査なども持ちかけているようで、酒樽を宿泊費として出してしまった分、何とかその損を取り戻したいと色々吹っかけてきているようだ。これにはモタも少しだけ反省した。この美味しい黄金色の液体――今のモタはその価値を十全に理解したからだ。

とはいえ、モタの失態で親友のリリンに迷惑をかけるのは望まない……

「さあさ、お客様がた」

モタは咄嗟《とっさ》に廊下から応接室へと躍り出た。

「どうだい？　あたいと一つ、勝負しないかい？」

モタもそこそこ酔っ払っていたのでまたもやべらんめえ調だ。

これにはリリンも、「あちゃー」と額に片手をやった。そもそも、酔っ払い同士が話し合ってもろくなことになるはずがないのだ……

ただ、モタも目が据わっていて、いかにもヤる気だ。

「あたいの特製闇魔術《おけっ破壊》に耐えられたなら、あんたたちドワーフも十分に強いと認めてやってもやぶさかじゃあないぜい」

そう言って、モタが歌舞伎みたいに見得を切ると、ドワーフのオッタたちも「おおよ！　だったら今すぐにかけてみな！」と喧嘩腰で応じた。

が。

「それはさすがにぼくが許さないよ」

リリンが両者の機先を制した。血の多形術によって長柄の魔鎌を作って、鎌先をモタの首もとに、また柄頭をドワーフのオッタに向けて突きつけたのだ。そもそも、明日の昼前にセロに謁見するというのに、お腹の雷が鳴りっぱなしで芋虫みたいになられては困る……

これにはモタも、オッタたちも、不満顔だったが、そのオッタが「ふん。いいだろうよ」と告げると同時、応接室から出ていって、宴会場にいたドワーフたちに声をかけた。

「おい、貴様ら！　暗くなる前に狩りに出るぞ！　拙者らドワーフの力をこの第六魔王国に知らしめるのだ！」

「「「応よっ！」」」

いったい何を狩るつもりなのか……

少なくとも、トマト畑にいるヤモリたちにだけは手を出しちゃ駄目だよと、リリンたちはアドバイスを送りたくなったが……

何にせよ、こうしてリリンたちに見送られる格好で、ぞろぞろと温泉宿から出た酔っ払い《ドワーフ》たちは魔物よりもちょうど良い獲物をすぐに見つけることができたのだった——そう。王国の外交使節団こと、シュペル・ヴァンディス侯爵たち一行である。

第六魔王国の温泉宿泊施設の前では、ついに王国と『火の国』との戦いの火蓋が切られようとしていた——

「何だか、ひ弱そうやのう」

「あれで本当に拙者どもの強さを証明できるのか?」

「おらあああ、王国の人族どもよ！　かかってこいやあああああ！」

「わし、強さを見せつけて、夢魔のリリンさんと衆道の契りを交わすんじゃ」

とはいえ、これほど質《たち》の悪そうな酔っ払い《ドワーフ》たちに積極的に関わろうとするほど、王国の聖騎士たちも落ちぶれてはいなかった。

実際に当の聖騎士たちはというと、どこか白々とした目つきで、「どうするんです、これ?」といったふうに団長のモーレッツとシュペル・ヴァンディス侯爵をじっと見つめている。

何せ、王国と『火の国』とは友好的な関係どころか、ここ数百年ほど、公式には一度も付き合いがないのだ。ただ、王国は帝国の属国だった時期もあるにはあるので、全く無関係というわけでもないのだが……それでも両国にとって記念すべき久しぶりの邂逅に違いない。

そんな奇跡的な出会いのはずなのに……

「さあ、いっちょ皆殺しにしたるぜえええ！」

酔っ払いどもはというと、殺《や》る気満々だ。このまま王国でも占領するかといった勢いである。

しかも、そばにいる美男美女《リリンたち》が棒声で、「頑張ってー」とか、「かっこいいー」とか、一応は宿のお客である酔っ払いたちに声援を送っているものだから、聖騎士たちは頬をひくひくと引きつらせるしかなかった。そもそも、聖騎士たちはつい先ほどまでトマト畑という名の暴風を何とか突き進んで来たばかりだ。体力はともかく、気力はとうに尽きていた。

さらに、『火の国』のドワーフといったら、火竜サラマンドラの加護を受けて、近接格闘最強と謳われる屈強な亜人族でもある。幾ら数百年ほど付き合いがなかったとはいえ、さすがにエリート集団の聖騎士たちだけに、そういった情報はきちんと頭の片隅に入れていた。

だから、疲労困憊の聖騎士たちがうんざりした顔つきで、「もしや本当にこんな悪酔い筋肉馬鹿どもと、第六魔王国に着いて早々、一戦しなくてはいけないのか」と悲愴感を漂わせつつ、それでも王国最強の盾たらんと直立して団長モーレッツの指示を待っていたら……

何とまあ、「よいしょ」、と――

一人の男が空気も読まずに馬車から華麗に降り立った。

「なるほど。ここが第六魔王国でおじゃるか」

最早、言うまでもないだろう。よりにもよって、ヒトウスキー伯爵だ。

額に片手を当てて遠方まで眺めつつ、「くんか、くんか」と鼻を鳴らして、早速赤湯の匂いでも嗅ぎつけたのか、「おんや？」と呑気に進み始めた。

しかも、殺気立っているドワーフたちの群れに向けてどんどんと突っ込んでいくではないか。これにはモーレッツも、シュペルもギョッとして互いに顔を見合わせた。当然、ドワーフたちは獲物を見定めて、今にも飛びかかってきそうな雰囲気だ。

シュペルは即座に、「ちぃ！」と舌打ちした。

それを一種の合図と受け取ったのか、モーレッツは大声を張り上げるしかなかった。

「ヒトウスキー卿に――続けえぇぇ！」

「「「うおおお！」」」

聖騎士たちはジョーズグリズリー相手にもやった聖盾での亀甲隊列を組んでから、ヒトウスキーに追いつけ追い越せとばかりに一気に前進していった。

すると、ドワーフもすぐに色めきだった。

「潰せー！」

「王国と戦争じゃあああ！」

「タリホー！」「チェストー！」「ウラー！」

ドワーフたちは一気呵成にヒトウスキーを目掛けて駆け出した。

もっとも、聖騎士たちとしては正直なところ、ヒトウスキーなぞ、最早どうなってもよくなってい

たのだが……一応は王国最強の騎士団の沽券《こけん》にも関わってくるので、

「何としてでも、ヒトウスキー卿を守れえええ！」

と、必死に喰らいつこうとした。

肝心のヒトウスキーはというと、赤湯の匂いに釣られたのか、「るんるんるー♪」と鼻歌混じりにスキップしている始末である。しかも、王国も、人族も、本来ならばドワーフとは長らく交流を持っていなかったはずなのに――

「おや？　そこに見えるのは……オッタ殿ではないでおじゃるか？」

ヒトウスキーはそんなふうに素っ頓狂な声を上げた。

ドワーフたちの中心にいたオッタは、「む？」と首を傾げると、いったん歩を止めてから、

「おお！　其許《そこもと》はヒトウスキー殿か、いやはや懐かしいな！」

そんな予想外の再会があったものだから、ドワーフたちはいったん攻撃をぴたりと中止した。むしろ、止まれなかったのは全力でヒトウスキーを追いかけていた聖騎士たちの方で、全員が聖盾もろともその場でズコーッと転倒する羽目になった……

「いやはや、まさかこんなところで会えるとは思っていなかったでおじゃるよ」

「それはむしろ拙者の台詞だ。元気そうで何よりだ！」

「たしか……『火の国』の溶岩風呂に一緒にエクストリーム入浴して以来でおじゃるか？」

「いや、活火山の暗黒地底風呂にダイビング入浴して以来ではなかったかな？」

「何にしても、重畳でおじゃる」

いつの間にこの秘湯馬鹿は『火の国』にまで足を延ばしていたんだ……

と、聖騎士たちの誰もがツッコミを入れたくなったが、たしかにヒトウスキーをよく見ると、所持している刀はドワーフが装備している武器によく似ていた。少なくとも王国で一般的に使われている両刃の片手剣とはかなり趣が異なるものだ。

これはいったいどういうことだと、シュペルも、モーレッツも、二人の様子を窺っていたら、

「ヒトウスキー殿がここまで来るということは……やはり赤湯か？」

「もしや、オッタ殿はすでに入られたのでおじゃるか？」

「もちろんだ！　いやあ、最高の湯だったぞ！　恥ずかしい話だが……『火の国』にあれほどの湯に匹敵するものはない」

「そ、そ、それほどでおじゃるか！」

「応よ！」

そんなオッタの返答だけで、ヒトウスキーは天にも昇る思いに駆られていた。

「わざわざ赤湯に入りに来たというならちょうどいい。そこにいる人狼の大将か、もしくは宿内にいるハーフリングの若女将にでも声をかけるといいさ」

「相分かったでおじゃるよ」

こうしてヒトウスキーは一人だけ、ドワーフたちと親しげにハイタッチを交わしながら、人狼の大将アジーンに声掛けして温泉宿へと入って行った。取り残されたドワーフと聖騎士たちはというと、そんなおじゃる麻呂の背中を静かに見送ってから、「さて」と一区切りをつけて、

「人族に突撃だあああ！」

「来るぞ、備えろおおお！　改めて——聖盾防御陣形！」

と、本当にどうでもいい喧嘩を再開したのだった。

ともあれ、アジーンから湯屋に案内されたヒトウスキーはというと、脱衣所で褌《ふんどし》一丁の姿になってから、アイテム袋を肩にかけて、ついに赤湯の前に立った。

「おおおっ！」

たしかに燃え滾《たぎ》るように見事に真っ赤な湯船だ。

花崗岩《かこう》に囲まれて、どろどろの血溜まりのようなこってりと、檜《ひのき》に囲まれて、お湯が足されてやや薄くなったさっぱりと、二つの種類があって、ヒトウスキーはずいぶんと悩みつつも、まずは行水にて体を清め、ヒトウスキー家に伝わる祝辞をたっぷりと述べてから、こってりを堪能することにした。

が。

そのとき、背後にふと気配を感じた。

「いったい、誰でおじゃるか？」

振り向くと、そこにはなぜか——聖騎士たちと戦っているはずのドワーフ代表のオッタが一人、突っ立っていたのだった。


第五魔王国を代表する魔族こと、泥竜ピュトン、虫系魔人アルベとサールアームは帝国出身の元人族だが、自己像幻視アシエルだけ、事情が異なった。

もっとも、アシエルは生粋の魔族でもなかった。先の三人と同様に、第五魔王の奈落王アバドンが呪われたのをきっかけに、魔族になったはずなのだが――

「私にはなぜか……仲間たちのように帝国時代の記憶がない」

アシエルはそう呟いて、底深い眼差しで遠くを見つめた。

今、アシエルは第六魔王国に潜入するべく、ちょうど王国最北の城塞までやって来ていた。

「そう。記憶だ。何もかも全てが遠くにあるのだ……」

そんなふうに独り言《ご》ちると、これから北の魔族領に入ろうとしていた聖騎士団と二台の馬車を崖の突端から見下ろしながら、アシエルはふと物思いに沈んだのだった。


三人の同僚が帝国時代から天使アバドンに仕えていたのに対して、自己像幻視アシエルの最初の記憶に出てくるのは――泥竜ピュトンの姿だった。

「あら、まあ……こんな醜い姿で生じてしまったのね。私と一緒よ」

動物が初めて声を耳にした者を母とみなすように、アシエルもまたピュトンをすぐに慕った。

そのときのピュトンは巫女服を纏いながらも、その皮膚は半身が爛《ただ》れて、もとの美しさはすでに損なわれていたものの……アシエルには不思議と信頼に足る女性だと思えて安心できた。

周囲を見ると、どうやら薄暗い聖所で横たわっているようだった。そんなアシエルに対してピュトンは、か細い片手を差し伸べてきた。アシエルはその爛れた右手をじっと見つめた。そして、またぼんやりと周りに視線をやった――

ここはまるで寂れた玉座の間のようだ。

埃や塵は一つとして落ちていなかったが、ずいぶんと年月だけは降り積もっている。

さらに背後に視線をやると、そこには何かが封じられているのか、ぼんやりとした存在があった――あまりにも重々しくて、アシエルは息苦しさを感じた。

何にせよ、アシエルの双眸には、その部屋が虚無に等しい棺みたいに映った。

「ここは……どこだ？」

「第五魔王国の玉座。貴方《あなた》の知ろしめす場所よ」

「私は……いったい、何者だ？　これはどういうことなのだ？」

アシエルはそう尋ねてから自らの手足に視線をやった。なぜか黒と白のブロックノイズが走っていた。まるでここに存在してはいけないモノのように――

直後だ。

アシエルは強烈な自己同一性《アイデンティティ》の危機に陥って、つい片手を額にやった。しかも、ピュトンの答えはその疼きに拍車をかけるものだった。

「貴方が何者かと言うならば、まだ何者でもないわ。そもそも、何者になれるわけでもないしね」

「禅問答のつもりかね？」

そんな返しがすぐ口をついて出てきたことにアシエル自身が驚いた。

実際に、ピュトンも「はっ」として、中途半端に跪《ひざまず》いてみせた。アシエルを見つめる視線がずいぶんと揺れていた。同時に、アシエルはまた思い出した。

——両手の鳴る音は知る。

——片手の鳴る音はいかに？

たしか、どこかの読み物で知った禅の公案だったはずだ。

とはいっても、アシエル自身、何の読み物だったか全く思い出せなかった。

というよりも、誰が書いたものか、どこでいつ読んだのか、そもそもからしてなぜ読んだのかすら分からなかった。読み物自体がいったい何なのかさえも。

アシエルはノイズ塗れの両手で頭を抱えたくなった。思い出すという行為が、さながら生前の記憶を強引に遺伝子情報から抽出する作業のように無味乾燥なものとして感じられた。はてさて、記憶とは……こんなにも遠く、果てのないものだったか……

すると、ピュトンがアシエルを立たせるように身を寄せてから耳もとで囁いた。

「残念ながら、その禅問答とやらについては詳しく知らないのだけど……貴方に何が起こっているのかという質問にならら、ある程度は答えられるわ」

その声はさながら宙から垂れる、蜘蛛《くも》の糸のようだった。アシエルはそれにすがった。

「ならば、教えてもらいたいものだ」

このとき、アシエルは明確な答えを欲していた。たとえピュトンが嘘八百並べたてたとしても、そのやさしさを容易に信じたことだろう。もっとも、ピュトンはその着衣の通り、巫女らしく真摯に教えてくれた。

「貴方は三人目なのよ」

だが、その答えは意味不明に過ぎた――

「三人目だと？　家族の数ということか？　私以外に兄弟が他に二人いるのか？」

「違うわ。まあ、家族と言うか、信頼できる仲間ならすでに私も含めて三人いるけどね」

「意味が分からない。もっと分かるように教えてくれないか？」

「つまり、貴方自身が三人いるのよ」

このとき、もしアシエルの顔にノイズが走っていなかったなら、ピュトンは何とも不可解で珍妙な表情を直視することになっただろう。それこそ語り草になるような顔つきだったはずだ。

「私が……三人いる？」

鸚鵡《オウム》返しだったが、ピュトンは面倒臭がらずに説明を続けてくれた。

「ええ。世界にはよく似た者が三人いると言うでしょう。それと同じことよ」

「…………」

「一人目はあの玉座にいるわ。封印のせいで見えないけれど……今も影となって、苦しむあの御方をずっと支え続けているの」

「影？」

「そうよ。単刀直入に言うと、あの御方を冒す瘴気が膿んで生まれたのが貴方たちというわけ」

「私が膿《うみ》だと？」

「以前は蝗害《こうがい》として、広く、無数に、かつ一斉に生じたのだけど、あの御方が封印されてからは、そのわずかな綻びからまとまって、ぼとりとこぼれるようになったわ」

「先ほど、私たちと言ったな」

「そうね。言ったわ」

「では、二人目というのは？」

今度はピュトンが頭を横に振って、沈黙する番だった。

どうやらアシエルが生じる以前に消失してしまったらしい。そのぐらいはアシエルでも察することができた。

何にせよ、影とか、膿とか、三人目とか、とりとめもない話だったが、アシエルは不思議と納得することができた。アシエルは、とある御方の影から生じた、自己を持たない幻視のようなものに過ぎないのだ、と――


「さて、今回は何者になろうかな」

アシエルは山間にある王国の城塞を見下ろして呟いた。

今となっては、アシエルは自身のことを底なし沼のように認識していた。アシエルには殺した者や新鮮な遺体を影に取り込んで、完全に複製できる種族特性がある。

おそらく蝗害だった頃の特性を継いでいるのだろう。いわば、視界を覆うほどのブロックノイズ――共食いをしながらも増幅していく虚無の群れこそがアシエルの本質だ。もちろん、この沼には虫以外にも多数の人族や魔族も埋まっている。

最早、アシエルは自らに問いかけることもなくなった。

——両手の鳴る音は知る。

——片手の鳴る音は失われた。

——そして、無手が鳴らす音こそ、今、世界に轟く。

アシエルは若き聖騎士の一人のもとにこっそりと降り立つと、その者の悲しみさえ鳴かせずに沼の奥底へと沈めていったのだった。


ここは第六魔王国の温泉宿泊施設の赤湯——ヒトウスキー伯爵が入浴しようとしたところに声をかけてくる者がいた。

「おや？　オッタ殿か」

どうやら聖騎士たちと無駄に戦うといった愚は止めたらしい。より建設的に、赤湯で旧交を温めに来たのかとヒトウスキーはみなして、

「いったい、どうしたのじゃ？」

そう声をかけたら、オッタは肩をすくめてみせた。

「せっかくだから……ヒトウスキー殿と昔話でもしようかと思ってな」

「やはりか。それはそれで、まあ……悪くないでおじゃるが——」

ヒトウスキーはそこで言葉を切ると、せっかくの楽しみを邪魔されたとばかりに鋭い殺気を投げかけた。

「貴様なぞ知らん。失せろ。殺すぞ」

「い、いったい……どうしたというのだ？　ヒトウスキー殿よ？」

「元に戻るがいい。姿は変えても、魔族は臭いで分かりまするぞ」

次の瞬間、オッタだった者は、「ふむん。臭いか」と呟いてから姿を変じた。

自身にかけていた認識阻害を解いたのだ。オッタの姿がどろりと溶け、全身が黒い影になって、ブロックノイズがまとわりついた存在――自己像幻視のアシエルが現れ出てくる。殺《あや》めた聖騎士の一人として温泉宿まで付いてきて、ドワーフたちとのどさくさに紛れて影として様々なものを伝って、今度は認識阻害によってオッタに化けたらしい。

ただ、まさか得意とする認識阻害をこうもあっけなく見破られるとは思っていなかったようで、アシエルは影ながらもかなり揺れていた。

「そこまで臭ったものかね？」

「臭いというのはものの例えでおじゃる」

「では、どこで分かった？　この宿にいる人狼や吸血鬼どもでも気づかなかったのだが？」

「貴様はたしかにオッタ殿にそっくりでおじゃった。認識阻害を使っていたようだが……おそらくそれだけではあるまい。魔族としての種族特性か何か……よほど誰かに化けるのが得意らしいの。じゃが、見た目がそっくりな分だけ、かえって違和感が先行した」

「違和感だと？」

「そうでおじゃる。ドワーフは皆、武家の仕来《しきた》りとやらを律儀に守っておる。その所作は独特で、長年培《つちか》ってきた分だけ洗練されてもいる。結局、貴様からはそんな作法が見受けられないばかりか、単に外側を模しただけに過ぎん。化ける人物を間違えたというわけでおじゃるな」

ヒトウスキーはそこまで言って、アイテム袋から刀を取り出した。

「そういえば、麻呂の曽祖父の与太話に、幻視とかいう不可解な現象そのものの魔族がいると聞いたことがあったでおじゃる」

「ほう……曽祖父かね？」

「ふむ。殺した者や新鮮な遺体に瓜二つに化ける怪物と言うておったな。多分に子供じゃった麻呂を怯えさせる為の法螺かと半信半疑でおじゃったが……もしや、麻呂を殺して代わるつもりじゃったか？　まあ、たしかに真っ裸、しかも一人きりで温泉に入りに来るなど、狙ってくれと言わんばかりよな？」

その問いかけに対して、アシエルは無言で返した。

ドワーフの所作とやらを見抜けなかったのはたしかにアシエルの落ち度だ。自己像幻視の種族特性を過信していたこともあって、そこまで気づけなかった。

だが、それはまだいい。ドワーフなぞ滅多に遭遇する種族ではない。そんな習慣は知らなくても仕方がない。とはいえ、もう一つの落ち度についてはどうやらアシエルの足を掬《すく》いそうだ――そう。この飄々としたおじゃる麻呂はとんでもない実力者のようなのだ。

しかも、よりにもよって二人目のアシエルに因縁のある人物だったらしい。

「麻呂を殺るつもりじゃとしたら――当然、貴様も殺されても文句は言えんよな？」

その殺気にアシエルは思わず唾を飲み込んだ。

「三秒じゃ。それで貴様はここで果てる。では、行くぞ」

と、ヒトウスキー伯爵が言い終わったときには、すでに刀を鞘に収めていた。

目にも留まらぬ早技だ。たしかに台詞を喋るのに三秒ほどかかった。だが、実質的には一秒も経たずにアシエルを切り捨てていた。

「ふん。またつまらぬものを斬ったでおじゃる」

アシエルはなます斬りにされ、葉っぱサイズの影だけが残って、優雅にひらりひらりと、その場に落ちた。アシエル自身が危惧した通り、二人目と因縁のあるこの人物は、人族とは思えないほどに強かった。

それにヒトウスキー伯爵も曽祖父から聞いていた通りに、影を散々《ちりぢり》に切りまくった。せっかくの入浴を邪魔されたこともあって容赦がなかった。だが、ヒトウスキーは「おや？」と首を傾げた。この魔族には魔核もない上に、召喚された偽者《ダミー》というわけでもなさそうだ……

「可笑しな奴でおじゃる。手応えが全くない。似た者は世界に三体いるなどと言われておるが……もしや全て斬らないといけないパターンかの」

ヒトウスキー伯爵はそう呟いて、最後の仕上げで葉ほどになった影を踏み潰そうとした。

そのときだ。

突然、四方から影が立ち上がった。

それらは自己像幻視アシエルではなかった。そもそも、はっきりとした実体を持っていた。とはいえ、ヒトウスキーの敵でもなかった。実際に、収めた刀の柄に手が触れた瞬間、

「ぐえっ――！」

と、四体とも魔核ごと切られていた。見事な居合だ。

何にせよ、相手は虫系の魔族だった。ヒトウスキー伯爵が「ふう」と、一つだけ息をついて、油断なく周囲の気配を探るも、

「この子は返してもらうよ」

いつの間にか、飛蝗の虫系魔人アルベが眼前に立っていた。その手には葉ほどのサイズになったアシエルが乗っている。

「ちぃ――っ！」

ヒトウスキー伯爵が再度、刀を抜こうとしたときには――もうアルベたちの姿はなかった。

「いやはや、面妖な……これも魔族領の洗礼でおじゃろうか」

ヒトウスキーはやれやれと肩をすくめて、「ふむ」と顎に片手をやった。

これはもしや第六魔王国の魔族に歓迎されていないのかと考えたわけだが……そもそもここは吸血鬼が知ろしめす領土だ。虫系が襲ってくるというのはいかにもおかしい。そもそも、曽祖父が影の魔族に出会ったのは……

「たしか、『砂漠』でと言っておったな。となると、先ほどの者どもは第五魔王国の関係者か？」

ともあれ、ヒトウスキーは刀をアイテム袋に入れてから、雑魚どものことなど放っておいて、改めて肝心の赤湯に向き合うことにした。

まずは湯船に入る前に簡単にかけ湯で汗を洗い流す。

その上でいったん正座して、ヒトウスキー家に伝わる入浴の儀式――さながら神事のように厳《おごそ》かか

つ流麗な作法を一通り済ませると、ついにヒトウスキーは足先でつんつんと湯船を叩き、腰までの半身浴を楽しんだ。

「ほほう」

この時点ですでにヒトウスキーの心はときめいていた。まるで初めて恋を知った乙女のようだ。何なら一句、赤湯に捧げたい気持ちだった。

「入りたくて、入りたくて、震える、お湯想うほど、熱く感じて――」

つい恋の歌を諳《そら》んじてしまったほどだ。

これまでだっていわゆる濁湯《にごりゆ》には幾度も入ってきた。だが、それらはまるで牛乳風呂に浸かっているようで、かなり臭かったし、それに湯船に身を沈めているというよりも、どちらかと言うと泥の中に埋《うず》めているといったふうで心地好さが今一つ足りなかった。

ところが、はてさて、この赤湯はどうか――

同じこってり系だというのに、体にどろどろとまとわりつく感じは一切なく、むしろじっくりと染み入るように馴染んでいく。しかも、不思議なことに治らないと思っていた古傷までしだいに癒えていくではないか……

それだけでもヒトウスキーにとっては十分な神秘だったが、さらに全身を赤湯に浸からせてみると、まるで母の胎内に戻ったかのような、あるいは遺伝子内に刻まれた天地開闢《かいびゃく》からの経験を一瞬で会得したかのような、もしくは宇宙《ビッグバン》の神秘でも目の当たりにしたかのような――そんな全にして一たる入浴体験を通じて、ヒトウスキーは「よよよ」と人知れず涙まで流していた。

「いかん。のぼせてしまうところだったでおじゃる」

入浴の玄人を自負するヒトウスキーがつい素人でもやらないようなミスをするほどに、この赤湯は別格だった。何なら伯爵領など今すぐ返上して、この温泉宿を仮住まいにして給仕として働かせてもらおうかと、真剣に半刻ほど検討したぐらいだ。

「どちらにしても、少し入りすぎたでおじゃるな……」

こうしてヒトウスキーはさっぱりの方の赤湯で上がり湯をしてから、身も心も洗われた思いで脱衣所にて衣服を纏っていると、衝立《ついたて》越しに先程の人狼の大将アジーンから、

「何か騒がしかったようですが、大丈夫ですか？」

「問題ないでおじゃる」

「料理をご用意できますが、如何いたしますか？」

「ふむん。まだ夕方より早いぐらいでおじゃるか。まあ、せっかくだから軽くいただこうかの」

「畏まりました。それでは宴会場にお越しくださいませ」

そう言われたので、ヒトウスキーは宴会場に向かった。

廊下にいる時点からやたらと騒々しいなと思ったら、ドワーフと聖騎士たちが肩を並べて早くも飲んでいた。どうやら下らない喧嘩は終わったようで、今度は飲み比べに移ったようだ。どちらにもぼこぼこになった痕があるので、それなりに壮絶な戦いをして認め合ったのだろう。英雄ヘーロス、モンクのパーンチと団長のモーレッツあたりがドワーフたちから気に入られているところを見るに、おそらくこの三人が活躍したらしい。

一方でシュペル・ヴァンディス侯爵はというと、隅っこで横になっていた。モーレッツの前任の聖騎士団長とはいえ、さすがに久しぶりの実戦とあって体が悲鳴を上げたのだろうか。さっきから「うー

ん、うーん、もう筋肉は嫌だ……あと酒臭い」などと呻《うな》っていた。

ヒトウスキーはそんな喧騒からわざと離れて、宴会場でも端っこの席に行儀良く正座した。

「お待たせですー」

すると、呑気な声を耳にした。

どうやらハーフリングの若女将とやらのようだ。接客に慣れていないのか、客との距離感がいまいち掴めていない感じがするが——

「おや……もしや貴殿は？」

「お久しぶりです。モタなのです。駆け出し冒険者時代に何度か会いましたよー」

「そうじゃった。そうじゃった。モタ殿でおじゃった」

ヒトウスキーは大袈裟に肯いて、今度こそ旧交を温めた。

そして、やっと食事に手を付けた。前菜としてこの魔王国で採れた野菜の盛り合わせと、先程の赤湯かと見紛うような真っ赤なスープだ。

「うむ。これは美味い！」

ヒトウスキーは舌鼓を打った。

同時に、わずかに首を傾げた。盛り合わせのドレッシングといい、スープの味付けといい、どちらもよく知っているように感じたからだ。というよりも、ヒトウスキーの味の好みに通じた者が作っているといった印象を受けた。

「ささ、どぞどぞー」

間髪を容《い》れずに、若女将のモタが肉料理を持って来て、わざわざ切り分けてくれた。

まだ夕方にもなっていないので軽くと要望していたから、適切な分量を見計らってくれているのだろう。なかなか良い心掛けだ。しかも、その肉は昼過ぎに倒したばかりの新鮮なジョーズグリズリーだった。これもまた珍味である。

この時点で、旧門七大貴族にして趣味人筆頭たるヒトウスキー伯爵によるこの温泉宿泊施設の評価は——王国の三ツ星を優に超えた。もっとも、その肉料理を口に含んだ瞬間、ヒトウスキーの疑心は確信に変わった。

「モタ殿？」

「はいはい。何でおじゃるか？」

「この料理を作った者と会うことは可能であるか？」

ヒトウスキーが真顔でそう問うと、モタはこくりと肯いて不思議なことに笑みを浮かべた。

というよりも、実のところ、その料理人はすでに近くまでやって来ていたのだ。モタが廊下に声をかけると、料理長こと屍喰鬼のフィーアがおずおずと出てきた。

「やはり……フィーアでおじゃったか！」

ヒトウスキーは今日二度目の涙を流した。

そして、即座に立ち上がって、フィーアが屍喰鬼になっているにもかかわらず全く恐れることもなく抱きしめた。

「はい。ヒトウスキー様、お久しぶりでございます」

「うむうむ。ほんに久しいのう」

「実は私……死んじゃったみたいで。でも、死因がいまいちよく分からないというか、あまり覚えていないのです」

フィーアがそう言うと、ヒトウスキーは深く頭を下げた。

「其方《そち》がそのような姿になったのは全て麻呂のせいでおじゃる。あれは忘れもしない、西の魔族領にある泥湯に入ったときじゃ。当時の麻呂はあまりに若かった。温泉に入りながら食事をするという不作法をしておったのだ。そのときに大量の亡者どもに囲まれて襲われた」

「では、私は――」

「うむ。付き添っていた家人が真っ裸の麻呂を守ってくれた。フィーア……もちろんお主もじゃ」

ヒトウスキーは顔を上げて衣服の袖で涙を拭った。そして、フィーアを改めて見つめる。

「麻呂は命からがら逃げのびた。所領に戻って、多くの家人を失って初めて、麻呂は強くならねばならぬと誓った。そのときからでおじゃる。優雅とは程遠い武道に心血を注いだのは……」

フィーアはそれを聞いて、むしろ「よかった」と呟いた。

「ヒトウスキー様が生きておられたなら私は満足です。こうして再会できたのですから」

「魔族になったようじゃが……構わぬ。麻呂の領地に戻ってきてはくれぬか？」

「ありがたいお言葉ですが、私はもうすでに新たな王を得ました」

「そうか。もしや……第六魔王こと愚者セロ殿か？」

「はい」

ヒトウスキー伯爵は少しだけ悔しそうな表情をするも、「ふう」と小さく息をついた。

「それでは、せめてセロ殿に挨拶くらいせねばならぬな」

その直後だった。

「若様！　俺たちのことを忘れていやしませんかね？」

その言葉に「はっ」として、ヒトウスキーが振り向くと――

宴会場の廊下には幾人もの屍喰鬼たちが立っていた。もっとも、屍喰鬼とは言っても、フィーアと同様に魔核を得て、人族とさほど変わらないぐらいに新鮮な肉体になっている。もちろん、ヒトウスキー伯爵が忘れるはずもなかった。何しろ、かけがえのない変人、もとい忠臣たちだ。

「き、き、貴様ら！」

ヒトウスキーはぼろぼろと大粒の涙を流した。こうなったら男泣きだ。

おかげで屍喰鬼になったヒトウスキーの元家人たちも、もらい泣きしてしまった。実は、フィーアと同様に第七魔王こと不死王リッチに召喚されて第六魔王国まで飛ばされて、やはり赤湯の匂いに惹かれて勝手に入って、イモリたちに捕獲されていたのだ。

「若様……こんなに立派になられて」

「意外と可愛らしいお顔が涙でぐちゃぐちゃですよ。ほら、若様、しっかりしてください」

「何せ、俺たちは変人ばかりでしたからね。屍喰鬼に変じるくらいでちょうどいいんですよ」

「今は人狼の大将について、家人だった頃のスキルを活かしてここで暮らしています。なかなか良い国ですよ、この第六魔王国は――」

そんなふうにやはり一風変わった忠臣たちに囲まれて、ヒトウスキーはこぼした。

「其方らを死地に追い込んだ麻呂を……許してくれるか？」

すると、フィーアが元家人を代表して答えた。

「許すも何も、私たちが自ら進んでやったことです。だから、ヒトウスキー様が生きておられて本当にうれしいんです。たしかにこのような姿になりましたが、今だってここにいる皆――若様を想う気持ちに変わりはありませんよ」

次の瞬間、酔っぱらったドワーフと聖騎士たちがヒトウスキーとフィーアたち家人を囲んで、「乾杯！」と一斉に声を上げた。べろんべろんに酔っ払っているので、ヒトウスキー伯爵家の過去に何があったかはろくに理解していないようだったものの、それでも何となく目出度《めでた》い雰囲気っぽかったのでちょっかいをかけてきたようだ。

ヒトウスキーはやれやれと肩をすくめて、「まあ、いいでおじゃるか」と、家人たちに囲まれて一緒に飲み始めた。もっとも、宴会場の端っこで横になっていたシュペルはというと、

「明日の謁見とやらは……どうやらもうひと波乱ぐらいありそうなんだよなあ」

そんなふうに「はあ」とため息をついた。

もちろん、その予想は見事に当たって、シュペル自身が見事な下半身《フルティン》を披露する羽目になるのだが……何にせよ、今はこの宴会場にいる全員が人族とか、亜人族とか、魔族とか、あるいは身分なども気にせずに、飲んで、騒いで、楽しんだのだった。

「どうして……私を助けた？」

飛蝗の虫系魔人アルベの掌上で、自己像幻視アシエルは尋ねた。

こうして手乗りサイズだと、黒いおはぎとか、小さなブラックスライムとかみたいで、虫人アルベもまさか意思疎通できるとは思っていなかったのか、温泉宿泊施設から足早に離れながらもギョッとした。

「ええ？　話せるんだ？」

「この状態でも戦うことはできる。助ける必要などなかったのだ」

「まいまたあ。魔力がごっそりと減っているように見えるけど？」

おはぎ、もといアシエルは無言でぷるんと震えた。さすがにこのサイズだと、強がりを言っても始まらないと理解したのだろう。

「助かった。感謝する」

アシエルは素直に告げた。もっとも、すぐに後悔した——

「よろしい。では、僕に貸し一つだね。何で返してもらおうかな。最近、金欠なんだよなあ」

「私は影に過ぎないから、金銀財宝は一銭も持っていないぞ？」

「あれ？　影だからこそ、金銀財宝も作り放題なんじゃないの？　偽金なんか幾らでも影から出せそうなものだけど？」

「君は根本的に誤解しているようだが……私はいわゆる無機物にはなれない」

「ありゃりゃ。じゃあ、お返しはお気持ちでってやつ？」

「そうだな。だから、精々感謝するよ」

「ちぇー。こんな奴、助けるんじゃなかったぜい」

虫人アルベはそう言って不貞腐《ふてくさ》れた。

とはいえ、アシエルも付き合いが長いので、それがアルベの本心でないことは分かっていた。アルベはお調子者だが――いや、だからこそ周囲をよく観察している。その上で、率先してピエロを演じることがある。

今の第五魔王国で魔王代理を務めているのは泥竜ピュトンだが、それは人族だった頃に天使アバドンに最も近い位置にいたのが巫女たるピュトンだったからで、本来の実力や人望を考えれば、その地位はアルベこそ相応しい。実際に、今もアルベは辛らつな言葉をあえてアシエルに投げかけることで、さりげなく心情的に貸しをチャラにしてみせた。

アシエルも常に他者の影になって寄り添っているだけに、そういった機微には聡かった。だから、アシエルはアルベに向け、その心中で再度、感謝の言葉を告げつつも、

「ところで、アルベはなぜ第六魔王国に潜入していた？」

「げっ。それを聞いちゃう？」

「もしや、ピュトンあたりからこっそりと私のフォローを頼まれていたのか？　だとしたら、私では力不足だとピュトンが認識していたということになるわけだが？」

「や。ピュトンの指示じゃないよ」

「では、誰の指示なのだ？　君の双子の弟サールアームはたしかに全軍の指揮官だが、基本的に情報工作には口を出さないはずだ」

「まあ、あいつは無口だから、何に対してもろくに口を挟まないけどね」

「では、王女プリムか？」

「あのお転婆姫様も別に何も言ってこなかったよ」

じゃあ、いったい誰の指示なのか？　と、アシエルが無言になっていると、アルベは山岳地帯を駆け上がりながら器用にもじもじと悶えてみせた。

「だってさあ。サールアームや王女プリムと三人で留守番ってひどくね？」

「……は？」

「僕があのお姫様を嫌いなのは周知の事実でしょうに」

「いやいや、作戦遂行に当たって……そんな好き嫌いを言われてもな」

このとき、アシエルは「やれやれ」とアルベの評価を数段下げた。魔王代理に相応しいと考えていたが、やはりアルベは単なるお調子者なだけかもしれない……

「そもそも、サールアームの奴なんか一緒にいても全然喋んないしさあ」

「君たちは……双子だろう？」

「双子だから共感覚みたいなので何でも分かり合えるとか思った？　ぶー。そんなこと、全然ないんだからねえ」

「いや、誰もそんなことは――」

「ていうかさ。僕たち兄弟は水と油みたいなものなんだよ。もっと言うなら、僕と王女プリムとは水と火の関係だね。つまり、火と油と一緒に仲良くお留守番なんて、もう司令室がぼーぼーに燃え盛ってヤバいったりゃありゃしないってわけなのさ」

「残念ながら、その例えは全く理解できん」

アシエルが「はあ」とため息をつくと、二人はちょうど『火の国』の山々のふもとに着いた。

巨大な火山が絶えず噴火して、ふもとにいても灰が降り下りてくる。火に強い耐性のあるドワーフでなければ、こんなところで暮らそうとは露ほども思わないだろう。そのドワーフたちはというと、溶岩が湖のように溜まっている洞窟内に住んでいて、そこに祭壇を作って火竜サラマンドラを奉っているらしい。

ドワーフ同様に火に強い、この過酷な環境に適応した植物や野獣もいるようで、それらを採取や狩猟して暮らしているわけだが――何にしても、火には滅法弱い虫系のアルベからすれば、こんな場所には頼まれても長居したくはない。

第五魔王国の神殿の遺跡群から近いのに、かつての遺恨の報復として『火の国』に攻め入らなかったのは、そんな相性の悪さによるところが大きい。ドワーフたちもすぐさま鎖国政策を敷いたこともあって互いに不干渉を決め込んだ。

そうはいっても、第六魔王国の北の街道にトマト畑という名の凶悪なモンスターハウスができ上がってしまった以上、どうしてもこちらを経由して帰るしかない……

アルベは「はー、やだやだ」と悪態をつきつつも、アシエルに試しに尋ねた。

「もしかして、回復する為にドワーフを幾人か殺す必要があったりする？」

自己像幻視が基本的には他者を殺して影の中に取り込む種族だからそう問いかけたわけだが、アシエルは「いや」と答えた。

「……一人目のもとに戻してくれれば十分だ」

「ええと、一人目っていうと……アバドン様の下にいる影ってこと？」

「そうだ。回復するわけではないのだ。私たちは根本的に増殖する種だ」

「ふうん」

　虫人アルベは生返事をした。そして、『火の国』から離れてしばらくして、広大な砂漠が見えてきたところでふと足を止めた。

「ねえ、アシエル」

「何だ？」

「アバドン様は本当に復活を望んでおられるのかな？」

「急にどうしたのだ？」

「アシエルはアバドン様の影から生じたから、その答えを知っているんじゃないかと思ってさ」

「君は御方《おんかた》の復活を望んで、魔族になってまで従ったのではなかったのかね？」

「そうさ。ただ、アバドン様の復活を告げたのは——かつて巫女だったピュトンだ」

「その言葉を信じられないと？」

　アシエルの疑問に対して、アルベはぶんぶんと頭を横に振った。

「そうじゃない。そういうつもりで言ったわけでは決してない。僕はピュトンを信じている。もう家族みたいなものだ。信じる、信じないという関係じゃない」

「ならば、何が問題なのだね？」

「僕は……アバドン様以外の天使がどうにも気に入らないんだ。おそらくこの感傷は、僕のわがままに過ぎないんだと思う。だからこそ、あえて言うよ。僕は——王女プリムこそ信用できない」

　次の瞬間、気づまりな沈黙が降りた。

　普段はピエロを演じることの多いアルベがこうまできっぱりと断言するのは珍しいことだ。だから、アシエルも慎重に言葉を選んで聞き返すことにした。

「つまり、王女プリムに受肉している者がピュトンを騙している可能性があると？」

「結局のところ、そこまでは分かっていない。僕も情報官として色々と探ってみたけど……天族どもの胡散臭さしか調べがつかなかった。それだけ狡猾な連中だよ、天族ってのはさあ」

アルべはそう言って唾棄した。

ただ、アシエルはさも当然だろうといったふうに平然としていた。

そもそも、魔族と天族では根本的に価値観が違う。それこそ、水と火だ。幾ら天族を調べたところで魔族が理解できるはずもない——水と油のようにただ混ざらないだけでなく、互いに打ち消し合う存在だからだ。結局のところ、ぶつかれば、どちらか一方しかこの世界に残らないのだ。

それでも、アルべの愚痴は続いた。アシエルは黙り込む一方になった。先ほどの貸し一つというならば、今ここで沈黙をもって返すべきなのだろう……

「だって、本当に可笑しな連中なんだよ。王国の大神殿で神様のふりして居座りながら、これまでだって王侯貴族や教皇なんかに受肉して、ずっと人族を守護してきた。かと思うと、今回みたいに王国民を魔王セロにけしかけてみせる。まるで人族を盤上の駒程度にしか思っていない。それがほとほと気に喰わないんだ」

「君が元人族だから、そのように感じるだけではないかね？」

「そうなのかもしれないね。でも、一つだけ、はっきりしていることがある」

アルべはそう言って、急にアシエルを握っている右手を真っ直ぐに『砂漠』の方へと突き出した。

その真摯な視線が今度はアシエルへと刺さる。

「アシエルは……いまだに僕の質問に答えてくれていない」

「いったいどの質問だね？」

「ごまかさないでくれ。アバドン様は本当に復活を望んでおられるのかどうかという話だ」

アシエルは面喰らった。一方で、アルベの表情は真剣そのものだった。

直後、遠くの『砂漠』で蜃気楼が揺らいだ。不思議なことに、そこにはありし日の帝都の姿が映っていた。今の王都とは比べるべくもない。絢爛豪華で、遥かに進んだ文明を築いた都市だ――

するとアシエルはそんな蜃気楼を掻き消すかのように強く断言した。

「杞憂だ」

「え？」

「私とて影に過ぎん。御方の御心までは知りようがない」

「では、杞憂ってのは？」

「そもそも、御方が復活を望まなかったとしたら、私たち影をわざわざ朧として出しはしない。そう。生み出す必要なぞないのだ」

アシエルはそう言い切った。生きたいと願うからこそ、化朧して、修復が施される――自己像幻視たるアシエルの存在こそ、アバドンが復活を渇望する証左というわけだ。

もっとも、アシエルは後ろ暗い思いをその影の中にこっそりと隠した。話し相手のアルベは機微に聡いだけに、こればかりは幾重もの嘘をまとわらせても隠し通さないといけない。というのも、封じられた奈落の王アバドンこそ、天族と魔族との協調の象徴なのだ。

もしその封が切られて、アバドンの姿が顕《あらわ》になったときには、また古《いにしえ》の大戦が始まって、今度こそ世界は消失することだろう……

「ちぇ。そうか。よくよく分かったよ」

アルベは舌打ちして、アシエルを握って神殿の遺跡群に向けて駆け出した。アシエルには見せないように。牙で下唇をギリッと強く噛みしめながら――

03 魔王城は最終ダンジョンにリフォームする

引見の日の午前中、セロは「うーん」と首を傾げていた。

さながらルーシーの如く、首を九十度とまではいかないものの、最近は毎朝、ダークエルフの双子ことドゥと一緒に『新しい朝が来た体操』をしているおかげでずいぶんと体も柔らかくなった。

そんなセロだからこそ、思考も柔軟にしておきたいなと思っていたわけだが……はてさて魔族が特殊なのか、それとも魔王の周りにはたまたま可笑しな連中が集まってくるのか。何にせよ、セロは「どこで間違ってしまったのか」と嘆いた。

「たしか、最初は――」

セロはすぐに人造人間エメスの姿を思い浮かべた。

見た目からして頭に釘が刺さっていたり、肌が継ぎ接ぎだらけだったりと、ちょっとばかし特殊ではあったものの、元第六魔王でかつて人族を殲滅《せんめつ》しかけた経歴もあってか、まあ、こういう魔族もいていいかなとセロは受け止めた。そもそも、ヤモリたちが使う塹壕《ざんごう》にしろ、トーチカにしろ、はたまたやけに出力の高い『電撃《ライトニング》』を放つかかしにしろ、エメスが提案したものは役に立った。

ただ、そんな可笑しさは――ドルイドのヌフが仲間になったあたりで方向性が変じていった。

「何だか……誰かに覗かれている？」

セロはどこからか監視されているような気配を感じるようになったのだ。

ヌフは『迷いの森』の封印を担ってきただけあって、認識阻害などの闇魔術に長けていた。実際に、出会ってすぐの晩餐会でエークとの会話を間諜したほどだ。セロが気づけないレベルで何かを仕掛けてくることだって十分にできた。

だから、やはり認識阻害などに詳しいルーシーにものはためしと相談してみたら――

「な、な、何を言っているのだ、セロにょ」

ルーシーにしては珍しく口ごもった。

これはいかにも可笑しいとセロは捉えて、色々と質問を繰り出してみたものの、残念ながらそんなセロの奮闘も虚しくルーシーに難なくいなされた。こういう口論ではセロは同伴者《パートナー》に敵わない。嫁の尻に敷かれるとはまさにこのことである。

最近は、そんなルーシーやヌフがよりにもよってエメスとよく魔王城の隅っこで井戸端会議をしている。距離を置いていても、かなり怪しげな雰囲気がよく伝わってくるのだが……まあ、ダークエルフの双子ことディンが加わっているのがせめてもの救いか……

もちろん、セロだってその内容は気になったが、さすがにガールズトークに突っ込んでいく度胸は持ち合わせていなかった。ただ、廊下を歩いていたとき、たまたま会話が耳に入ってきた――

「――をもう少し増やしてみてはどうだ？　妾は大胸筋のあたりがよく見たいのだ」

「当方はふくらはぎがいいです」

「私はやっぱり腰回りが……キャッ！」

「おや、肩甲骨が翼の名残であると知らないとは、無知な者どもですね。終了《オーバー》」

何だか、それぞれの好きな部位《フェチ》の吐露に聞こえて、セロは嫌な予感しかしなかった。

とはいえ、このときセロには思い当たるふしがあった——第六魔王国の魔王城は年季を感じさせる古風な山城で、そんな厳かな雰囲気が元聖職者のセロのお気に入りだったわけだが、ここ数日ほど、そんな古き良き内観に似つかわしくない設備を所々で見かけるようになったのだ。

「これは……いったい何なの？」

それらを廊下の角にちょうど設置していたエメスに尋ねてみたら、

「対象自動読取装置《エスシステム》と言います。最近、虫系の侵入者が増えたと人狼メイドたちから相談を受けたので、その姿絵を撮って警戒する為に設置しています、終了《オーバー》」

という答えだったので、セロも「ふむふむ」と肯《うなず》かざるを得なかった。

「ところで、僕の部屋にその装置が数十もあるのはなぜなのかな？」

「セロ様のもとに敵を侵入させるわけにはいきません。必要な措置なのです、終了《オーバー》」

セロは不満げに下唇をつんと突き出した。

ただ、そのときエメスの手伝いをしていた人狼メイドが「それぐらいは当然ですよ」と、ふんすと鼻息荒く言ってきたので、セロもそういうものかと諦めるしかなかった……

ちなみに後日、極秘の井戸端会議でセロの寝る前の姿絵が方々《ほうぼう》にバラ撒かれたのだが、もちろんセロは知る由もない。

そんなこんなでセロの首は傾くばかりだったが、可笑しなことは魔王城内だけで起こっているわけではなかった。事実、温泉宿泊施設が完成する前後から、城外でもちらほらと見かけることが増えてきたのだ——

まず、ダークエルフたちの数がやけに多くなった。

当初は魔王城の改修とトマト畑の世話ぐらいで、セロの近衛をやってくれている精鋭たちを除いてもせいぜい二、三十人ほどが手伝いに来る程度だった。だが、最近は『迷いの森』に住んでいる者のほとんどが出稼ぎに来ているんじゃないかと見紛うほどになった。

とはいえ、長老格の者たちがセロに会うたびに感謝してくるものだから、むしろ良い傾向なのかもしれないと納得しかけたが……不思議なことに、トマト畑でも、温泉宿の建築でも、長老たちを見かけなかった。

しかも、たまに出くわす長老たちはというと、「完成に近づきつつあるな」とか、「本当に浮くのだろうか？」とか、「これにてついに魔王城を解き放つのだ」とかといった不可解な会話を内々でしては、セロを見かけるたびに口を噤《つぐ》んだ。これにはさすがにセロも訝《いぶか》しみ、あるときふいに、

「ところで、皆さんはこの魔王国で何をやっているのですか？」

と、すれ違い様に何気なく質問したら、彼らはなぜか慌てて天気の話などをし始めた。

いかにも怪しかったのでセロは付き人のドゥにも内緒でこっそりと探ってみたところ、彼らは全員、魔王城の地下施設工事に参加していることが分かった。

もっとも、この工事そのものはセロもエメスに許可を出していたから問題なかった。

ただ、その地下通路に改めて入ってみると、トマト畑同様に塹壕やトーチカが新設されていた。セロは「ふむん」と肯いた。まあ、これだって別に構わない。もし通路の隠し扉の認識阻害が解かれてしまったら、溶岩の坂や絶対零度の絶壁を無視して、ここから魔王城に攻め入って来られるだろう。必要な防衛措置だ。

と、セロが顎に片手をやりながらこれまた納得していたら――

「キュイ！」

「キイキイ！」

ヤモリやコウモリたちがセロのもとに集まってきた。

どうやら裏山の洞窟やトマト畑に加えて、新しい家ができたことに喜んでいるようだ。

そんなヤモリやコウモリたちに案内されて、地下通路がエメスの研究室だけでなく、トマト畑方面、土竜ゴライアス様のいる地底湖、さらには『迷いの森』の地下洞窟にまで繋がっていることを知らされると、さすがにセロも「ん？」と眉をひそめた。

ただ、魔王としての務めが不慣れなせいで、それらが記された書類にぽんっと流れ作業で判を押してしまったかなと、セロは自らの至らなさを反省した。

「まあ、利便性が高くなるから、別に問題ないはずだものね」

セロは仕方なく、やれやれと肩をすくめた。

そもそも、この魔王城にだってセロがいまだに把握していない古井戸に通じる隠し通路がたくさん残っているのだ。新たに数本、地下通路を拡張するぐらい何てことはない話だ。

それにやはり浮遊する鉄板《エレベーター》は何度乗っても感銘を受けた。セロが通過した瞬間に魔力で灯る明かりも見事だった。各箇所に巨大かつ重厚な丸形《がた》の金属扉がいつの間にか設置されていて、厳重に封印まで施されているのにも驚かされた。

「いつの間にここまで工事が進んでいたんだ？」

セロが感嘆している間にヤモリやコウモリたちに案内されて、やっとエメスとヌフの地下研究室にたどり着くと、そこは最早、かつての地下牢獄の姿など微塵も残っていなかった。

「…………」

その光景にセロはつい絶句したほどだ。というのも、きわめて現代的《モダン》なワークスペース――研究室、実験室、資料室や事務所などが並んでいたからだ。

どうやら以前にエメスが囚われていた広場は、現在では神学校の大教室みたいな斜面を伴った、司令室になったらしい。何を司令するのかはよく分からなかったが、ダークエルフの長老たちだけでなく、吸血鬼の純血種で爵位持ちたちまでがちゃっかりと座ってきびきびと働いている。

そんな彼らの声がセロのもとに届いた――

「その後の目標《セロ様》は？」

「地下通路を経由して進行中です！」

「どうやらヤモリやコウモリたちによって通路内の封印が解かれたようです。こちらの魔力通信の伝達経路もジャミングされたようで、現在の目標を追うことができません！」

「いえ！　ジャミングから復旧！　映像回復しました！　目標……我々の眼前にいます！」

はてさて、この人たちは何を遊んでいるのかなと、セロは遠い目になった……

「おや、セロ様。如何なされましたか？　終了《オーバー》」

そんなセロに対して、エメスがしれっと尋ねてきた。司令室の上部で机上に両手を組んで座っている。ちなみにヌフはすぐ隣に突っ立っている。

そんな司令室では幾つもの映像がマルチモニタに先ほどまで映っていたが、セロが来たとたん、ヌフの指示によってぷつんと切られた。セロはさらに白々とした顔つきになったものの、エメスがわざわざ下りてきて、一通りの説明という名の釈明をしながらこの場所の詳しい話をしたので、まあ、こ

れもこれでいいかなと思い直すことにした。何せゼロは男の子なので、こういう司令室っぽいのには憧れるのだ。

ただ、それほどに現代的かつ軍事的な地下施設だったにもかかわらず、一か所だけ古き良きと言うべきか……いかにも厳《いか》めしい部屋がなぜか残されていた――拷問室だ。

「こんなの……前もあったっけ？」

「いえ、エークやアジーンから要望が出されたので新たに造りました。何かしら罪を犯した者をここに拘留する予定です。ただし、今はどちらかと言うと、『貴賓の間』に仮置きしていた資材の置き場になっています、終了《オーバー》」

そう説明されても、どこからどう見ても重苦しそうな空気しか漂っていない部屋だった……無駄に血や汗の臭いがするのは気のせいだと思いたい。

ともあれ、エメスが言った通り、たしかに魔王城二階の『貴賓の間』に置いてあったX字型の磔《はりつけ》台がここに移されて、これまたなぜかしれっと近衛長のエークが縛られていた。セロは無視すべきかどうか迷ったが、「はあ」とため息をついてから声をかけることにした。

「ええと、エーク。いったい……何をしているのかな？」

「ご褒美……ではなかった。いわゆる、そうですね……食後の瞑想のようなものです」

「そうか。瞑想だったのか」

「はい。宗教上の理由なのであまりお気になさらずに」

そんな返答を受けて、セロはエメスやヌフのやり過ぎを責めるべきか、それとも近衛として最もゼロに近しいエークの性癖《あれ》を改《リフォーム》めるべきなのか、しばし思い悩むのだった。

「これより魔王城は最終段階に入ります。総員、衝撃に備えなさい。終了《オーバー》」

セロが磔《はりつけ》にされているダークエルフの近衛長エークのそばで考えごとをしていたら、いかにも不安しか掻き立てない人造人間エメスの言葉が突如として城内放送で流れてきた――

「起動魔力確保、一部封印も解除しました」

「三番から六番までのドッキングも解除」

「全方位緊急で認識阻害展開！」

「進路クリア、システムオールグリーン！」

するとすぐそばにいたエークが唐突にセロに言ってきた。

「セロ様！　早く、私の隣にある磔台で拘束されてください！」

「は？」

「すでに発進シークエンスの最終段階に入っています！　衝撃が来ます！　そのままでは、とても危険なのです！」

「…………」

セロは無言になったが、エークがあまりにも真剣だったのでX字型の磔台に近寄った。

たしかにエークは性癖的にあれだが、それ以外の部分はとても優秀で真面目でまともでしっかりしている……はずだ。少なくともこういう緊急事態とやらに、性癖の同志を求めたりはしない……はずだ。だから、セロはそんなエークと視線を交わして、こくりと肯き合ってから、仕方なくX字型に自ら磔になろうとした。

「セロ様、それではダメです！」

「今度は何さ？」

「もっと、恍惚《こうこつ》とした表情をしてください！」

「い、いや……僕にはそんな性癖《あれ》はないんだけど……」

「いいから、時間がありません！」

意味が分からなかったが、信頼する側近の言うことだ……

もしかしたら、この磔台はそんな表情に反応する魔導具かもしれないと考え直して、セロはえも言われぬ表情を作ってから磔の拘束具を手に取った。

そんなタイミングで司令室から再度、城内放送が流れた。

「第六魔王城発進します、終了《オーバー》」

直後だ。

大きな揺れがあって、セロは転倒しそうになった。

たしかにエークの言う通りだった。それでも、何とか磔台にX字にしがみついたので事なきを得たが、これはさすがにエメスに対して厳重抗議しないとダメだろうと思って、揺れがやっと落ち着いた頃合いを見計らって先ほどの司令室に戻ってみると——

マルチモニタは四つの大きな画面に分割されて、上空から東西南北を映していた。

「………」

セロはまたもや絶句するしかなかった。

魔王城が本当に空を飛んでいるようなのだ。さすがのセロもその光景には毒気を抜かれて、ついぽかんと大きく口を開けることしかできなかった。

「セロ様、どうかこちらにお越しください。終了《オーバー》」

そんなタイミングでエメスとドルイドのヌフがセロを招いた。

どうやら司令室から直通で魔王城上階に繋がる鉄板《エレベーター》があるようで、それに乗っていくと魔王城二階のバルコニーに出た。

そこにはすでにルーシーや高潔の元勇者ノーブルもいて、人狼のメイドたちも空中飛行を楽しんでいた。どうやら知らされていなかったのはセロだけらしい……

これにはセロもせめて『ほうれんそう』ぐらいは大切にしてほしいと文句を言いかけたが――

「うふふ。セロよ。どうだ？　第六魔王となった暁に何もしてやれなかったからな。皆でサプライズを企てたのだ」

ルーシーはそう言って、はにかんでみせた。

その笑みだけでセロは「ま、いいか」と許してしまった。真《まこと》にちょろい魔王である。

しかも、このドッキリを仕掛ける為に、ルーシーたちはセロに隠れてこそこそとやっていたそうだ。そういった経緯もあって対象自動読取装置《エスシステム》のことも秘密にしておきたかったのかなと、セロはようやく納得しかけた。本当に御しやすい魔王である。

さて、セロはバルコニーを見渡して、ダークエルフの双子ことドゥとディンがいないことにすぐに気づいた。こういうイベントごとはあの二人が一番喜びそうなのに――と思っていたら、城内放送がまた聞こえてきた。

「『かかしマークⅡ』、発進スタンバイ！」

「安全装置解除確認」

「ハッチ開放、射出シークエンスの全工程確認、終了《オーバー》」

「カタパルト推力正常。進路クリア！　発進どうぞ！」

すると、自信なげな声が聞こえた。

「ドゥ、はっちん、します」

次の瞬間、魔王城下層が開いてカタパルトが出てくると、巨大なゴーレムが宙に発射された。

「ええと……何なの、あれ？」

セロがエメスに尋ねると、ドゥが武器のことで相談してきたので、それならばとエメスが腕によりをかけて武装を造ったようだ。そういえば最近、エメスはドゥにやけに甘くなったなあと思っていたところだったが、何にせよドゥが喜んでいるならいいかと、セロは小さく息をついた。

「続いてディン、発進します！」

今度は二体目の巨大ゴーレムも射出された。

空中ではそんな二体の試運転として正常動作の確認をしてから、簡単な模擬戦まで行われた。

「そういえば、今、宿にお客さんがいるみたいだけど大丈夫なの？　これ、バレやしない？　面倒事にならないかな？」

セロは当然の疑問を口にした。

「魔王城周辺一帯に緊急の認識阻害を施してあるので問題ありません」

ヌフが胸を張って答えた。

セロはさすがだなあと感心すると同時に、それだけの労力をもっと他のものに使えばいいのにと若干遠い目になった……

「それはともかく、こんなふうに魔王城を浮かしてどうするの？　一種のパフォーマンスかな？」

セロはまたごく普通の疑問を口にした。

今度は、エメスがその問い掛けに丁寧に応じる。

「セロ様は以前、国防会議にて防衛拠点の重要性を説いておられました。ですが、現代の文明レベルだと、このように浮遊城に改修しておけば、まず敵から攻撃を受けることはありません。そもそも、空を『飛行』できる種族は限られています」

「たしかにね。でも、これって落ちたりはしないの？」

「土竜ゴライアス様の血反吐《ちへど》を魔力変換にてエネルギーとしているので、貯蔵してある血反吐がなくならない限りは浮遊可能です。終了《オーバー》」

どんだけゴライアス様は血反吐をはいているんだと、セロはツッコミを入れたかったが……とりあえず黙っておくことにした。

「それに、セロ様はご存じないようですが、古《いにしえ》の大戦では戦艦などが空を飛んでいたものです」

「へえ、全く想像できないね……」

「将来的には、この魔王城も変形や合体させなくてはいけません。終了《オーバー》」

そんなことする必要があるとはさっぱり思えなかったものの、セロはやはり男の子なので変形や合体という言葉につい浪漫を感じてしまった。

すると、そんな話に珍しくヌフが割り込んできた。

「当方が考えるに、現代は古の技術を失い過ぎています」

「たしかに。何者かの意図を感じますね。何らかの理由があって、わざと喪失させられたのかもしれません。とても興味深いところです。終了《オーバー》」

セロはその言葉に「ふうん」と曖昧な相槌を打つしかなかった。

何にしても、引見の前に魔王城もとい浮遊城やかかしマークⅡの試運転と動作確認を再度行ってから、セロたちは王国や火の国の外交使節団と会うことになったのだった。


第六魔王国を訪問していた王国の面々――シュペル・ヴァンディス侯爵、ヒトウスキー伯爵や英雄ヘーロス、モンクのパーンチや聖騎士団長モーレッツたちは『火の国』のドワーフたちと馬鹿騒ぎをした後に、温泉宿泊施設の宴会場で目覚めて、二日酔いを法術などで打ち消し、出された朝食を大人しくもぐもぐと食べてから、第六魔王の愚者セロとの謁見の時間が来るまでそれぞれ思い思いに時間を潰していた。

その謁見には、ドワーフからは代表のオッタ含めて三人、また王国からはシュペルを筆頭に、ヒトウスキー、モーレッツに加えて、ヘーロスやパーンチも随伴する予定だ。

実のところ、当初はヘーロスも、パーンチも、謁見するつもりはなかったのだが、シュペルから「もし暴走する者がいたら羽交い締めにしてでも止めてほしい」と、暗にヒトウスキー対策を頼まれたので、渋々と参加する羽目になった。

何にせよ、セロとの謁見は昼の会食の前に設けられたので、宴会場で朝食をいただいた時点ではまだかなり時間が空いていた。

ドワーフたちは酒盛りでもして時間を潰したかったみたいだが、さすがに今回ばかりは酔っ払っては失礼というわけで、「さあ、昨日の続きでもするか！」と聖騎士たちを誘って野外で訓練を始めた。そこに団長のモーレッツだけでなく、ヘーロスやパーンチも加わった。どうやら外交という畑違いのプレッシャーに対して、己の肉体を鍛えることで鼓舞しようと試みたいらしい。

その一方で、最も外交に慣れているはずのシュペルはというと、昨晩赤湯に入って回復しかけた円形脱毛症にいまだ悩まされていた……

今回はどういう訳か、『火の国』の外交使節団と一緒に謁見する事態になった。ヒトウスキーが一緒にいるだけでも不安だというのに、常時酔っ払いの筋肉馬鹿《ドワーフ》たちまでいるのだ。どう考えてもろくな展開になりそうになかった。

「本当に……嫌な予感しかしないな」

シュペルは気づいたら頭を掻き毟《むし》っていた。さっきから髪の毛がぱさぱさと落ちてくる。ヴァンディス家は家系的に全員、ふっさふさの金髪を誇ってきたというのに……これにはさすがにシュペルも平静ではいられなくなった。

「いかんな。どうにかしなくては……」

シュペルは仕方なく、たまたまそばを通りかかったモタに頼んで、呼び出しがかかるまで、魔術による『睡眠』をかけてもらうことにした。空き時間があるから無駄に悩むのだ。寝ていれば髪の毛だって落ちずに済むだろう――と、シュペルはモタにその身を任せた。それがいけなかった。

「あ、やべ。『催眠』をかけちった」

モタはついミスをして慌てたが、まあ寝かせつければどっちでもいいかと考え直した。

「あなたは赤ちゃん。ばぶーと言いなさい」

「ばぶー」

「よろしい。では、おねんねの時間でちゅよー」

「ばぶぶぶ……」

こうしてシュペルは深い催眠にかかって、無駄に亡き母の温もりを感じながら安心して眠りにつくことができた。

ちなみに、今回の訪問団の中ではヒトウスキーだけがいつもと変わらぬ調子で朝湯を堪能して、朝食もしっかりと食べて、また屍喰鬼になった家人たちと昔話も楽しんで、さらにそこにモタも加わって、若かりし頃の様々な依頼なんかも語り合って、しまいには宿外に出てヘーロスやパーンチに稽古までつけてあげた。ここらへんは最早、大物の貫禄である。

そうこうしているうち、夢魔の外交官ことリリンが温泉宿の前にやって来た。

「そろそろ謁見の時間になります。皆様、出発の準備をお願いします」

温泉宿から魔王城まで案内するのは、リリンと人狼の執事アジーンの二人だけのようだ。

とはいえ、もともと屋外で訓練していたとあって、ドワーフたち三人、モーレッツ、ヘーロスやパーンチに加えてヒトウスキーとすぐに揃ったわけだが……なぜか肝心のシュペルが宿からなかなか出て来ない。

「珍しい。まだ眠っているのでおじゃるか?」

ヒトウスキーが疑問を口に出すと、シュペルはモタの付き添いで、よりにもよって四つん這いになって宿から進み出てきた。

「ばぶー」

リリンはすぐにモタを睨んだ。

短い付き合いだが、こういう厄介ごとは大抵モタのせいだと相場が決まっている。

そのモタはというと、下手糞な口笛を吹いてごまかそうとしていた。そんなわけで、催眠にかかる前のシュペルの遺言通りに、モタはパーンチに羽交い締めにされることになった。

シュペルについては、モタが暴発してかけてしまった状態異常ということで、聖騎士たちの法術では解けなかったので、魔王城にいるドルイドのヌフに頼むしかなく、仕方がないのでヘーロスが背中におぶっていくことにした。

そんなトラブルはあったものの、訪問団はとりあえず溶岩の坂下に到着した。

まさかこの溶岩の中を駆け上がっていくなんてことはないよなと、各人が互いに顔を見合わせていたら、リリンは岩山の一部にかかっていた認識阻害を解いてみせた——現れ出たのは地下通路に繋がる魔紋付きの鉄扉だ。

ゴゴゴゴ、と。

自動で開いた鉄扉から中に入ると、意外と広い坑道が続いていた。

もっとも、モーレッツは気が気でなかった。ドワーフたちの『火の国』は第六魔王国との同盟を望んでいるだろうからいいかもしれないが……少なくとも王国は中立、いや下手をしたら敵国に当たる。

こんな秘密の抜け道を教えてもいいものなのかと、モーレッツが驚いていたら、

「キイ」

「キュイ」

と、異なる鳴き声が聞こえてきた。コウモリとヤモリだ。

よく見れば、トマト畑と同様に通路の端が塹壕になっていたり、各所に小さなトーチカが設置されたりしている。天井にはコウモリの足場も張り巡らされている。

「なるほど……そういうことか」

モーレッツはすぐに悟った。

こんな通路で土魔術が得意なヤモリと、音波による範囲攻撃が可能なコウモリに襲われたらひとたまりもない。おそらくこれは第六魔王国による示威行為《デモンストレーション》なのだ。もしこの坑道から攻め入ったとしても、超越種直系の魔物たちが相手をするぞ、と。

モーレッツはごくりと唾を飲み込んで、早速相談したいとシュペルの方にちらりと視線をやった。

「おぎゃあ、おぎゃあ」

シュペルはそんな魔物たちを見て泣いていた。

王国はもうダメかもしれないと、モーレッツは改めて悟るしかなかった……

そんな坑道をしばらく進むと、ちょっとした広場に繋がっていて、訪問団はそこでなぜか分厚い鉄板に乗せられた。直後、その鉄板が上昇した。コウモリたちが持ちあげているわけではない。どうやら魔力を動力にして浮遊しているようだ。

これは人造人間エメスが造って、エレベーターと名付けたもので、人族にとってはとうに失われてしまった古の技術による物だったわけだが――当然のことながら、モーレッツは茫然自失するしかなかった。まるで吟遊詩人の歌などに出てくる空飛ぶ絨毯のようだ。こんなものが戦場に出てきたら、それこそ絨毯爆撃で地上にいる騎士や兵士たちはなす術《すべ》もなく、あっけなく殲滅させられてしまうだろう。

「何ということだ……戦争のやり方が根本的に変わるかもしれない」

モーレッツは目眩を覚えながらも、何とかその思いを共有したいとシュペルを見つめた。

「あ、ちくしょう。おしっこ漏らしやがった」

シュペルを背負っていたへーロスが「こりゃあ、おしめしなくちゃやだな」と嘆いていた。モーレッツはそんな光景を目の当たりにして、王国の崩壊をまざまざと見たような気がした……

こうして暗澹《あんたん》たるモーレッツを先頭にした訪問団が斜面をエレベーターで上がって、あっという間に山の中腹に着くも――

「おや？」

意外なことに、そこには何もなかった。

いや、それは正確ではない。溶岩の坂上には露天風呂の簡易施設だけがあった。

とはいえ、そんな光景にモーレッツはまた忸怩《じくじ》たる思いに駆られた。たとえ大量の王国兵が攻め込んできたとしても、魔王セロはこの露天風呂に入って、ぬくぬくと戦況を眺めているだけといった様《さま》がありありと浮かんできたからだ。

ちなみに、この露天風呂はあくまで女性専用で、セロが坂下で戦っている姿を「女性陣はここからリラックスして見ていればいいだけ」とエメスが言い切ったことをモーレッツは当然のことながら知らない……

それはさておき、モーレッツが「はて……魔王城はどこにあるのだ？」と呟いて、じっくりと周囲を見回していたら、ふいに上空から轟々《ごうごう》と音が聞こえてきた。

「な、な……何と！」

巨大なゴーレムが火を噴出するリュックを背負って降りてきたのだ。

その体躯はジョーズグリズリーほどの大きさで、鉄と岩と凶悪な魔獣を掛け合わせた合成獣《キメラ》のようなゴーレムで、モーレッツですらその強さは測れなかった。とはいえ、その右肩のあたりになぜか『かかしマークⅡ』と刻まれていたのだが……果たしてどこにかかし要素があるのかと、モーレッツを含めて目撃した者は首を傾げるしかなかった。

何にせよ、その巨大ゴーレムこと『かかしマークⅡ』が着地すると、お腹のあたりのハッチが開いて、そこからダークエルフの双子ことディンとドゥが慌てて飛び出してきた。

「すいません！　面白くて遊びすぎちゃいました！」

「……ました」

そんなふうに皆に謝った二人はというと、この岩山にかかっていた高度な封印を触媒であるセロの補助武器たるメイスを使ってすぐに解いてみせる。

直後だ。

宙には古風な山城が浮いていた。

第六魔王国の魔王城だ。それが浮遊城となって毅然と滞空して、先ほどの巨大ゴーレム同様にゆっくりと降りてきたのだ。


……

…………

………………


訪問団は全員が茫然自失した。

いつも泰然としているヒトウスキーすら、ぽかんと口を大きく開けていた。

唯一、シュペルだけが「きゃっきゃ」と、ヘーロスの頭を叩いて喜んだ。モーレッツはそんな情けない姿に泣きたくなっていた。また、パーンチも驚きのあまり、羽交い締めしていた腕を緩めてしまったが、モタとて咄嗟《とっさ》に逃げることはできずに、「嘘でしょ……」と目が点になっていた。

それほどに魔王城が浮遊する様《さま》は、その場にいた全員に衝撃を与えたわけだ。

さて、魔王城が岩山の中腹に降り、その大きな両開きの鉄門が自動的に開かれて、堀に跳ね橋が架かったところで、リリンは訪問団全員をゆっくりと見回した。

「それでは大変お待たせしました。第六魔王の愚者セロ様との謁見の時間になります」

いやはや、これだけのものを見せつけられて、本当に謁見する必要があるのかと、モーレッツは猛烈に思い悩んでいた。

最早、王国はセロの足先に口づけしてでも恭順の意を示す以外にないのではないか……そもそも肝心のシュペルがばぶーだし……何だか巨大ゴーレムとか浮遊城で「ばぶばぶぶー」と、めちゃはしゃいじゃっているし……

と、モーレッツは頭を抱えながらも、「ええい、ままよ」と呟くしかなかったのだった。

「皆様、どうぞ城内にお進みください」

夢魔の外交官ことリリンに勧められて、聖騎士団長のモーレッツは覚悟を決めた。

そもそも今、王国の代表はモーレッツ以外にいないのだ。肝心のシュペル・ヴァンディス侯爵は幼児退行しているし、英雄ヘーロスはそんなシュペルを背負っているし、モンクのパーンチはモタを羽交い締めにしている最中だ。一応、ヒトウスキー伯爵がいるにはいるが……やはり溶岩坂上の露天風呂の魅力には抗えないのか、さっきからそわそわして全くもって頼りにならない。

結局、王国の外交は、畑違いのモーレッツの双肩にかかっているといっても過言ではなかった。

とはいえ、巨大ゴーレムの『かかしマークⅡ』や浮遊城以上の演出はもうないだろうと、モーレッツも気持ちを新たに、「よし！」と両頬をパンッと叩いて気合を入れて、堀に架かっている跳ね橋の上を歩んで、ついに城内に足を踏み入れた。

直後だ。モーレッツは「ほう」と、小さく息を漏らした。

入口広間には十数名のメイドたちが縦に二列となって大階段前まで立ち並んでいた。

全員が人狼だ。モーレッツはまた唾を飲み込んだ。ちらりと見たに過ぎないが、そのうちの三人ほどがモーレッツやヘーロスに匹敵する力を持っていた――メイド長のチェトリエ、それにドバーとトリーだ。

もちろん、セロの『救い手《オーリオール》』による身体能力の向上《バフ》を含めた実力ではあったものの、モーレッツは苦虫でも噛み潰したような表情になった。というのも、モーレッツやヘーロスといった王国屈指の実力者をもってしても、この魔王城ではメイド程度の仕事しかできないと示唆されているも同然だったからだ。これにはモーレッツはまたしても暗澹たる思いに駆られた。

さらに入口広間正面の大階段を上って、玉座の間に繋がる回廊にやって来ると、そこにはダークエルフの精鋭たちこと『黒の騎士団』が漆黒の儀仗兵となって等間隔で並んでいた。

エルフ、ドワーフや蜥蜴人《リザードマン》と同様に他種族になびかないことで知られるダークエルフがここまではっきりと魔王に臣従していることに驚かされると同時に、モーレッツは玉座付近で侍っている人物たちを目の当たりにして、一瞬だけ目眩と吐き気まで覚えた。

そこにいたのは真祖カミラの長女ルーシー、人造人間エメス、高潔の元勇者ノーブル、それに加えてドルイドのヌフといった面々だ――

この四人の側近は王国最強の盾たるモーレッツでも、底が見えない化け物中の化け物だった。下手な魔王よりもよほど危険な存在だ。それこそ史書に出てくる古の魔王に匹敵するのではないかと、モーレッツは我が目を疑った。

もちろん、その四人以外にも、この第六魔王国にはダークエルフの近衛長エーク、人狼の執事アジーン、はたまた夢魔の外交官リリンといった大物がいる。彼らも一騎当千などという言葉では生温《なまぬる》い存在だ。しかも、それぞれがダークエルフ、人狼、そして吸血鬼たちを束ねているだろうことを考えるに、この第六魔王国における三軍を司る存在に違いないとモーレッツは踏んだ。

唯一の癒しが魔王のすぐそばにてくてくと駆けていったダークエルフの双子ことドゥとディンなのだが……この二人とて子供ながらに決して侮ってはならない相手だ。

しかも、そんな化け物たちを平然と統率して、玉座にていかにも鷹揚に座している存在——第六魔王こと愚者のセロ。

「…………」

モーレッツは無言のまま、信じがたいものでも見ているかのようだった。

というのも、セロの姿がぼやけてよく見えないのだ。あまりに魔力の量が多い上に高密度なので、モーレッツからすると玉座から黒いもやのようなものが立ち上《のぼ》って、セロを直視することすらできない有り様だ。

「こ、これは……まさか、魔神の領域とでも言うのか……」

モーレッツは愕然とした。

最早、地上にいていい存在ではない。

第六魔王国は間違いなく、現時点でこの大陸こと地上世界における史上最強の国家に違いない。

王国最強の聖騎士モーレッツはそう痛感して、息苦しくなってきた。今となっては、そのセロが元人族で、光の司祭と謳われて勇者パーティーに所属していたといった話が全て法螺《ほら》だったのではないかと疑いたくなったほどだ。

それでも、モーレツは作法に則《のっと》って、魔王セロの前で跪《ひざまず》いた。

そのときだ。

「ばぶー」

と、はいはいしながら前進する猛者《もさ》がいた——シュペルだ。

しかも、よりにもよってその下半身は何の衣服も着ていないモロ出《フルティン》しだった……

これはいったい何事かと、モーレツが後方にいたヘーロスに視線をやると、どうやら人狼のメイドに頼んで、おしめを着けてもらおうとしていたところを逃げられたようだ。

そんなことを謁見中にやるなよと怒鳴りつけたくなったが……おしっこ臭いままで魔王セロの前に堂々といるのと、ここで素直にごめんなさいして交換させてもらうのと、いったいどちらがマシかと問われたなら……さすがにモーレツも明確な答えは出てこなかった。

そもそも、そんな外交的な知識や礼節を一番弁《わきま》えているはずの当のシュペルが、今もあそこ丸出しのまま、はいはいしながら進んでいるのだ。

しかも、シュペルは玉座の前の小階段を上って、魔王セロのもとに着くと、「きゃっきゃ」と眩《まばゆ》いほどの笑みを浮かべながらセロの足にあそこを擦りつけ始めた。まさかマーキングかと、モーレツは思わず「犬かよ」とツッコミを入れたくなったものの……最早、青ざめるしかなかった。

終わった……

王国はこれにて崩壊した……

魔王に男の最大の武器《ティンティン》を擦りつけるなど、いわゆる刀の鞘当てみたいな敵対行為に他ならない。というか、あまりにも非常識だ。モーレツは万感の思いを込めて、「ふう」と天井を仰ぎ見た。

ただ、そこに張り付いていたコウモリたちが、「キイ?」と、つぶらな瞳で見返してくれたので
モーレッツは少しだけほっこりできた。こうなったら、いっそここで自害してみせるかと、モーレッツは冷静に考えた。腹をかっさばいて謝罪すれば、もしかしたら元人族のよしみでセロだって許してくれるかもしれない……

が。

意外なことに――

セロはやれやれと額に片手をやって、いかにも申し訳なさそうな表情を作ってみせた。

「これ……どうせモタのせいでしょ?」

「げっ」

モタが呻《うな》ってすぐに目を逸らすと、セロは「はあ」とため息をついた。

「アジーンに命じる。モタを羽交い締めにしているパーンチに拷問室の場所を教えてあげて」

「畏まりました、セロ様」

「それとエメス。好きにやっちゃっていいよ」

「承知いたしました、終了《オーバー》」

「セロおおおおお!」

モタの絶叫が玉座の間に轟くも、しばらくすると、遠く、深くから、ガシャンという鉄格子の無機質な音が響いた。どうやら魔王城の地下に連行されたようだ。

これにはモーレッツもドン引きするしかなかった。かつて勇者パーティーで共に戦った仲間に対して情け容赦なく罰を科したセロの姿に、魔王としての威厳だけでなく、畏怖まで感じたわけだ。

そんなモタの地下室送りはさておき、セロはヌフに話しかけた。

「シュペル卿にかかっている『催眠』は解けますか？」

「当方はさほど法術が得意ではないのですが……どうやら相当に根深くかかっているようですね。下手に解こうとすると、この者の精神に影響が及ぶかもしれません」

「それだけモタの魔術が強力だということですか？」

「いえ、それだけではありません。根深くという点に、何かしら意味があるのかもしれません。何か最近、この者が……根について悩んでいたとか、どなたか知りませんか？」

ヌフがモーレッツたちに問うも、当然のことながら誰も答えられなかった。

ふっさふさのシュペルが毛根について悩み始めていたなど、長い付き合いのモーレッツとて知るはずもないことだ。何にせよ、ヌフはさらにシュペルの状態を解析《アナライズ》した。

「ふむん。根だけではありませんね。どうやらこの者は、現在の状態――『幼児退行』を本心から望んでいる可能性が高い」

なぜに？

と、その場にいた全員が首を傾げた。

もっとも、これはシュペルがそれだけのプレッシャーと一人で闘っていたからに過ぎない。

ともあれ、セロはやや困り顔で、ヘーロス、ヒトウスキーやモーレッツと順に視線を交わした。そして、三人がいかにも「仕方あるまい」と目で合図したことで、セロはやっとヌフに法術による治療をお願いした。シュペルがちょっとぐらいパーになっても致し方ないと納得したわけだ。

さて、そうやってモタの催眠から脱したシュペルはというと――

「こ、ここは……どこ？　私は……誰？」

何だか、似た台詞を聞くのは二度目な上に、リリンのときもモタ絡みだったよなあと、セロはふと思ったわけだが……何にしてもヌフの腕は確かだったようで、シュペルはさしたる障害もなく我に戻れたようだ。ただし、戻ったのは意識だけだった。

「な、なぜ……私は……下半身が丸出し《フルティン》なのだ？」

残念ながら、幾らヌフでも衣服までは戻せなかった。

もちろん、そんなシュペルの問いかけに対して、おしめ交換中に逃げたからとはさすがに誰も言い出せなかった。なお、おしっこ塗《まみ》れの下着はちょうど今、城外で人狼メイドのドバーが生活魔術で洗濯中だ。

とはいえ、さすがにセロへの拝謁中にモロ出しなのは如何ということで、人狼メイド長のチェトリエは仕方なく、ちょうど手にしていたおしめをシュペルに差し出した。当然、シュペルは「な、なぜ……おしめ？」と訝しみつつも、豊富な外交知識を駆使して、これはもしや第六魔王国における習わしなのかもしれないとみなして、「よいしょ」と手渡されたおしめを穿《は》くことにした。

そして、おしめの意外な穿き心地の良さにシュペルがつい、「ほっ」として、次いでゆるりと周囲を見回して——シュペルはそこでようやく、ここが第六魔王国の玉座の間で、すぐ眼前によりにもよって魔王セロがいることに気づいた。

「………………」

そのとたん、シュペルの時が止まった。

数十秒ほどして、シュペルはセロに背を向け、玉座の前の小階段をすたすたと下りてから、即座に見事な三跪九叩頭を行った。もちろん、王国の外交使節団の代表者が他国——それも魔王国に対して幾度も叩頭してみせるという行為は、単純に言えば、属国になることを意味する。

ただ、魔王の前で下半身をモロに出した愚行の代償として、宣戦布告によって蹂躙《じゅうりん》されるぐらいならば、いっそ自ら進んで属国になった方がマシだとシュペルは判断した。果たして王国に戻って五体満足でいられるかなと、シュペルは悲愴な思いに駆られた。またこのとき哀しきかな……シュペルの毛髪はふさっとほとんどが床に落ちた。

そんなシュペルの態度に黙っていられなかったのが——何とまあ、ドワーフたちだ。

属国になるかどうかはともかく、第六魔王国の最初の友好国は『火の国』こそ相応しいと、赤湯の奇跡を通じて考えるに至ったドワーフ代表のオッタは、

「おんどりゃあああああ!」

と、なぜか褌《ふんどし》を脱いで、シュペルよりもご立派なモノを堂々とさらけ出した。

何せ数百年も鎖国して、全く外交をしてこなかった種族だ。王国の代表者がモロ出しを見せつけたことを受け、最近はそういう慣習になったのだと判断した。ドワーフは基本的にアルコールに脳細胞をやられているので仕方あるまい……

そもそもからして、セロとの謁見前から第六魔王国の国力をまざまざと見せつけられたオッタたちはというと、実はすでに心ここにあらずだった。

「拙者どもが目にしている全てが……最早、神代の力の再現ではなかろうか?」

浮遊城など、文献で読んだことはあったが、さすがに目撃することになろうとは到底思っていなかった。他にも、隕石といい、赤湯といい、空飛ぶ鉄板といい、はたまた巨大ゴーレムといい、第六

魔王国には『鉄の種族』と謳われるドワーフたちの知的好奇心を刺激するものばかりだ。

何より、ドワーフも一枚岩の種族ではないのだ――

人族やエルフと組んでまで帝国に挑んで屈した、歴史的大敗については先祖代々耳が痛くなるほど伝え聞かされ、もう負けたくないと鎖国主義を採り続ける保守派と、そんな敗北を覆さんとする開明派に分かれて、国内でも幾度かぶつかってきた。族長の息子でまだ若いオッタは後者を代表してこの地にやって来た。

だからこそ、オッタは謁見にて第六魔王の愚者セロの力強さを肌でひしひしと感じて、

「このビッグウェーブに乗り遅れてはいけない」

と、全て《ティンティン》をモロ出しにしたわけだ。

セロにとっては迷惑千万ではあったものの、そんなふうに隠しだてせずに魔王と向き合った――『火の国』の代表オッタと王国の代表シュペル・ヴァンディス侯爵に対して、セロは片頬をひくひくさせながら、とにもかくにもしっかりと報いようと話しかけた。

「ええと、両人とも、頭を上げてください。僕は両国との協調を望みます。今日の挨拶を機会にして、良い関係を築いていきましょう。あと、下半身は何か穿いてください」

セロの言葉は、人族、亜人族、そして何より魔族の史上初めての連合を示唆するものだった。

モタの『催眠』というやらかしによって、当初は何だか可笑しな謁見になりかけたわけだが――結果として大陸の歴史は大きく動き出した。セロは労せずして、王国と『火の国』との関係を新たにしたのだ。なお、近い将来、「下半身に何か身につける」ことが三種族協調を意味する故事成語になるとは、このときセロはもちろん知る由もなかった。

本来ならば、魔王セロが「良い関係を築いていきましょう」と応じた時点で、謁見は終了となる段取りだった。

前日のうちに夢魔のリリンとドワーフ代表オッタとが互いに顔を突き合わせて、わざわざ事前協議までして細かい調整をしたのだ。セロの役目はそれを形式的に追認するぐらいでしかなかった。あとは会食して、和やかに世間話やひそひそ話でもしてせいぜいお茶を濁す——王との謁見とは得てしてそんなふうに儀礼的なものに過ぎないが。

このとき、オッタはというと、下半身モロ出しで感極まっていたせいか、さらに一歩踏み込んでしまった。

「貴国の助力を得て、いつしか拙者どもの国は必ず、第五魔王アバドンを討ち取りたいものです。それこそが拙者らドワーフたっての宿願でもあります」

オッタがそう言って泣き崩れると、隣で叩頭していたシュペル・ヴァンディス侯爵までもが釣られてしまった。

「私たちの王国内でもその残党らしき者が跋扈《ばっこ》しているようです。王国にとっても、百年前に一度は封じたはずの第五魔王討伐につきましては、悲願と言っていいやもしれません」

情熱的なオッタとは対照的に理性的なシュペルにしては珍しく、感情に任せた吐露とも言えた。おそらくおむつを穿いて、下半身がやや蒸れて落ち着かなかったせいだろう……

もちろん、シュペルはそう告げてからすぐに「しまった」といったふうに口もとに手を当てた。もしここでセロから、「当国は魔族が中心ですし、そもそも第五魔王国とは何ら関係ありません」と、協力を断られてしまったら取り返しのつかないことになる。

ただ、そんな二人の直訴を受けて、セロは高潔の元勇者ノーブルと顔を見合わせた。

セロもノーブルも人族だったからこそ、王国の事情はそれなりに知っている。だから、オッタとシュペルにも情報共有ということで、セロたちの現在知っていることを全て話してあげた。シュペルにとっては聖女パーティーから報告されたことの再確認となったわけだが、ドワーフたち三人には多くのことが初耳だったようで目を丸くしていた。

そのせいか、何なら第六魔王国にやって来たドワーフたち全員でもって東の魔族領に攻め入って、アバドン討伐を助力したいとまで申し出てきた。

「勝利の暁には、門外不出としてきた麦酒《エール》の交易を含めた通商条約を結びたく存じます」

そこまで言い切ったものだから、ダークエルフの近衛長エークがセロのすぐそばにやって来て耳打ちした。

「非常に良い話です。この場でお受けしますか？」

「たしかに魔族と亜人族との交易なんて歴史的にもないものね」

「それだけではありません。かの国の麦酒は黄金に喩えられるほどに高価なものです」

「でも、通商でしょ？　僕たちの国はお金をろくに持っていないよ」

「それについては……申し訳ありません。セロ様のお耳にはまだ入れておりませんでしたが、当国ではその黄金級の麦酒のレートがせいぜい温泉宿泊施設の大部屋一泊分ほどに下落しております」

「え？　な、何で……そうなっちゃったの？　まさか脅したとか？」

「とんでもありません。宿で若女将として孤軍奮闘したモタの功績です」

セロは無言のまま、「ふう」と小さな息をついた。

モタの師匠ジージに長々と説教してもらって、それをモタへの拷問の代わりにしようかなと思っていたが、今の功績で相殺して出してあげようと考え直したわけだ。

何にせよ、そんなエークの助言もあって、セロは「うーむ」と色々考えを巡らすことにした――実のところ、肝心の麦酒は昨晩セロのもとにも届けられていた。セロは別にバーバルのように下戸でも、モンクのパーンチのように禁酒しているわけでもなく、とりあえず聖職者だったから控えていたに過ぎない。そもそも、冒険者時代のセロは交渉役も務めていたから、情報交換の為に酒場に顔を出したし、モタが知らないだけで付き合い上飲むことだってあった。

だから、モタとは違って、『火の国』の麦酒の価値は十分に知っていた。それに加えて、屍喰鬼の料理長ことフィーアが配下に入ってくれて、食べ物が充実してきたなら、次は飲み物に凝るべきだろう――トマトジュースや畑で取れる他の果実水もいいが、酒造までできるようになったらさらに食文化が花開くはずだ。

食欲、性欲、睡眠欲は三大欲求と言われるが、もしかしたら自分は食欲が強い方なのかなと、セロはついつい含み笑いを浮かべてしまった。

「ねえ、ノーブル？」

セロがそう短く告げると、ノーブルはセロの前に出て跪いた。

「はっ、ここに」

「以前の話を受けようと思う。僕は――」

そこでセロは言葉をいったん切ってから、ノーブルだけでなくその場にいた全員を見回した。

「第五魔王こと奈落王アバドンを討つよ」

その瞬間、玉座の間にざわめきが起きて、次いでそれは一気に歓喜に変じていった。

オッタは豪快に声を上げて笑った。またシュペルは危うくミスをしていただけに、「ありがたき幸せ」と感じ入っていた。セロに借りを作った格好だ。一方でドルイドのヌフは「ほっ」と息をついて、少しだけ肩の荷が下りたといったふうに微笑を浮かべた。

そんな中で、ノーブルはゆっくりとセロに向けて顔を上げた。

「よくぞご決断下さいました。このノーブル、身命を賭してでも、百年間の無念を必ずや晴らしてみせます」

直後、ノーブルにも『救い手』が発動した。ノーブルは体の芯から滾《たぎ》ってくる力の高揚に驚きつつも、すでに勝利を確信していた。今なら地下世界の魔王たちですら討てるように感じられた。

こうして歴史的な公式行事が終わって、魔王城の二階の食堂で会食に入ったわけだが、そこでヒトウスキー伯爵から改めてフィーアの件でセロに感謝が告げられた。

というか、最初のうちはたしかに感謝だったはずが、しばらくしてフィーアの料理がいかに美味しいか、滔々《とうとう》と語り出して、その後は赤湯がどれほどに素晴らしいかという話になっていった。

セロも配下や自国をこれだけ熱心に褒めてくれるものだから悪い気はしなかったが……同席していたシュペルはというと、ヒトウスキーがいつ空気を読まずにセロたちに無礼を働くかと胃のあたりを押さえていた……

そんな会食も済んで、東の魔族領に侵攻する準備を始めることになったわけだが、その前にセロは忘れないうちにモタに会おうと魔王城の地下へと下りて行った。もちろん、そこはもう地下牢獄ではなく、人造人間エメスとドルイドのヌフの為の研究室になったわけだが、その一角にある拷問室に行くと、廊下で珍しくエメスが頭を抱えていた。

「どうしたのさ、エメス？」

「いえ、その……モタがなかなか手練れだったのでつい……終了《オーバー》」

セロが部屋を覗くと、モタとパーンチがなぜか二人して、はいはいしていた。

「ばぶー」

「ばぶばぶ」

セロは遠い目になった。

「一応……説明してくれるかな？」

「はい。モタが騒がしいので、とりあえず罰も兼ねて、赤子になる『催眠』をかけて大人しくしようとしたわけですが、先ほども言った通り、モタは高い精神異常耐性を有していました」

「まあ、魔女だからね」

「その為、かなり強めに『催眠』をかけてみたら、羽交い締めしていたこのどうでもいい男にもかかってしまいました。終了《オーバー》」

どうでもいいって、ひどい言い様《ざま》だな……

と、セロもわずかに呻いたが、たしかに現状、モンクのパーンチはどうでもよかった。というのも、幼児退行したモタはセロの神官服の裾を「ばーぶー」と強く引っ張る。さらに暴れる。やっかいなことに赤子なのに無意識に魔術を発動して、「きゃっきゃっ」と嬉々として攻撃まで仕掛けてくる。ある程度予想はできたことではあったが、どうやらモタは赤子の頃から傍若無人だったようだ。

「城内放送ですぐにヌフを呼んでくれるかな。それまでは僕が何とかして押さえるから」

ちなみに、パーンチの方は大人しくすやすや眠っていた。人は見かけによらないものだと、セロはつくづく思った。

「さて、と……」

セロはモタに向き合った。

パーンチとは対照的に、モタは相変わらずひどかった。暴れん坊の子猫か見紛うほどに、噛む、爪を立てる、どこかに勝手に行こうとする。さらに魔術が普通に使えるものだから、赤子だけに歯止めが利かなかった。もしかしたら奈落王アバドンよりも厄介な存在かもしれない……

「けっけっけ。ばぶー」

「くっ。遠慮がない分、面倒だな。ていうか、これ……もしかして解けていたりしないよな？」

「ギクッ……」

そんなこんなで拷問室でセロとモタはしばしば激闘したわけだが——当然のことながら、部屋は見る影もなく襤褸々々《ボロボロ》になってしまった。その後、しばらくの間、その部屋の主たる近衛長エークと執事アジーンがモタにどこか冷たく当たったのは言うまでもない。


「それでは今から、第五魔王国への侵攻作戦について話し合いたいと思います」

玉座の間でセロがそう宣言すると、ぱち、ぱち、とまばらな拍手が上がった。

何だかどこかで見た光景だなとセロは首を傾げたものの、「まあ、いいか」と思い直した。国防会議のときと同様に、皆には魔王城二階の食堂でロングテーブルを囲んで座ってもらっている。

もちろん、ヤモリ、イモリやコウモリたちも少数ながら参加して、テーブル上や天井に張り付いているし、今回は高潔の元勇者ノーブル、ドルイドのヌフ、夢魔のリリン、若女将ことモタ、屍喰鬼の料理長フィーアといった初参加組だけでなく、ゲストとしてドワーフ代表のオッタ、また王国からもシュペル・ヴァンディス侯爵、ヒトウスキー伯爵、聖騎士団長モーレッツ、英雄ヘーロスやモンクのパーンチまで加わっている。

歴史上初めて、人族、亜人族、そして魔族が協力して行う作戦ということもあって、王国と『火の国』側の参加者はずいぶんと緊張した面持ちだ……

その一方で、これまた国防会議のときと同様に魔族側は侵攻作戦という概念があまりよく分かっていないらしい——敵がそこにいるならとにかく行って叩き潰す。それこそが強い魔族のあり方だそうで、作戦などを考えるのは二の次とのこと。もちろん、セロが前回驚いたみたいに、シュペルたちもそんな魔族の単純な思考に口をあんぐりと開けて呆れかえっていた。

「しかしながら、敵がどこにいるのか、どれだけいるのか、どのような武装と練度なのか――それらを斥候などで確認しないことには軍隊は動かせないのではないですか？」

シュペルが至極当然の疑問を口にすると、ルーシーはきれいに首を九十度傾けた。その意向を受けて、人狼の執事アジーンが代弁する。

「そもそも軍隊が必要ですか？　戦いとは個人で行うものです。それに作戦云々《うんぬん》は戦いながら柔軟に考えればよろしい。どのみち負けたら死ぬだけです。むしろ誉れでしょう」

セロは、「あちゃー」と額に片手をやった。

そんなセロより百年ほど魔族として先輩のノーブルも、やや渋い顔つきになっている。

ドワーフだって好戦的な種族のはずだが、やはり集団で戦う意義はきちんと見出しているようでこれまた魔族のあり方にドン引きしていた。

いやはや、これればかりはなかなか埋められない溝かなと、セロがいったいどうやって摺合《すりあわ》せしていこうかと模索していたら、意外なところから助け船があった――

「かつて東の魔族領に秘湯こと砂風呂を求めて行ったことがあるのじゃが、すぐに諦めてしまったでおじゃる。とにかく虫系の魔物や魔族が多くて、第六魔王国のヤモリらの比ではない。幾ら個人で強くとも、虫がうじゃうじゃと大量に湧いて出るのはさすがに嫌でおじゃろ？」

ヒトウスキーがそう言うと、さすがにアジーンも虫の大量湧きという言葉には顔をしかめた。そのタイミングでノーブルが付け加える。

「百年前に第五魔王の奈落王アバドンと戦って封印したわけだが、その場所自体はいまだに変わっていないはずだ。となると、そこを中心として虫たちは配置されていると考えられる」

さらにドルイドのヌフが古地図を取り出して、テーブルの上に広げて指摘する。

「もともと大陸の東部、やや北よりの丘に帝都がありました。当方がノーブルと赴いたときにはかつての戦禍によって大きな崖ができていて、その崖上にあった祭壇の地下にてアバドンは奈落を守護していました。おおよそ、このあたりになります」

もっとも、シュペルやオッタによると、現在は旧帝都周辺に認識阻害や封印などが幾重にもかけられて、容易には侵入できないそうだが……その第一人者のヌフからすれば児戯に等しいらしく、旧帝都そのものが動かせない以上、何ら弊害にはならないとのこと。

それでも、ヌフが指差した場所に行くには、第六魔王国から最短ルートだと南東の山脈が邪魔になる。山越えは天気にも左右されるが、どれだけの強行軍でも十日以上はかかる。そうなると、王国か、もしくは『火の国』を経由して行軍した方が早い。要は、王国の北東部の峡谷を抜けるか、または『火の国』の首都に入ってそこからふもとへ南進するか、そのどちらかだ。

いずれにしても山越えよりは労力がかからないものの、それでも優に二週間は必要だ。さらに、『砂漠』に入ったとたん、虫系の魔物や魔族が待ち構えているはずだ。となると、最低でも一か月弱の行軍となる。また、ダークエルフやドワーフは魔族ではないので糧食が必要だし、『砂漠』を突破する為の軽装備なども用意しないといけない。

つまり、何にしてもお金が必要で、これにはセロも、「うーん」と難しい顔をした。

すると、ダークエルフの双子のディンが「はい！」と元気よく手を挙げた。

「直進ルートの山脈にトンネル工事を行ってはいかがでしょうか？」

いきなり凄いことを言い出すなとセロは驚いたが、意外にも数々の改修工事を手掛けてきたエークが「ふむん」と顎に片手をやって考え込んだ。

「そうですね……ダークエルフや吸血鬼を総動員して、それにヤモリ、イモリ、コウモリたちにも手伝ってもらって、不眠不休で行えば、十日もかからずにいけます。いや、いかせます！」

いやいや、いかせちゃダメでしょ。

ていうか、強行軍よりもトンネル工事の方が早いってどういうこと？　と、セロは呆れ顔になったが、これにはシュペルやオッタたちの方が「信じられない」と固まっていた。

ルーシーが無駄に鍛え上げてしまった吸血鬼たちだけならまだしも、ご近所さんのダークエルフたちにわざわざ重労働してもらうのはさすがに忍びないので、セロはディンの案を却下した。

「とりあえず、なるべく負担は減らす方向でお願いします」

セロがそう強調すると、今度はオッタがドワーフを代表して手を挙げた。

「それならば、やはり『火の国』にお越しください。改めて宴《うたげ》……じゃなかった、陽気に酒でも飲み交わしながら……じゃなかった、本国の者どもと共に総力戦といきましょうぞ！」

今、ちらちらと本音を言ったよね？

実は『火の国』でも宴会したいだけなんでしょ？　この会議の前に、「お酒が足りなくなってきたなあ」って嘆いていたのを耳にしていたんだからね。

と、セロがそんなふうに目を細めて疑ってかかると、オッタはすぐに顔を逸らしたが、ヒトウスキーが「ほっほっほ」と相槌を打って、その考えに追従した。

「それは良きアイデアでおじゃるな。あの山のふもとには幾つか秘湯があるのでおじゃるよ」

いやいや、だから目的地は秘湯じゃないからね……東の魔族領の旧帝都に行くんだからね……と、セロはため息をつきつつ、シュペルに助けを求めてちらりと視線をやった。『火の国』経由だとどうにも宴会や秘湯に付き合わされそうな予感がしたせいだ。

「セロ様。大変申し訳ないのですが……当国の北東にある峡谷を抜ける場合は少しだけお時間をいただくことになります。というのも、現状ですと、当国内で貴国の行軍を認可するには根回しが必要なのです。私の一存では難しいので、その調整にどうしても時間がかかってしまいます」

セロは、「ああ、そっかー」と天を仰いだ。

シュペルの言うことも道理だ。幾ら同盟を結んだとしても、人族と魔族がすぐに仲良くなるのは難しい。特に魔族による王国内への行軍を認めるのは人族の心情的にはまだ無理だろう……

「じゃあ結局、残った選択肢は南東の山脈越えになるのかな。天気さえ良ければ意外と何とかなるかもしれないしさ」

セロがそう言って会議を締めようとすると、「いいですか？」と消え入りそうな声が上がった。その声の主を見ると、ダークエルフの双子のドゥが珍しくおずおずと片手を挙げていた。

「どうしたんだい、ドゥ？」

「ええと、まっすぐ、進めるのです」

「うん。結果としてはそうなるんだけどね。ただ、山脈越えが大変なんだよねえ」

「いえ、大変じゃありません」

「え？」

セロが眉をひそめると、ドゥはわざとらしく人造人間エメスと視線を合わせた。そのエメスがこくりと肯いてみせる。

その瞬間、セロが「もしかして――」と呟くと、エメスがその先を淡々と告げた。

「はい。先程から何を議論しているのか小生には全く理解できませんでしたが、当然のことながら直進は可能です。目的地に着くのに、二日もかからないでしょう」

その言葉に全員が「はっ」と息を呑んだ。たった一つの冴えた攻め方に気づいたからだ。

「この魔王城で浮遊して直接赴けばよろしいのです、終了《オーバー》」

04 全滅

第二聖女クリーンは王国北部の転送陣を利用して、巴術士ジージと共に王都に戻ってきた。

「やっと帰ってこられましたね……何だか、数年くらいの長い旅に出掛けていた気分です」

クリーンはそう言って「ほっ」と一息つくも、王都の様子がずいぶん違うことに気づいた。

騎士たちが出払って、まだ北方から戻って来ていないせいか、警備がずいぶんと手薄になっている上に、戦時下ということでやけに空気がピリピリとしているのだ。実際に、冒険者たちが自警団を買って出て中央通りをぞろぞろと歩き、王国民も自衛の為に短剣などを帯びて歩いている。どうやら第六魔王国と戦争するという欺瞞《ぎまん》情報に踊らされているようだ……

これは早く王城に報告を上げ、すぐにでもこの緊張感を和らげるように努めなくてはと、クリーンは考えてジージに話を向けた。

「ジージ様はこれからどうなさるのですか？」

「先日も話した通り、身辺整理後に第六魔王国に戻ろうかと思っておる」

ジージがどこかばつの悪い表情で答えると、クリーンはむしろ畏怖するような眼差しでジージを見つめた。

「もしや……かの国にあえて滞在することで、モタと共に王国の尖兵となるおつもりですか？」

「う、うむ。その通りじゃな……ほほほ。聡いお主にはとうにバレておったか」

「はい。さすがはジージ様です。文字通りに身を粉にして、この国に尽くされるのですから」

「まあ、老い先短いわしにはちょうどいい役目じゃよ。それに、第六魔王がセロ殿である間はモタにも早々悪いことはせんじゃろうて」

もちろん、ジージからすればそんな尖兵になるつもりなど毛頭なかったし、第六魔王国に戻って人造人間エメスやドルイドのヌフの知識を吸収したい一心だったわけだが……当然のことながら、クリーンがそんな大人げない御年百二十歳超の心中など見抜けるはずもなかった。

クリーンは感心しながらジージと一緒に王都の中央通りを途中まで歩いた。

「では、私はこれから王城に向かって、現王に報告してまいります」

「ふむ。わしは魔術師協会に赴いて引継ぎでもしてこようかの」

「ここまで聖女パーティーにご尽力くださり、誠にありがとうございました」

「構わんよ。わしも良い経験になった。それより、王城ではくれぐれも注意することじゃ。現状、どこに何が潜んでおるか分からんからのう」

「そうですね。十分に注意を払います」

すると、ジージは「ああ、そういえば――」と、ぽんと手を叩いた。

「危うく忘れるところじゃった。いかんのう。こうも年を取ると物忘れがひどくなる一方じゃよ」

「どうかなさったのですか?」

「ふむ。不肖の弟子《モタ》に頼まれておったのじゃ。こんな組み紐らしいのじゃが……」

ジージはそう言って、外套のポケットからミサンガを一本取り出した。クリーンはそれを受け取り、「これが……いったい、どうかしたのでしょうか?」と聞いた。

「あやつが似た物を王城のどこかで失くしてしまったそうなのじゃ。友人から貰った大切なものらしい。もし見つけられたら、拾っておいてやってほしい」

「失くしたのは、いつ頃なのですか？」

「勇者パーティーから抜けたときと言っておったな」

「ということは……もしかしたら、私と王城でぶつかったときかもしれませんね。たしか……西の魔族領の湿地帯に遠征した直後のことになります。ずいぶんと以前の話ですね」

クリーンはそう言ってから、「うーん」と頬に片手を当てた。

王城での落とし物だから、基本的には貴賓のものとみなして、もしかしたら捨てられずにしばらくの間は保管しておいてもらえるかもしれない……

すると、ジージはそのミサンガをわざわざクリーンの左手首に巻いてくれた。同時に、クリーンは「おや？」とミサンガをじっと見つめる。

「あやつにとっては、ずいぶんと大切な物だったらしい」

「畏まりました。一応、王城の家宰や近衛などに確認を取ってみましょう」

「手間をかけるのう」

こうして二人は別れて、クリーンは王城ではなく、いったん大神殿に向かった。ジージに「注意せよ」と言われたので、神殿の騎士たちを護衛として借り受ける為だ。もっとも、クリーンが大神殿に着き、騎士たちの詰め所まで来ると、そこで意外な人物に出会った――第一聖女アネストだ。

「アネストお姉様……こんなところでお会いするなんて……」

「あらあら、うふふ。お久し振りです、クリーン。無事で何よりです」

「ありがとうございます。何とか聖剣を奪還することができました。その報告の為に、一時帰国した次第です」

「さすがはクリーンです。私も姉《スール》として誇り高い」

アネストはそう言って、胸を張った。

ちなみに、アネストも、クリーンも、実の姉妹ではない。王国の神学校には姉妹制度というものがあって、特に聖女を目指す学生には「姉が妹を導くように、先輩が後輩を日々教導する」という伝統が受け継がれている。その関係は神学校を卒業しても変わらず、こうして妹のクリーンは姉のアネストを敬い続ける。

「お姉様。そのお言葉、本当にありがとうございます」

クリーンは深々と頭を下げた。どちらかと言えば打算的なクリーンからすれば、清廉潔白なアネストは心の底から尊敬できる数少ない先輩だ。

「それより、お姉様こそ……こんな騎士団の詰め所にわざわざいらっしゃっているなんて……いったい如何なさいましたか？」

クリーンの懸念も、もっともなことだ。そもそも、アネストは第一聖女なので、あくまでも祭祀祭礼の務めしかしない。だから、クリーンのように魔族討伐の最前線には立たないので、こうしてわざわざ神殿の騎士団のもとにやって来る必要がない。

だが、クリーンは「ふむん」と、また頬に片手をやった。聖母の生き写しと称えられるアネストのことだ。もしかしたら、騎士たちの慰問にでも訪れたのかもしれない……

すると、アネストは意外にも不安そうな表情を浮かべてみせた。

「最近、どうにも物騒なのです」

「物騒……とは？　もしや、この王都の戦時下のような緊張感のことでしょうか？」

「それだけではありません。何だか、いつも誰かに付きまとわれているような……いえ、私の考えすぎなのかもしれませんが……」

クリーンは眉をひそめた。もしや王国で暗躍している者がアネストにまで手を伸ばし始めたのだろうか？　何にせよ、そのアネストはというと、護衛の増強を交渉する為に詰め所までやって来たものの、現状は騎士の多くが王国北部に出張ったとあって、その調整に難航しているようだった。実際に、まともに戦える騎士たち、もといクリーンの追っかけたちはまだ北方に滞在、もしくは第六魔王国に滞在している。

とはいえ、クリーンは人手不足の騎士団から何とか二人だけ借り受け、

「それではアネストお姉様……私は行ってまいります」

「はい。十分に気をつけなさい」

先触れとして神学生を走らせ、現王との面会の予約を取ってからクリーンは大神殿を出た。

セロを追放したときには小隊規模が付いてきたことを考えるといかにも心許ない状況だ。ただ、現王に謁見を求めるわけだから、そんなにぞろぞろと連れるわけにもいかないし、城内ならば近衛もいるからと、クリーンもため息をつきつつ、ジージに巻いてもらったミサンガに対して、

「どうかお守りください」

と、願掛けしてから王城へと赴いた。

門前の衛士に訪問の旨を伝えて、王城の待合室にて小一時間――

やっと呼び出しを受け、神殿の騎士を引き連れて四人で玉座の間に入場すると、ぐったりと疲れが見える現王と、同じく幾分か頬がこけた宰相ゴーガンが待ち受けていた。

クリーンは簡単に会釈だけして、まずは聖剣奪還の報告を済ませた。

「おお！　よくぞやってくれたな。第二聖女クリーンよ」

「ありがたきお言葉です」

クリーンはそう応じて「こほん」とわざとらしく咳払いしてから、現王に人払いを願い出た。

現王と宰相ゴーガンは不審そうに顔を見合わせるも、第二聖女たっての願いということで、近衛騎士団長さえ一時的に下がらせてくれた。クリーンを相当に信頼してくれている証拠だ。聖剣奪還がよほど効いたのかもしれない。

これで玉座の間には現王と宰相ゴーガン、あとはクリーンのみとなった。当然、クリーンも護衛の騎士三人をいったん退けている。

クリーンはまず厚く礼を述べてから、奪還した聖剣が偽物であることを含めて、第六魔王国で高潔の元勇者ノーブルから聞かされたこと、またジージの長年の懸念に加えて、第六魔王国や魔王セロには王国に対して敵意がない上に、まともにやり合っても勝ち目がないことを上奏した。

それを聞いた現王は目に見えるほど落胆した。玉座からずり落ちそうになったほどだ。

「そうか。そんな事態になっていたか……」

「はい。現王よ。今こそ私たちは国内を自浄するべき時だと愚考いたします。どうか北方の各拠点に駐屯している騎士たちをすぐにでもお戻しください」

「ふむ。たしかにそのようだな。ところで、クリーンよ」

「はい。何でございますか？」

「よくぞ注進してくれた。礼を言うぞ」

「ありがとうございます」

「それでは宰相よ。早速、自浄せねば……なあ？」

そう呟いた現王の視線は――どこか濁っていて胡乱《うろん》だった。

クリーンは首を傾げた。宰相ゴーガンが現王のそばから離れ、なぜか表情を消したままクリーンへとゆっくり近づいてきたからだ。

「聖防御陣！」

クリーンは咄嗟《とっさ》に祝詞を謡った。何だか嫌な予感がした。

直後、盾のように展開した聖防御陣にピシピシと亀裂が入った。クリーンには見えなかったが、宰相ゴーガンが何かしらの攻撃を加えたようだ。

「こ、これは……いったい、どういう了見ですか？」

クリーンが問い詰めると、宰相ゴーガンは「うふふ」と笑って、本来の姿を現した――

それは皮膚が醜く爛《ただ》れて、まるで泥が渦巻いているかのような中型《ピュトン》の竜だった。しかも、顔半分に掻きむしったかのような歪んだ魔紋がありありと浮かんでいた。クリーンは呆気に取られるしかなかった。敵は王女プリムだけではなかったのだ。

クリーンは眉間に険しく皺を寄せた。

「貴方《あなた》がまさか……魔族だったなんて……」

そもそも、宰相ゴーガンは王国の貴族政治を見事に調整して、経済も立て直した功労者だ。

クリーン同様に若くして野心家だったからこそ、逆に王国の忠臣だとみなしていた。王国を立て直して、そこからさらに権勢を振るっていくものだと信じ込んでいた。だから、魔族がまさか優秀な宰相に扮していたなど、クリーンにとっては青天の霹靂《へきれき》だった……

クリーンはすぐさまアイテムボックスから聖杖を取り出して、両手に持って身構えた。

同時に、「近衛騎士！　神殿騎士！　敵襲です！」と声を張り上げるも……なぜか誰も玉座の間に駆けつけて来なかった。

すると、泥竜ピュトンは女性の声音でクリーンを嘲笑した。

「あーらら、第二聖女様ともあろうものが、全く気づけなかったの？」

「どういうことですか？」

「嫌ねえ。戦術の初歩の初歩じゃないの」

「は？」

「封印よ。この玉座の間に施しているわ」

「……ば、馬鹿な」

「貴女《あなた》の声は誰にも届かないし、もうここには誰も入って来られない。こういう搦め手には、聖女様は滅法弱いようね。英雄ヘーロスや巴術士ジージみたいに王国を代表する強者の一人だとみなしていたけど……ちょっとばかし警戒し過ぎたかもしれないわ」

泥竜ピュトンはそう言って、蔑《さげす》むかのように目を細めた。

たしかに認識阻害や封印に関してはクリーンよりも魔女モタの方がよほど詳しかった。というより、クリーンは聖女なので法術を体系立てて学んできたに過ぎない。闇魔術は専門外だ。こんなことならば、もっと戦闘経験を積んでおくべきだったと、クリーンは下唇をギュッと噛みしめてから玉座に向かって吠えた。

「現王よ。お目覚め下さい！　そこから早く逃げるのです！」

　クリーンはあくまでも現王を守る為にまずは時間稼ぎをしようと考えた。

が。

「その必要はない」

　現王は頭を横に振って、はっきりと告げた。

　クリーンは耳を疑った。現王がゆっくりと立ち上がって、さらにこう付け加えたせいだ——

「惜しい人物を失くすものだ。第二聖女クリーンよ。王国の為によくぞ尽くしてくれた。礼だけは言っておきたい。それではせいぜいこの国の安寧を祈って、人柱となってくれ」

　ここにきて、クリーンはやっと気づいた。王国の内部に異物《魔族》が紛れ込んだわけではなかった。王国《王族》の中心そのものがとうに腐敗していたのだ。

「な、なぜ、このようなことに……」

　クリーンはそう嘆いて、『聖防御陣』を張り直してから泥竜ピュトンと対峙《たいじ》したのだった。

玉座の間で現王に欺《あざむ》かれた第二聖女クリーンはほとばしるかのような声を張り上げた。

「現王よ！　なぜ、魔族を横に侍《はべ》らせているのですか！」

そんなクリーンの激情とは対照的に、現王はゆっくり着座すると、玉座に左肘をかけ、その拳に頬を乗せてから、いかにも詰まらなそうに淡々と答えた。

「なぜと言われてもな。王国民を守る為だよ」

「守るも何も……これではただの裏切り行為ではないですか！」

「いったい何に対する裏切りだね？」

「王国民に対してです。魔族と組んでこのような不義を働くなど――」

すると、そんなタイミングでクリーンを動揺させるかのように泥竜ピュトンがまた『聖防御陣』にミシミシと亀裂を入れ始めた。

クリーンは顔をしかめるしかなかった。第六魔王国で出会ったルーシー、あるいは人造人間エメスや愚者セロといった古《いにしえ》の魔王級に破られるならまだしも、このピュトンはたしかに強い魔族ではあるものの、セロたちとは比べるべくもない。それなのに歴代の聖女が紡いできた『聖防御陣』が通用していない。これはいったいどうしたことかと不審に思っていたら、そんな胸中を読んだかのようにピュトンがにやにやと笑みを浮かべてみせた。

「裏切りというのだったら、大神殿だってそうじゃないかしら？」

「魔族風情が何を戯《たわ》けたことを言うのですか！」

「あら？　だって、貴女も目の当たりにしたでしょう？　大神殿の地下に第七魔王の不死王リッチがいたところを」

もちろん、研究棟の地下に不死王リッチを招いたのは主教フェンスシターで、宰相ゴーガンに扮したピュトンが買収していたのだが、ピュトンはそんな事情をおくびにも出さなかった。

一方で、クリーンはというと、思考の罠に嵌《は》まってしまった。王族が魔族と組んでいるのと同様に、大神殿にも主教クラスで魔族と繋がりを持っている者がいる――ということは、魔王の軍勢さえ退けると受け継がれてきた、この虎の子の『聖防御陣』なる最高位法術はもしかして……

「うふふ。やっと気づいたようね」

「ま、まさか……」

「その通りよ。百年ほどかけて腑抜けになった聖なる法術の集大成。それが、今の貴女が拠り所にしているこの薄っぺらな壁というわけ。私からすれば少し厚めの硝子《ガラス》とさして変わらないわ」

その瞬間、クリーンの中で何かが割れたような気がした。

玉座で黙っている現王にちらりと視線をやると、やれやれといったふうに頭を横に振った。いかにも聞き分けのない子供に手を焼いているかのように。あまりにもぎこちなく、それでいて哀しく、何より全てを放棄したかのように虚しく――

「やれ」

現王はそれだけ告げた。

直後、『聖防御陣』はパリンッと、音を立てて粉々になってしまった。

ピュトンは即座にクリーンに詰め寄って、そのか細い首にあっけなく噛みついた。

だが、その喉もとをまだ砕いてはいなかった。クリーンは浅く喰らいつかれたまま宙ぶらりんになった状態だ。何とか両手でピュトンの口をこじ開けようともがきはするものの、下手に動くと牙が首を完全に貫きかねない上に、その口もとの皮膚が爛れているせいで掴む手がよく滑った……

おかげで、何の装飾品も付けていない、クリーンの白く、か細い両腕だけが、じたばたと宙で暴れ続けた。

「さて、第二聖女クリーンよ。最後に貴様に問いたい」

そんなクリーンの無様な姿を眺めながら、現王は滔々と語った。

「人柱にも二種類ある。ここで王国の安寧の為に犠牲となるか。それとも朕《ちん》らの手駒となって、朽ちるまで献身するかだ。もちろん、後者を選ぶ場合、それなりに代償を払ってもらうことになる。朕は嘘をつかれるのがほとほと嫌いなものでね」

「こ、これまで、その、台詞を……いったい幾人に、言ったのですか？」

「さてね。朕の愚息たちも含めて、もう数えきれないほどだよ」

クリーンは絶句するしかなかった。

十年前に王子たちが亡くなったとは聞いてはいたが、まさか自ら手にかけていたとは……

古の時代に勇者と共に人族を守護せし騎士——その末裔はそこまで狂っていたのかと、クリーンは暗澹《あんたん》たる思いに駆られた。そして、同時に人生最大の決断を迫られた。

「分かり……ました」

もっとも、とうに答えは決めていた。

かつてのクリーンだったならば、迷うことなく生き長らえることを選択して率先して手先になっていただろう。クリーンが欲していたものは栄光ある経歴《キャリア》であって、かえって現王や魔族との太い繋がりができたと、喜んで尻尾を振っていたかもしれない……

が。

今のクリーンはそんな過去の自分を清算していた。

第六魔王の愚者セロに謝罪したときに誓ったのだ。王国の中枢に躍り出ようと企んで、逆に全てを失ってしまった不徳と浅はかさ――そんな失敗を糧として、クリーンは温泉宿泊施設の赤湯にて自らの過ちをさっぱりと洗い流した。

聖女として、改めて王国民の為にありたい、と。

何より、クリーンを信じてくれる人たちをもう決して見放しはしない、とも。

そんなクリーンにとって玉座の主は、今となってはただの裸の王様にしか見えなかった。

「答えは……出ています」

「ふむ。それでは聞こうではないか」

「・・・・・勘弁してくれ、この糞野郎が――です」

元勇者バーバルの品の欠片もない罵《のの》りを真似た上に、さらに行儀悪く唾まで飛ばして短く笑ってみせると、さすがに現王も「はあ」とため息をついてから、「殺せ」と、ピュトンに命じた。

直後、ピュトンは容赦なくクリーンの首を噛み砕いた。

クリーンは抵抗することもできず、ぼとりとその頭部を床に落とし、体も人形のようにだらりと崩れていった。これにてクリーンの人生はあっけなく終わったわけだ。

「つまらぬものよな。朕と共に歩む人族は一人として現れぬ。王国が生き残る道を最も真剣に考えているというのに……息子たちも、貴族も、宰相も、聖女すらも、こうも身勝手に正義やら何やらよく分からんものに殉じるとは」

現王は遠い目になってそうぼやいた。

しばらくの間、沈黙だけが玉座の間に流れた。

「おや？」

現王はふとクリーンの死体に視線を戻して首を傾げた。

というのも、不思議なことに血が一滴も飛び散っていなかったのだ。しかも、無残に床に落ちたクリーンの頭部と体はしだいに黒いもやに変じていった——呪詞だ。

「これは……まさか！」

現王とピュトンが驚愕すると同時に、玉座の間に張ってあった封印もパリンッと割れた。

すぐに入って来たのは、近衛騎士団長を含めた近衛たちと——巴術士ジージ、それに加えてミサンガを手首に巻いた第二聖女クリーンに、二名の神殿騎士たちだった。

「いったい……どういうことだ？」

玉座の主がそう呟くと、ジージは現王に倣《なら》って、これ見よがしにため息をついてみせた。

「まさかと思うが、わしの本職を忘れたか？」

「巴術……そうか。先ほどまでの第二聖女は召喚した偽者だったのか？　糞がっ！　玉座に偽者を送り込むなぞ、不敬にも程があるぞ！　この爺《じじい》めが！」

「何が不敬じゃ、小僧が！　大神殿の地下で不死王リッチがやっていたことを真似ただけじゃ。お互い様じゃろうに、よう言うわ」

ジージがそう苦笑すると、召喚物《ダミー》と区別をつける為にミサンガを着けていた本物のクリーンが前に進み出て、改めてはっきりとこう告げた——

「今こそ、改めて先程の問いかけにお答えいたしましょう！　現王よ。自浄の時間です。王国民の安寧の為にも退位してください！」

時間は少しだけ遡《さかのぼ》る。第二聖女クリーンが王城に赴く直前のことだ――

クリーンはいったん大神殿に立ち寄って、第一聖女アネストから不穏な話を聞いた後に、神殿の騎士を二人だけ借り受けた。そして、王城に向かおうと大神殿の正門から出ようとしたところで首を傾げた。

「あら？　あそこにいるのは……アネストお姉様？」

さっきまで神殿騎士団の詰め所にいたはずのアネストがなぜか反対方向からクリーンのもとへとやって来た。クリーンたちを追い越していないはずなので、これにはクリーンも訝《いぶか》しんだ。

同時に、巴術士ジージから「くれぐれも注意することじゃ」と言われていたことを思い出した。まさか王城内ではなく、こんなふうに大神殿の門前で白昼堂々と仕掛けてくるとは……

クリーンが咄嗟にアイテムボックスから聖杖を取り出し、背後の騎士たち二人に警戒するように注意すると――その機先を制するかのように、横合いから飄々とした声が上がった。

「かかか。同門の者から見て、あそこにいるのが第一聖女だと騙されるということは、わしの巴術もまだまだ落ちぶれてはおらんということかのう」

そう声をかけてきたのは、ジージだった。

しかも、次の瞬間、アネストだった者は黒いもやに変じていた。偽者だったのだ。

クリーンは聖杖をいったんしまい込むと、両頬を膨らませて、ぷんすかとジージに迫った。

「ジージ様。こんなときにからかわないでください！」

「すまんな。じゃが、これにてわしのやりたいことはだいたい察してくれたのではないか？」

ジージが眼光鋭く、クリーンの身につけていたミサンガに視線をやると、クリーンは「まさか」と口もとに手を当てた。

というのも、そのミサンガには認識阻害の触媒になるように呪詞が込められていたからだ。ジージが左手首に巻いたときに「おや？」と気にはなったが、まさか巴術によってクリーンの偽者を仕立てて、クリーン自身は神殿の騎士になり代わる計画を持ちかけてくるとは……

「しかしながら、現王にバレたら不敬罪に当たりますよ。ただでは済みません」

「なあに、そのときはわしが代わりに小僧に怒られてやるわい。どのみち第六魔王国に赴く手筈なのじゃ。身分剥奪でも、追放でも、かえって今なら幾らでも受けやるぞ」

「ジージ様はそこまで王国が腐っていると思われているのですか？」

「逆に、王女プリムの件があっても、そこまで王族を信じていられるとは……さすがは聖職者と言うべき頭の固さよのう」

「た、たしかに……そうかもしれませんね。返す言葉もございません」

クリーンは渋々と同意せざるを得なかった。

こうしてクリーンはジージの認識阻害によって、付き添いの神殿の騎士の一人になりすまして王城に入った。大神殿からは二人しか借り受けていないのに、三人も付き従っていたのはこういう仕組みだったわけだ。

結果、見事に現王も泥竜ピュトンも騙してみせた。その二人からしてみても、クリーンを欺いているという優越感からか、逆に欺かれていることに気づくことができなかった。ジージはそんな敵の心理を見事に突いてみせたのである――

今や、本物のクリーンは現王の前に躍り出て啖呵を切っていた。

「今こそ、改めて先程の問いかけにお答えいたしましょう！　現王よ。自浄の時間です。王国民の安寧の為にも退位してください！」

本来なら現王を守るべき近衛騎士たちも、御前に進み出て盾になろうとせず、どこか遠巻きにして青ざめていた。まさか現王が魔族と通じているとは思ってもいなかったし、さらには王国の忠臣や子供たちにまで手をかけてきたと自白したのは寝耳に水以外の何物でもなかった……

そんなふうに皆が呆然とする中で、ジージだけが冷静に前へと進み出た。

「久しぶりじゃのう、現王よ。お主がまだ小便臭かった、ちびすけだった頃以来じゃろうか」

「黙れ！　権謀術数に長けた化け物爺が！」

「かかか。ひどい言われようじゃな。たしかにわしは七十年ほど、そこの化け物《ピュトン》を捕まえる為に幾人かの王のそばに控えてどんな手でも使ってきた。わしのせいで不幸になった貴族も多くいたじゃろうな。その誹り《そし》は甘んじて受けようぞ」

「ふん！　今さらそんな骨董品が何をしに出てきたというのだ？」

「過去を清算する為じゃよ。そして、未来に繋ぐ為じゃ」

直後だ。

ジージは杖を取り出すと、一瞬で泥竜ピュトンとの距離を詰めた。

棒術で突きの連撃を繰り出すと、ピュトンは防戦一方になった。だが、爛れて泥のようになっているピュトンの肉体には物理攻撃はほとんど効かないようだ。

もちろん、ジージとて百年前にピュトンとやり合っていたので、相手の耐性についてはよく知っていた。突きを繰り出したのはあくまでも時間稼ぎに過ぎない。その激しい動きの最中に祝詞と呪詞を並列に謡いながら、ジージは『聖なる雨《セイクリッドレイン》』を放った。

この合成術は、法術の『光の雨《ホーリーレイン》』に風魔術を掛け合わせたもので、その場に降り注ぐだけではなく、対象を指定して光と風によるダメージを与え続ける特級の術式だ。セロの『隕石』同様に神話級のもので、激しい動きをしながら唱えられる代物ではない。

だが、ジージは涼しい顔をして難なくやってのけた。御年百二十歳超にして、王国最強と謳われるのは伊達ではなかった。

これにはさすがに分が悪いと、泥竜ピュトンもすぐさま判断したのか、

「はん！　昔よりもさらに強くなっているとは厄介なものだね」

不死性を持たないが故《ゆえ》に、その短い生の間に大きく成長する人族を羨みつつも――

泥竜ピュトンは即座にこの場から離れて、玉座に無防備で突っ立っていた現王に巻き付き、そのまま体を引きずって宙に上がった。そして、玉座の間の天窓を無理やり壊してみせる。

「まあ、いいわ。人族には寿命がある。貴方が死ぬまでせいぜい秘かに寛《くつろ》がせてもらうとするわ」

泥竜ピュトンはそう言い放って、現王をぽいっとジージたちのもとに投げつけ、空を飛んで逃げて行った。本来ならば王都の宙には魔族に対して幾重もの術式による防衛機能が施されているはずだが、それらが作動することはなかった。それほどに泥竜ピュトンは長い時間をかけて王都を無力化してきたのだ。

何にせよ、近衛騎士団長は現王の体を何とかその身で受け止めた。

ただ、現王にどう対応すべきか少々困惑しているようだった。王国の近衛は王族を守る為だけに存在している。それにもかかわらず、この現王は果たして守るに値するのかどうか——実直な性格だけに自問しているように見えた。

だから、ジージが『睡眠』によって現王の意識をあっけなく奪ってから、

「しばらくの間、私室で寝かせておけ。体調不良とでも発表するといい。宰相ゴーガンの件も含めて、全ての責任はわしが取る」

そう詰め寄られて、近衛騎士団長はごくりと唾を飲み込んでからやっと首肯した。

さすがに長らく王城に仕えていただけあって、ジージは百戦錬磨と言ってよかった。団長からすれば、まだ青臭い騎士だった頃に、当時の王のそばに控えていた殿上人こそジージだった。その静かな気迫と威圧感は今も忘れていない。

「それよりも、聖女殿よ？」

「はい、何でしょうか。ジージ様？」

「上手くやってくれたか？」

「もちろんです。今も『追跡』しています」

実は、クリーンはかつてセロに付けた『追跡』の法術をこっそりと泥竜ピュトンにも放っていた。

第五魔王国の旧帝都はかつてのように堂々と晒されていない。今は泥竜ピュトンによる認識阻害や封印によって幾重にも隠されている。かつて一度だけ行ったことのあるジージでも、ただでさえ飛砂がひどくて、方向感覚もズレがちな『砂漠』とあって、そこにさらに認識阻害などをかけられるとさすがにお手上げだった。

「やはり東の魔族領に向かいましたね。それもやや北東寄りに移動しています」

「ほんに長かった……百年じゃよ」

「はい」

「虫など何匹叩いてもすぐに湧いてくる。巣ごと駆除せねばならん」

ジージはそう言って、第六魔王国に赴任する前に最後の大仕事を仕上げようと、クリーンと共に東の魔族領に旅立つ準備を始めた。

もちろん、聖女パーティーに招集をかけようと、王国北の拠点と第六魔王国にそれぞれ伝書鳩を放ったのだが……北の拠点ではすでに女聖騎士キャトルと狙撃手トゥレスが王女プリム捜索の為に折悪しく出かけたばかりですれ違いになってしまった。また、第六魔王国に入った伝書鳩も、北の街道のコウモリたちに、「キイ?」と何気ない視線を向けられたとたん、「ピイイー!」と涙ながらに逃げ帰ってきた……

こうして聖女パーティーとは言いながら、王都方面から東の魔族領に踏み入ったのはクリーンとジージの二人きりになってしまったわけだが――偶然というのは恐ろしいもので、聖女パーティーはそれぞれの思惑を越えて、なぜかかの地にて全員が集結することになるのだった。

聖女パーティーの皆といったん別れた女聖騎士キャトルは早速、元勇者バーバルと王女プリムの目撃情報を集め、王国最北の城塞からいったん離れて、狙撃手トゥレスと共に『砂漠』にほど近い村までやって来ていた。

ここは峡谷にあって、風が東から西にずっと吹き抜けているような寒村だ。最近は『砂漠』からの飛砂の被害も相当にひどいようで、人口はどんどん減って、今では百人にも満たないらしい。

「ちょうどこの村で、二人の目撃情報が途切れてしまっているんですよね」

キャトルはそう言って、トゥレスにちらりと視線をやった。

トゥレスはというと、先ほどから一言も応じてくれていない。とはいえ、これはまあ仕方のないことだ。古の盟約によって魔王討伐にのみ関わるはずが、今はこうして駆け落ちした若者の捜索に駆り出されているのだ。むしろ、こんな寒村までわざわざ付き合ってくれたことに感謝するべきだが……実のところ、トゥレスにとってはただの消去法でしかなかった。

というのも、何かと知識があって勘の鋭いジージと一緒にいたくはなかったし、一方で英雄ヘーロスやモンクのパーンチと一緒にあまりに存在自体が可笑しな第六魔王国に戻りたくもなかった。結果として、安全牌《パイ》らしきキャトルに付いてきたに過ぎない。

そのキャトルが片手を顎にやりながら思案顔で呟いた。

「当時は雨が降っていて、地面もぬかるんでいたので、ここから北の魔族領に抜けていこうとする二人分の足跡が残っていたようです。それが根拠となって、二人は第六魔王国に向かったとされています」

キャトルは再度、ちらちらとトゥレスを見た。

どうやら一人では手詰まりのようで、そろそろ探索スキルを持ったトゥレスの力を借りたいのだろう。トゥレスも付いてきた以上、無視し続けるわけにもいかず、「はあ」と小さく息をついてから初めて話に加わった。

「だが、この北方にある村々では二人の姿は目撃されていないのだろう？」

その問いかけにキャトルはつい嬉しくなって、「はい！」と大きく肯《うなず》いてから、この村で先ほど仕入れてきたばかりの情報をまとめてみせた。

「その通りなんです。この村の人々は口を合わせて、二人の不審者は北方へと抜けたと言っています。しかし、ここから北方にある村や街道では目撃情報が一切出てきません。ということは、二人はこの付近にいまだ隠れ潜んでいるとみなした方がいいということでしょうか？」

キャトルがトゥレスに尋ねたタイミングで、遠くから声がかかった。

どうやら村長《むらおさ》が呼んでいるらしい。いったい何事かとキャトルとトゥレスは村長宅に向かった。

「おお、聖女パーティーのお二方……お呼び立てして申し訳ありませんな」

朴訥《ぼくとつ》そうな老いた村長が二人を室内に迎え入れた。同時に、すぐそばにいた目つきの鋭い壮年の狩人を紹介してくれる。

「実はこの者が当日、目撃したというのですよ」

キャトルが首を傾げると、その狩人は「ふん」と鼻を鳴らして話を始めた。

「狩猟に出ていたから、村にお尋ね者が来ていたことを今しがた知らされたばかりだ。とはいっても、別に大したものは見ていない。雨の日の翌日、まだ暗い早朝のうちに外套を纏った不審者が『砂漠』に抜けて行ったのを目にしただけだ」

いかにも辺境の狩人らしく偏屈そうに見えたものの、話自体はしっかりしていた。

本来なら、ヴァンディス侯爵家の令嬢たるキャトルに対して無礼な態度は咎められるべきだが、ここは侯爵家派閥の所領ではないし、そもそも狩猟を打ち切ってわざわざ情報提供の為に足を運んでくれたのだ。

キャトルは「ふむふむ」と深く肯いてから改めて尋ねた。

「貴方が目撃したのは、ちょうど私ぐらいの背丈の女性と、こちらのエルフと同じぐらいの男性でしたか？」

「いや、一人きりだ。遠かった上に夜目だったので背丈や性別までは正確には分からん。ここは峡谷だから夜は真っ暗になってろくに見通せんのだ」

キャトルは「仕方のないことですね」と相槌を打って、狩人に「わざわざ目撃情報をありがとうございました」と幾らかの謝礼を渡してから、いったん外に出てトゥレスと向き合った。

「結局のところ、この村では何も分からずじまいのようですね。私たちもいったん最北の城塞まで戻りますか？　ここら辺にまだ潜んでいるようならば、むしろ北で構えていた方が網にかかる可能性が高いかもしれません」

キャトルがそう提案すると、トゥレスはやや眉をひそめた。

いかにもこれまでの情報だけでほとんど分かったといった様子で、果たしてキャトルに話すべきかどうか迷っているふうでもあった。

だから、キャトルはトゥレスに対して頭を深々と下げた。幾ら相手がエルフ種とはいえ、ヴァンディス侯爵家の令嬢としてはありえない対応だ。それだけ幼馴染の王女プリムの動向が気にかかるということだろう。

「お願いです、トゥレス様……何かお気づきならばお教えください。私はプリム様に会って、どうしても尋ねたいことがあるのです」

するとトゥレスは「ふう」と短く息をついた。

「これは単純な欺瞞工作だよ」

「欺瞞……ですか？」

「そうだ。まず、この村から北方にて二人の目撃情報がない以上、二人はここから北に抜けていないと考えるべきだ」

「しかしながら、この村の人々は皆、北へ抜けたと証言していますよ」

「考えてもみたまえ。雨の日にこんな峡谷の斜面を抜けようとする馬鹿がいるかね？　足場がぬかるんで危険以外の何物でもない。斥候が得意な私だってそんな無謀はしない。ということは、村人たちは残された二人分の足跡を見て、そう思い込まされている可能性が高い」

「つまり、足跡の話をしているうちに、北方に抜けたのだと信じ込んでしまったと？」

「ああ。いわゆる村特有の同調圧力かもしれないな。あるいは相手に変装や欺瞞工作が得意な者がいたならば、簡単に騙すこともできる。まあ、それについては今のところ置いておこう」

キャトルはそこで先ほど狩人から聞いた話を思い出した。

「ただ、『砂漠』の方に抜けたのは一人きりでした」

「その通りだ。幾らここが真っ暗になるとはいっても狩人の目をごまかすのは難しいから、おそらく本当に一人で抜けたのだろうな」

「ちょっと待ってください。ということは、もう一人はまだ残っているということですか？」

「こんな村付近にいつまでも潜伏する意義はない。だから、ここでも欺瞞工作を仕掛けたのだと考えるべきだ」

「どういうことですか？」

「バーバルとプリム王女が常に二人一緒だと、二人分の足跡を作ってまで思い込ませたのだよ」

「ということは、王都から逃げたのはバーバル様だけ？　誘拐も狂言だったということですか？」

「その可能性が高いだろうね。ここは東から風が吹きつけて飛砂もひどいから、晴れの日ならば足跡などすぐに消える。一人だけなら夜陰に紛れて逃げるのも簡単だろう」

「ですが……『砂漠』ですよ？」

「たしかに常人ならば、そんなところに逃げ込もうとは考えないはずよな」

「はい」

「ということは、文字通りに常人ではないということだ。バーバルの偽者か、もしくは認識阻害などで扮《ふん》せる何者かだな。まあ、王女プリムとてまともではなさそうだがな」

トゥレスが断言すると、キャトルはぱちくりと目を瞬《しばた》いた。

トゥレスからすれば、以前に黒服を纏って大神殿の地下に潜った王女プリムを追いかけたことがあったのでそう付け加えたに過ぎないが、キャトルの方はさすがにぽかんとするしかなかった。

ちなみに、今回の逃亡劇について言えば、トゥレスの指摘通り、表立って逃げたのはバーバルの偽者だけだ。自己像幻視のアシエルは二人分の足跡を仕掛けてから、偽のバーバルの影として『砂漠』に入った。そもそも、王女プリムは攫われても、バーバルに同行してもいないのだ――

「では……プリム様はいったいどこへ？　まだ王都にいらっしゃるのでしょうか？」

「君は存外に馬鹿なのかね？　狂言誘拐を仕掛けたということは、王都を不在にする必要性があったわけだ。しかも、わざわざ第六魔王国に逃げたとみせかけたのだから、それ以外の魔族領に潜んでいると考えるのが筋だ。亡者の湧く湿地帯や凶悪な竜の巣は候補として考えづらい。それより、最近、第六魔王国に間者などを放って嫌がらせをしている国があったのではないかね？」

「………」

「さて、私が手伝うのはここまでだ。これ以上については関与しない」

トゥレスはそう言って、砂が飛び交ってくる東の魔族領に視線をやった。

いつの頃からか『死の大地』と呼ばれるようになったが、かつて『迷いの森』に侵入したトゥレスでもこの先に足を踏み入れたことはなかった。かの地はお尋ね者たちでも敬遠するほど、あまりに不毛な場所だからだ。

すると、キャトルはトゥレスに向けて笑みを浮かべてみせる。

「分かりました。プリム様がまともでないという話は気になりますが……何にしても、ご助力、ありがとうございました。素人の私では何も気づけずに戻っていたことでしょう。とても良い勉強になりました。ここから先は私だけで向かいます」

直後、トゥレスは「は？」と眉をひそめた。

「待て。今、何と言った？」

「ええと……ですから、ここから先は私一人きりで行きます。プリム様に何があったのか分かりませんが、必ず連れ戻してまいります」

キャトルがそう言い切ったので、トゥレスはむしろ嘲るような笑みを浮かべた。

「東の魔族領は『死の大地』として恐れられている場所だぞ。そんな過酷な『砂漠』でも生息できる虫の魔物や魔族が多くいる。たとえ行くのだとしても、盾役《タンク》の君と、斥候の私と、あとは攻撃職と回復職の者が必要で、さらに中継地に拠点《ベースキャンプ》を作れるだけの支度だってしておきたいくらいだ。それが最低限度の準備というものだ」

「お気遣いありがとうございます。それでも私は進まなければなりません」

トゥレスはやれやれと頭を横に振ると、「好きにしろ」とこぼした。

それからしだいに小さくなっていくキャトルの背中を見送りつつも、額に片手をやって「はあ」と大きくため息をついてから、

「本当に……世話が焼ける娘だ」

それだけ言って、キャトルの後を追い始めた。

魔王討伐以外の任務には興味がないふりをしてきたし、同族から極悪人として誇られるトゥレスだったが、それだけに長らくトゥレスはとある生き方に束縛されてきた――それは古の盟約だ。

人族とエルフとの間に結ばれた約定として知られてはいるものの、その実情は全く異なる。

そもそも、本来は魔王討伐に関わる約束でもないのだ。人族が勝手に勘違いしているに過ぎないし、エルフ側が本当の目的を隠す為に勘違いさせてきたという経緯もある。

何にせよ、第六魔王国で高潔の元勇者のノーブルが話したことを含めて、第五魔王のアバドンの配下が暗躍していることを考慮すると、この先では必ず奈落が関わってくるはずだ。それも間違いなく、トゥレスの全く望まない方向に——

「やれやれ。面倒なことだ。天族がやるべきことをなぜ我々エルフが代行してやらなくてはいけないというのだ。忌々しい盟約だよ」

トゥレスはそう呟いて、キャトルに追いつこうと早足になった。


東の魔族領こと『砂漠』の北東にあって、ほとんどが廃墟と化してしまった旧帝都。

その中央には、かつての戦禍の爪痕として、まるで大地を深く抉《えぐ》ったかのような断崖がありありと残されていた——崖上には神殿の遺跡群がまだ微かに残っていて、祭壇から下りていった先の石室には、飛蝗《バッタ》の虫系魔人こと双子のアルベとサールアームがテーブルを挟んで座している。

緑色の虫人が情報官のアルベで、茶色が指揮官のサールアームだ。

以前、アルベが「無口だ」と言っていた通り、サールアームは双子の兄に一切話しかけることもなく、石室にはしんと重苦しい沈黙だけがあった。サールアームはそんな静けさを楽しんでいるようだが、一方でアルベはというと、「うー」と貧乏揺すりをしている。いかにも対照的な兄弟だ。

するとそこにこつこつと階段を下りてくる足音が届いた――泥竜ピュトンだ。

王国に工作を仕掛けに行っていたピュトンが爛れた巫女の姿で戻ってきたので、アルベはやっと話し相手ができたと喜色を浮かべて、両手を広げて出迎えた。

「おかえり。ずいぶんと早かったんだね」

「尻尾を掴まれたのよ。今回は失敗しちゃった」

ピュトンが肩をすくめてみせると、アルベは「ほう」と小さく息をついた。

「おやおや、珍しいじゃん。それじゃあ、王国への工作はまた一からやり直すのかい？」

「いいえ。宰相ゴーガンにはもうなれないけど、代わりはまだ幾らでも用意してあるわ。けれど、一人だけ手強い爺さんがいるのよね。巴術士のジージ――百年前の戦いにも参加していた勇者ノーブルの仲間よ。アルベも覚えているんじゃないかしら？」

「そういや、いたねえ。聖鳥を召喚して、ここを突き止めていたっけ？」

「そうよ。そいつが寿命でくたばるまで待とうかとも思ったのだけど……どうやら私を追って、わざわざ『砂漠』に入ってきてくれたみたいなの」

「へえ。掴むだけじゃ飽き足らず、わざわざ尻尾に喰いついてくれたとは。耄碌《もうろく》したものだね」

アルベがにやりと笑うと、サールアームが「行ってくる」とだけ告げて立ち上がった。

サールアームは飛蝗でも群生相なので群れで敵を追い込むことを得意としている。だからこそ、この第五魔王国で指揮官を務めているわけで、虫の巣窟である『砂漠』に侵入した者を仕留めるのにこれほど適した者もいない。

　そんなサールアームの背中に、アルベは「僕も少ししたら行くよ。あまり無理はするなよ」と声をかけた。サールアームは片手を上げるだけで応じてみせる。何だかんだで有事には息が合うあたり、さすがに双子の兄弟といったところか。

　ピュトンもサールアームに「いってらっしゃい」と言って送り出した。

　そして、アルベにしばらく愚痴にでも付き合ってもらおうかと喋り出そうとするも、逆にアルベはそれから逃げ出すように、石室の奥にある鉄扉に声をかけた。

「さて、アシエル。気分はどうだい？」

　わざわざ近くまで歩いていって、奈落のある聖所の鉄扉をわずかに開ける——

　かつて帝国で最も危険視かつ神聖視されたこの玉座の間では、アルベたちの主たる第五魔王アバドンが聖剣に貫かれて封印されていた。

　もちろん、封じられているので直視することはできないが、そんなふうに磔《はりつけ》にされた主の痛ましさをあまり感じたくないということもあって、配下のアルベたちはこの奈落のある聖所にはあまり立ち入らなくなっていた。

　一方で、自己像幻視《ドッペルゲンガー》のアシエルだけは事情が異なった。というのも、そもそもアシエルはある意味でアバドンそのものだからだ——もとは天使であり、人族の帝王となり、最後には魔王にまで変じたアバドンは様々な自己像を持ち合わせている。そういう意味では、奈落から漏れ出る瘴気が注がれて、アバドンの許容できる魔力が弾けたものが蝗害《こうがい》だとしたら、封印によって一か所に留まり続けて膿んで出てきたのが、その影ことアシエルというわけだ。

つまり、アシエルはアバドンの劣化コピーみたいなもので、以前ピュトンが語った通り、影のように何者でもあって、何者でもなく、かつ何者にもなれない存在だと言える。そんなアシエルはアバドンの下《もと》に寄り添って、今もまた膿んで分裂しようとしていた――

「気分については何ら問題ない」

するとアシエルの返事にピュトンが驚いて声を上げた。

「あら、アシエルまで戻ってきていたの？　それとも第六魔王国には行かなかったのかしら？」

「いや、行ってきた」

「じゃあ、アシエルの認識阻害や種族特性を見破れるほど手強い者がいるってこと？」

「残念ながら、手強いかどうかを調べる前に、ふざけた人族にやられてしまった。こちらの完全な落ち度だ。申し訳ない」

ピュトンは「ふうん」と唇を尖らせてみせた。アシエルにしてはありえない失態だ。

英雄ヘーロスか、聖騎士団長モーレッツあたりにやられたのだろうか。巴術士ジージ以外にそれほど強い者など王国にはいないはずだ――と、ピュトンは記憶を辿っていくも、よくよく考えてみたら、ここ数十年は王国の中枢にて宮廷工作ばかり行ってきたので、冒険者や軍人についてはそれほど詳しくないことに気づいた。

「こういうときこそ、プリム様に相談したいのよね。いったいどこに行っちゃったのかしら？」

「さあね。僕は知らないよ。そもそも、あのやんちゃなお転婆姫様は正確には僕たちの仲間じゃないんだ。心配するだけ損ってやつだね」

アルベがそう言って口の端を歪めると、聖所からアシエルの声が届いた。

「不思議なものだな。魔族である我々が魔族以外を頼るとは——」

すると、ピュトンは明らかに表情を険しくして、両手を腰に付けて抗議した。

「貴方たち、少し不敬な物言いよ。アバドン様のご同僚の方なのだから、私たちが頼りにするのは当然のことじゃないかしら？」

「僕からすると、何を考えているかさっぱり分からないところがあるけどね。やはり魔族とは相容れない存在なんだと実感するよ」

しばらくの間、石室には気づまりな沈黙が続いた。

アシエルは無言を貫き、アルベは両頬をぷうと膨らませて、またピュトンはというとそんな二人にやや苛立っている。どうやら王女プリムに対する態度は三者三様のようだ。

そんな沈黙を破ったのはアルベだった——

「じゃあ、僕はそろそろ行くよ。サールアームは個体だと弱っちいからね。それに可能なら手強い爺さんとやらを討ち取ってこようじゃないか」

「待って。私も行くわ。せめてジージの最期ぐらいは看取ってあげないとね。百年間もお付き合いしてきたわけだし」

こうしてピュトンもアルベの後に続いて、地下にはアシエルだけを残して、第五魔王国はほぼ総力戦でもって第二聖女クリーンと巴術士ジージに当たることになったのだった。

「私って……意外と嫌われているのかな？」

聖所こと玉座の間にて少女の声が上がった。

「そういうことではない。皆はいまだに戸惑っているのだ」

「普通の女の子のはずなのになあ」

直後だ。少女の声音から感情が全て失せて、その雰囲気も一変した。

「貴方はたまにアバドンみたいな物言いになるのね。たかが影のくせに生意気じゃないですか？」

「こ、これは……大変失礼いたしました」

自己像幻視のアシエルが声のトーンを下げて詫びると、少女こと王女プリムは聖所の柱の陰からゆっくりと出てきた。虫人アルベが気づかなかっただけで、プリムはどこかに出掛けたわけではなく、ずっと聖所内に潜んでいたのだ。

「まあ、いいわ。アバドンの影なのだから似ているのも仕方のないことですものね」

「……はい」

「ところで、あの子たちは勝てるのかしら？」

「この領土で戦う限りは決して負けません。戦いにおいて、数こそ圧倒的な暴力です」

「まあ、そうよね。となると、第二聖女クリーンも、巴術士ジージも、これで見納めになるのですね。少しだけ寂しいわ」

プリムはそう呟いたが、その声音にはやはり感情など欠片も含まれていなかった。だから、アシエルはつい好奇心で尋ねた。

「以前からお聞きしたかったのですが、貴女様のお立場で人族に犠牲者を出すのは差し支えなかったのですか？」

「私の立場とは、いったいどちら？」

「もちろん、人族ではない、高貴なお立場の方です」

「ふふ。たかが魔族ごときがそんなに気を遣ってくれなくてもいいのよ」

プリムが微笑すると、アシエルはその笑みに鋭利な冷たさを感じてゾッとした。

古の大戦で幾人もの魔王を屠《ほふ》って、今もなお人族の庇護者として——王国にて神たる『深淵《ビュトス》』の代理として、長年統べてきた者の余裕を見せつけられたからか。

「正直なところ、人族なんてどうでもいいのです。今ではただの緩衝材《クッション》みたいなものでしかありませんから」

「はあ」

「だから、族滅しない限りは何十万人死のうとも気にしません。むしろ、滅びかけてくれた方が、古の大戦のときのように勇者が設計上、可笑しなことになるのでかえって面白いとも言えます」

「………………」

「それに私は地上の魔族には寛容なのです。だって弱いのですもの。弱者はせいぜい保護してあげなくてはいけません。それこそが正義や公正というものでしょう？」

ならば人族もきちんと保護すべきではと、アシエルは反論したかったが口には出さなかった。

先ほどアルベが語った通り、どのみち魔族の考え方とは相容れないのだ——遥か昔に天界から下りてきた原初の天使の思惑など。

「本日はここにまだいらっしゃるご予定ですか？」

「あら？　さっさと帰らせたいみたいな言い方ですね」

「と、とんでもありません。何かとお忙しいお立場なのではないかと……」

「今、奈落のそばに――この見えない門の向こうに邪悪な波動があります。何者かがやって来て、こちらを窺っているようです。この魔力の様子からしてかなりの大物ですね」

「地下世界の魔王ですか？　それとも――」

「そこまでは分かりません。何にせよ、こういうときは荒れます。しばらく奈落の様子を見なくてはいけません」

　アシエルにはよく理解できなかった。そもそも封印のかかった奈落の底どころか、ここに縛り付けられたアバドンを見出すだけの力も持たないのだ。はてさて、何が起ころうとしているのかと、影はまだゆらゆらとその場に揺らめくしかなかった。


東の魔族領こと『砂漠』に攻め入った巴術士ジージは珍しく弱気になっていた……

「いい加減、わしももう年じゃな。音を上げそうじゃわい」

　泥竜ピュトンを追って王国の最東に位置するハックド辺境伯領から侵入してみたはいいものの、予想以上にこの地は広大で、しかも虫系の魔物や魔族の巣窟となっていた。

地中から地響きと共に攻めてくる大蚯蚓《ワーム》系、かさかさと小さな音を立てて群れで迫ってくる甲虫系、また廃墟となった家々に罠のような巣を張っている蜘蛛《くも》や百足《ムカデ》系、さらには唐突に飛来する羽虫系といったふうに、さすがに虫だけに生態のバリエーションが豊富だ。

「よくもまあ……こんなにいるものじゃのう」

最初のうちこそ、知的好奇心の強いジージは感心していられたものの、昼夜問わず休みなく襲って来られるとさすがに辟易するしかなかった。

そもそも、今回の侵攻は百年前とは違って、最初からケチがついた。王国最東に領地を持つハックド辺境伯が不在で、その騎士たちを借りることができなかったのだ――

「なに？　元勇者のバーバルを捕らえたので、王都に護送している最中じゃと？」

「はい。数日前に出発なさったばかりです」

「そうはいっても、大名行列ではないのじゃ。護送など、数だって限られたものじゃろうて？」

「いえ。最近は何かと物騒で盗賊などの動きも活発となっている為に、何組かダミーを交ぜて出発しておりまして……すでに王国北に出兵していた分と合わせましても、魔族領に攻め込むだけの騎士がここにはおりません。それに、たとえ騎士を出したとして、もし砂漠から虫たちが攻めてきたら、今度は防衛できない事態に陥ってしまいます」

涼しげな独特の衣装《トーブ》を纏った若い家宰が申し訳なさそうに言うと、ジージは「ちいっ」と舌打ちを隠さなかった。

この大陸において王国の領土は縦に長い格好となっているので、ほぼ一本道に近い北方とは異なり、たしかに領都から王都に向かうとしたら幾つものルートに分かれる。ジージたちがハックド辺境伯とすれ違わなかったということは、伯は最短のルートを使わなかったということだ。

もちろん、本物の伯はとうに自己像幻視のアシエルに殺され、その影の中に取り込まれてしまったので、バーバルの護送は欺瞞工作の一環に過ぎない。ただ、そんなことなど露知らぬ若い家宰はというと、「伯の許可がないことには兵力を提供することはできません」の一点張りだった。

本来、勇者パーティーもとい聖女パーティーは王命によって動いているので、兵力を借り受けるのに辺境伯の許可など必要ないのだが、その現王を蟄居《ちっきょ》させたばかりとあって、勅書も何も持たずにやって来たせいでかえって若い家宰も頑なになってしまった格好だ。

「まいったの……早速、予定が狂ってしもうたわい」

王都の騎士団はほとんど北方に出払っていたので、辺境伯の戦力を当てにしていたジージたちからすれば、まさに梯子が外されたようなものだ。

すると、クリーンが無念そうにジージの耳もとで囁いた。

「ジージ様。『追跡』の法術は時間経過で消えてしまいます。せいぜいもって数日です。この領都に留まってハックド様のお帰りを待つだけの時間がありません」

「ふむん。無謀じゃが、この機会は逃せんか。二人で斥候のように迅速に侵入して、せめて拠点だけでも突き止めるしかあるまいて」

ジージがそう結論付けると、クリーンは若い家宰に振り向いた。

「それではハックド様が戻られ次第、言伝《ことづて》をお願いできますでしょうか？」

「畏まりました。お二方とも、どうかお気をつけくださいませ。ろくに尽力できずに大変申し訳ございません」

　――と、こうしてジージとクリーンは二人だけで攻め入ったわけだ。

　ただ、大量の虫たちに加えて、『砂漠』では昼にひどく暑く、夜は急激に寒くなる。それでも、気温については生活魔術である程度の対策ができたものの、ずっと吹き付けてくる砂塵だけはどうしようもなかった……

　開けた砂漠でもろに砂嵐に出くわすと、視界が悪い上に方向感覚まで狂うので、土魔術でシェルターを作って避難するしかなく、さらにそんなタイミングで虫系の魔族が大挙して地中から襲いかかってくる。

「ちょいと詠唱しただけで口の中が砂だらけじゃ。本当に嫌になってくるわい」

　それでも、ジージの高火力魔術とクリーンの法術『聖防御陣』で何とか持ち堪えて進んできたわけだが……道半ばにして二人とも疲労の限界にきていた。ジージにしても二度目の『砂漠』攻略、かつ前回よりも相当に力を付けていたとあって、相手をやや見くびっていた。

「いやはや、耄碌したもんじゃ。こうなったらいっそ、ここをわしの死地にしてやるわい」

　ジージが悲壮な覚悟を漂わせ始めたことで、かえってクリーンは何も言えなくなっていた。

　が。奇跡は起きた。

「クリーン様ああああ！」

　と、クリーンの追っかけこと神殿の騎士団が中隊規模で加わったのだ。

　どうやら王国最北の城塞で女聖騎士キャトル宛てに飛ばした伝書鳩のメッセージを代わりに受け取ったらしい――

「よくもまあ……私たちのいる場所が分かりましたね」

クリーンからすれば当然の疑問だろう。こんな広大な『砂漠』でクリーンたち二人を見つけるなど、まさに砂浜に落とした針を捜すようなものだ。すると、騎士たちから中隊長が進み出てきて、

「ふんすっ！」と胸を張って言った。

「クリーン様を捜すことなど、我々にとっては容易なことであります。こうやって、くんかくんかと匂いを嗅げば――」

「え？　匂い？」

クリーンはそう尋ねて、聖衣に汚れでも付いていたかと気にした。

「いえ。失礼いたしました。実は、我々にはクリーン様がおられる場所に光の柱が立っているように見えるのです。希望の光です。我々の目指すべき場所です。そこに向けて、クリーン様のお名前を幾度も大声で唱えながら驀進《ばくしん》してきたに過ぎません」

何だかいかにも胡散臭いことを言ってきたものだが……ともかくクリーンはちらりとジージに視線をやった。もちろん、ジージはそんな匂いを嗅いだことも、光の柱を見たこともなかったので首を傾げるしかなかったが、何にしても貴重な戦力だ。おかげで少しは態勢を整えることができたわけだが……残念ながら、今度は別の問題が発生した。

というのも、『砂漠』だと水もなければろくな食材も採れない。二百人近くも人数が増えればそれだけ食べ物も必要になってくるので、共に行軍して数日が経って、手持ちの糧食がしだいに少なくなってくると、全員にじりじりと焦燥が募ってきた。しかも、飢餓とは恐ろしいもので、虫なら食べられる派と絶対に嫌だ派で分かれて喧嘩する始末だ。何なら、第六魔王国の赤湯みたいに、虫系魔族

の血とて飲めると言い出す派まで出てきた。背に腹は代えられないとはいえ、クリーンも昆虫食やその血はさすがに敬遠したかった。

ともあれ、クリーンはそんな士気の低下に苦慮して、ついにジージへと一時撤退を相談した。

「ジージ様、どういたしましょうか。やはり、ここでいったん引き返しますか？」

「やれやれ。それも妥当じゃろうが、はてさて今度は素直に帰してくれるかどうかじゃのう」

「このままではジリ貧です」

「ふむ。たしかにそうじゃな。ならば、ここで方角を変えて、むしろ王国北東にある峡谷を目指すべきじゃろうか？　たしかあの辺りには小さな村があったはずじゃ。悔しいことじゃが、そちらに退避すべきやもしれんな」

「では、その村に駐屯して、王国最北の城塞にいる聖騎士団等に応援を求めては如何ですか？」

「英雄へーロスやモンクのパーンチらとも合流すべきじゃな。こうなったら総力戦じゃ。正直なところ、今回ばかりは功を焦って敵を侮っていたよ。わしの判断ミスじゃ。すまんことをした」

そんなふうにジージが頭を下げてきたので、クリーンも「私も進言が遅れました」と謝って、結局、進路を北東から北西に切り替えた。

が。

そこでまたもや奇跡が起きた。

一日ほど進んだあたりで、意外なことに女聖騎士キャトルと狙撃手トゥレスにばったりと出くわしたのだ。ジージが虫系の魔族たちを焼き払っていたら、トゥレスが斥候系スキルで魔力を感知したらしい。

「ジージ様ではありませんか！」

もっとも、キャトルが驚きの声を上げながら、砂丘を走って近づくも、

「待て。そこで止まるのじゃ」

ジージは杖先を二人に向けて警戒した。

泥竜ピュトンなどが認識阻害で化けている可能性を疑ったのだ。

ただ、トゥレスが秘宝の欠片のペンダントを首から下げていて、さらにキャトルが意外なものを連れて来ていたのですぐに本物だと分かった——それは一匹のヤモリである。どうやらキャトルが「かわいい」とつんつんしていたヤモリがいつの間にか鎧の中に紛れて、ここまでついて来たようだ。今ではキャトルの胸もとを定位置にして、ぬくぬくしている。

しかも、二人から詳しく話を聞くと、ここまで無事に来られたのもヤモリのおかげとのこと。どうやら魔族はともかく、魔物はその存在を察知すると、すぐさま逃げていったそうなのだ。

「ただ、クリーン様たちが戦ってきたほどの敵の量に私たちはまだ遭遇しておりません」

キャトルがそう補足すると、トゥレスも説明を加えた。

「峡谷の寒村で欺瞞工作を仕掛けられたので、敵もそこからは警戒して入ってこないものとみなしたのかもしれません。そういう意味では、聖女とご老公のルートが本命だったのでしょう」

「となると、わしらと合流した以上、お主らもこれからは苦労することになるぞ」

ジージが長い顎髭に手をやりながら、やれやれと肩をすくめてみせると、早速、大量の虫系の魔族がまた襲ってきた。

その瞬間、キャトルは聖盾を取り出し、トゥレスはその背後に回って弓を構えた。

同時にクリーンは法術で全員に身体強化をかけて、神殿の騎士たちがキャトル同様に堅牢な守備陣形を敷いている間に、ジージが高火力魔術の呪詞を謡い始める。聖女パーティーの二人が加わっただけで、ずいぶんと戦いも様《さま》になって、これならいけるかもしれないと誰もが思った——

直後だ。

「キュイ！」

ヤモリが鳴くと、大量の石礫《いしつぶて》と土槍があっという間に敵たちを壊滅していった。

これにはジージもさすがに目を丸くして驚いたが、どうやら土魔術が得意なヤモリにとってここはとても相性の良い地形《フィールド》のようだ。

皆も心強い援軍に「ほっ」と胸を撫でおろしたわけだが、それでもまだ水と食料の問題が残っていた。キャトルたちもアイテム袋にはあまり入れておらず、このままでは行軍は難しいとクリーンも判断して、神殿の騎士たちだけでも峡谷の寒村へと一時撤退するように指示を出す。

「そんなあ、殺生です！」

「我々にとってはクリーン様の汗一粒が水となり、塩にもなりましょう！」

「何でしたら、聖水をご褒美として一滴だけでもいただけましたら喜んで特攻いたしましょう！」

「我々の持っている水と食料は全てクリーン様に差し上げます。当然、この命も、想いも、何もかも捧げますぞおおお！」

そんな騎士たちの願いに——かえってクリーンの片頬が引きつったのは言うまでもない。

とはいえ、敵はどうやら撤退すら簡単には許してくれなそうだ。虫系の魔族に加えて、さらに蝗害を思わせるレベルで大量の魔物が遠目にも分かるほど迫って来た。ヤモリの眼光でも怯まないところを見るに、どうやら敵も本気で、群れの中には大物が交じっているらしい……

「さて、ここからが正念場じゃな」

ジージは杖を構えて、キャトルと神殿の騎士たちが守備陣形を敷く中で、その大物とやらを見定めようとした。こうして『砂漠』にて一大決戦が始まろうとしていたのだった。


「横陣に展開！　左右は気にするな！　我々は前方の敵のみ叩け！」

神殿の騎士たちは迫りくる虫の魔物や魔族の群れに対して横隊となって広がった。砂丘の上に本陣を敷いた程度では地形上の有利などほとんど得られなかったものの、窪地にじっとしているよりかは遥かにマシだ。

そんな騎士たちのすぐ後方には第二聖女クリーンがいた。

「皆様に身体強化をかけます！」

クリーンがそう声を上げると、騎士たちの体は温かい光に包まれた。

当然、全員が「おおっ！」と感嘆した。これはただの法術による強化ではない。憧れのクリーンによる真心のこもった贈り物《バフ》なのだ。

次の瞬間、騎士たちは「この戦いが終わったらクリーン様に告白するんだ」と見事な死亡フラグを

立てて、それによっていっそ死すらも恐れない王国最強の凶戦士《バーサーカー》と化して、

「いざ！　死ね！　死ね！　死ぬぞ！　うおおおお！」

と、やけに野太い雄叫びを上げた。地響きが起きたほどだ。

そんな喧騒の中から静かに一人の騎士が抜け出てきた——女聖騎士キャトルだ。両手にヤモリを乗せて、騎士たちの展開する陣の左側に降ろしてから優しく声をかける。

「ドゥーズミーユ……どうか私たちを助けてください」

「キュイ！」

キャトルによってドゥーズミーユと名付けられたヤモリは胸を叩いてみせた。

直後だ。ドゥーズミーユは本来の姿に戻った。巨大な蜥蜴《トカゲ》というより、その姿は竜に近かった。ドワーフたちがこの場にいたら、火竜サラマンドラの顕現だと一斉に跪《ひざまず》いたことだろう。

しかも、ドゥーズミーユは魔物特有の禍々《まがまが》しさよりも不思議と神聖さの方が勝った。そんな強くて巨大なドゥーズミーユではあったが、キャトルはやはりかわいいと感じて体を撫で撫でした。それに呼応するかのように、「キュキュイ」とドゥーズミーユが鳴くと、広範囲に砂上から土の槍《ソイルスピア》が盛り上がった。本陣の左から進攻しようとする虫の魔物や魔族に対して、槍がさながら誘導弾のように迫って攻撃を仕掛ける。まさに難攻不落の要害ができ上がったと言っていい。

「この場は頼みましたよ、ドゥーズミーユ」

「キュイ！」

キャトルはそう言って、クリーンを守るべく駆けていった。

一方で、本陣の右側には巴術士ジージが立った。粛々と呪詞を謡って杖を宙に掲げてみせる。

「虫どもを焼き尽くせ！　『炎獄《ヘルファイア》』！」

そのとたん、これまた広範囲に溶岩地帯ができ上がった。

虫系は基本的に火に弱いので、よほどの者でない限り越えてくることはできまい。さらにジージは本職の召喚術でもって幾匹もの聖鳥を呼んだ。この溶岩の設置罠を飛来してくる羽虫対策だ。

これにて向かってくる虫の大群に対して、正面左右と盤石な陣を敷くことができた。

あとは地中から攻めてくる蚯蚓系に対応する為にクリーンを中心として、キャトルに狙撃手トゥレスも揃っている。ジージもすぐに駆けつけてくるだろうし、何なら巨大化したヤモリことドゥーズミーユだって助けてくれるだろう――

「ふん。面倒なことだ」

そんな堅牢な陣形を急拵《ごしら》えで整えてきたことに対して、茶色の飛蝗こと指揮官の虫系魔人サールアームは「ちっ」と舌打ちした。

一般的に虫の群れの強襲は相対する者におぞましさと恐怖を叩き込む。

ところが、眼前にいる騎士たちはなぜか狂ったかのように異様な士気の高さを誇った。

しかも、サールアームから見て正面の右側にはとんでもない蜥蜴系の魔物がいた。なぜそんな魔物が人族に与《くみ》しているのか知らないが、情報が上がってきていないだけで、もしかしたら聖女パーティーにも魔王セロ同様に優秀な魔物使いが所属しているのかもしれない……

さらに左側には泥竜ピュトンが執心している巴術士の老人《ジージ》もいる。なるほど。あれもあれで化け物の類いだ。というか、あの域《レベル》に達した術士が相手ではピュトンも容易に倒せないだろう。長年、王国に工作して失敗続きだったわけだと、サールアームもやれやれと頭を小さく振った。

「仕方ない」

となると、やはり数の暴力で一気呵成に押し切るしかない。

この決戦の主役はサールアームが率いる虫たちだ。いや、より正確に言えば、虫たちこと、もと帝国兵と言うべきだろうか――

そう。この砂漠に潜んでいる虫系の魔族は全員、もともとは人族だった。彼らは皆、かつて天使アバドンに仕えていた帝国の屈強な兵士たちなのだ。

数百年前、天使かつ帝王アバドンが瘴気によって魔王と化した際、魔王には与しない帝国兵と、魔王となった主《あるじ》と共に呪われることを選んだ兵たちとの間で長らく内戦が続いた。結果、呪われた魔族兵たちは、エルフやドワーフの助力まで得て攻め立ててきた旧帝国兵を退けてみせた。そういう意味では、現在この戦場に立つ者は、同朋、親族や愛する者をその手で殺《あや》めてまで、魔王アバドンを崇《あが》めて滅びの運命を共にしてきた修羅たちだ。

「その無念を今こそここで晴らせ」

サールアームは前方にいる人族の騎士たちに戦力を集中させた。

「じゃあ、僕は紛れて行くよ」

気がつくと、そんな虫たちの群れの中に緑色の飛蝗こと虫系魔人アルベもいた。

今度はサールアームが双子の兄の背中を見送る番となった。さらに泥竜ピュトンがアルベに続いて声をかけてきた。

「ねえ、サールアーム……貴方さあ、今、私があの爺には決して敵わないなんてことを考えていなかったかしら?」

「………」

「貴方は無口だけど、長い付き合いだから小さな表情の変化だけで、考えていることが手に取るように分かるのよ。まあ、魔族になったからには魔族なりの戦い方ってのがあるわ。だから、そこでせいぜい私の勝つ姿を見ていらっしゃい」

ピュトンはそう言って、爛れた泥竜の姿に変じて左側へと飛行していった。聖鳥たちが襲いかかって来るが、当然のように難なく喰い破っていく――

一方で、巴術士ジージはというと、クリーンのもとに向かう途中で振り向き、「ほほう」と息をついた。どんなに汚い手を使って攻めてくるかと思っていたら、意外にも宿敵ピュトンが正々堂々と宙からやって来た。さすがにピュトン相手に聖鳥だけでは分が悪いので、ジージは踵を返してピュトンのもとへと進み出る。ここで長年の因縁を断とうと考えたわけだ。

「あら？　お久しぶりね」

「はて？　つい数日前に王城で宰相ゴーガンに化けておらんかったか？」

「そのとき、きちんと挨拶はしていなかったでしょう？」

「まあ、そうじゃな。とはいえ、卑怯な魔族と挨拶を交わす趣味など持ち合わせておらんがな」

ジージは『卑怯な』という部分を強調した。それこそつい最近、第六魔王国にて『戦場で死ぬことこそ誉れ』と言い張る清々《すがすが》しい者たちに出会ったばかりだ。しかも、古の知識と技術を惜しげもなく披露する人造人間エメスとの出会いによって、ジージの魔族観もずいぶんと変わった。

だからといって、眼前のピュトンが犯した罪を許すつもりはもちろんない。

「さて、ここで会ったが百年目じゃ。もう逃すまい」

「それはこっちの台詞よ。ここらでいい加減くたばってちょうだい」

そんなふうに険悪な挨拶を交わしている間に――ついに神殿の騎士たちの防御陣形を突破する者が現れた。虫人のアルべだ。そのアルべはというと、難敵ジージはピュトンに譲って、騎士たちに身体強化をかけているクリーンのもとへと真っ直ぐに飛びかかった。

だが、クリーンの前にキャトルが聖盾を構えてドスンッと立ち塞がる。

「行かせはしません！」

「はは。勇敢だけど……未熟だね」

次の瞬間、虫人アルべは消えて別の方向から現れた。暗殺者の持つスキルである『分身』だ。

「くっ……間に合わない！」

キャトルが己の経験の浅さを恥じて、またクリーンが自らの身を守ろうと聖杖を両手に持ち替えたときだ――

「やれやれ、世話を焼かせてくれる」

虫人アルべの爪をトゥレスがナイフで弾いたのだ。

「へえ。君ってば、エルフのくせにただの狙撃手ってわけじゃなさそうだね？」

「さてね。手癖が悪いだけかもしれんぞ」

「まあ、いいや。面倒臭いからいきなり奥の手を使わせてもらうよ」

虫人アルべはそう言って、口もとに指をやって音を鳴らした。

そのとたん、大量の蚯蚓系の虫の魔物が地中から現れ出て、クリーン、キャトルとトゥレスを一斉に取り囲んだ。さらに、なぜか本陣の後方に無数の影が一気に立ち上がった。これまで敵影すらなかったはずなのにいかにも不自然なことだ。

この不意打ちにはクリーンも顔をしかめるしかなかった。聖女パーティーや神殿の騎士たちの背後を突かれた格好だ。

もちろん、その蝗害にも似た圧倒的な虫の群れは隠れていたわけでも、召喚術で現れたものでもなかった。その存在はさながらサールアームが率いている魔物や魔族たちをそのまま複写《コピー》したかのような存在で、数の暴力を文字通りに具現化した凶悪な軍隊だった――言うまでもないだろう。自己像幻視のアシエルだ。こういう奇を衒《てら》った戦い方こそ、アシエルの真骨頂なのだ。

「…………」

これにはさすがにクリーンたちも、またジージも、ヤモリのドゥーズミーユさえも無言のまま目を瞬いた。

クリーンは神殿の騎士たちを二つに割るかどうか判断に迷った。だが、何にせよ――もう遅い。影のような黒い虫の群れは巨大な波のように押し寄せて、クリーンたちを背後から完全に呑み込もうと迫ってきている。

キャトルはクリーンのそばに寄って聖盾を構えるも、それが圧倒的な数の暴力の前にどれほど無力なのか気づいていた。トゥレスは逃げる算段を考えたかったが、虫人アルベが爪を繰り出してくるのでその隙を見つけられなかった。

そして、ジージはというと、珍しく呆然としていた。泥竜ピュトンに気を取られ過ぎて、戦場全体をしっかりと把握できていなかった。完全に失態だ。このピュトンを追いかけて『砂漠』に入ってからというもの、どうにも冷静でいられない自分に苛立つしかなかった。ある意味で心理戦にてすでに負けていたとも言える。

「これは最早、年貢の納め時かもしれんのう……」

そんなジージに対して、泥竜ピュトンは嘲笑った。

「長いようで短い付き合いだったわね。貴方のことは忘れないでいてあげる。さあ、人族にしてはもう十分に生きたでしょう？　そろそろここで、本当にくたばってちょうだい」

「ふん。まさに切歯扼腕《せっしやくわん》という気分じゃよ」

ジージはただ後悔のみを口にした。

同時に、クリーンもがくりと肩を落とした。キャトルはいまだにぽかんとしたまま、突っ立っているだけだ。

トゥレスも防戦一方なので、「糞がっ！」と悪態をつくしかなかった。ヤモリのドゥーズミーユはドスン、ドスンと、キャトルのもとに懸命に駆けていた。また、神殿の騎士たちも背後を突かれて絶望しかけたが、いっそクリーンと共にここで天に召されることを望んだ。

すると、虫人の指揮官サールアームは短く告げた。

「戦友《パーティー》たちの勝利だ」

それに呼応するかのように双子のアルベも、泥竜ピュトンも勝ち誇った。

「ああ、僕たちの勝ちだね」

「ふふ。本当に他愛もないことよね」

こうして砂上では虫たちの勝鬨《かちどき》が上がった。

その雄叫びは怒号となって、さながら轟々《ごうごう》と上がる砂嵐のように聖女パーティーを全滅させようと呑み込もうとしていた。

　直後だ――

　上空がやや歪んだ。

　そして、虫の群れに大きな影を落とす。

　刹那。幾つもの雷がさながら瀑布《ばくふ》のように砂漠を叩いた。それらは虫たちとアシエルが化けた群れにのみ正確に放たれていた。明らかに自然の災害ではない。

　当然、虫系の魔物も、魔族たちも、消し墨のようにあっという間に散っていった。圧倒的な数の暴力などものともしない。その意味不明な攻撃は――純粋に驚異的な個の力そのものだった。

「これぞまさに……伝承にある『神の雷《いかずち》』じゃ……」

　ジージは唖然として呟いた。

　一方で、クリーンはその雷の正体を知っていた。かつて頬を掠めたことがあったからだ。あれらは間違いない、かかしたちによる『超電磁砲《レールガン》』の一斉掃射だ。

　すると、宙での認識阻害が解けて、そこには城が現れ出てきた。

　さらに雷鳴の轟音がやっと収束していくと、今度は地上に城外放送が厳かに降りてくる。

「ええと、はじめまして。第六魔王こと愚者のセロです。当魔王国は第五魔王国に対して宣戦布告します……というけどさ、宣戦布告って攻撃してから言うものだったたっけ？」

「大丈夫だ、セロよ。問題ない。強い魔族はまず殴ってから宣言するものなのだ」

「その通りです。殲滅《せんめつ》されるほど弱っちい方が悪いのです、終了《オーバー》」

「ふうん。魔族的にはそんなふうに考えるものなのか……とりあえず、第五魔王国の皆さん、お相手をよろしくお願いします」

……

…………

…………………

砂上では沈黙だけが流れた。

さっきまで死闘を繰り広げていた者たちは「んな……阿呆な」と絶句するしかなかった。

ともあれ、何にしても哀しいかな。帝国の戦友たちは『超電磁砲』の一斉掃射によって全滅させられかけていたのだった。

05

閉幕、そして——

第五魔王国の指揮官こと茶色い飛蝗系の魔人サールアームはまさに怒髪天を衝いていた。

幾世紀も苦楽を共にした戦友たちが浮遊城から放たれた『超電磁砲』によって一掃されたのだ。もちろん、神殿の騎士たちと混戦になったおかげで雷撃から逃れた者もいた。そんな虫系の魔物や魔族たちにしても、浮遊城から巨大なゴーレムが二機降りて来ると、赤い弾丸による絨毯爆撃を喰らってあっけなく散っていった……

ちなみに、その巨大ゴーレムこと『かかしマークⅡ』だが、浮遊城と同様に土竜ゴライアス様の血《ち》反吐《へど》を魔力変換によって動力にして、頭部や腕部にイモリたちが張り付いているので、血反吐を『水弾』にして銃撃できる仕様《スペック》になっている。

そうした仕組みはさておき——

「馬鹿な……」

サールアームは無念そうに呟くも、頭を横に振って、冷静さを取り戻してから即座に撤退の指示を出そうとした。だが、上空から急襲してくる者がいた。サールアームはその殺気を感じ取って、咄嗟《とっさ》に仰《の》け反った。少しでも遅れていたら胴体が真っ二つになっていたことだろう。

「ほう。今の攻撃をかわすとは、なかなかやるな」

サールアームの前には夢魔のリリンが大鎌《サイス》を構えて立っていた。

浮遊城のバルコニーから魔女モタの風魔術によって飛ばされて来たのだ。さすがに二度目となるとリリンも慣れたもので、華麗に着地して何ら問題ないようだった。

が。

「ぎょえええええ！」

今度はサールアームの頭上に絶叫がこだました——モタだ。

リリンができるなら自分もという安直な考えで、ためしに自らに風魔術を放ってみたようだが、さすがにハーフリングの敏捷さをもってしても高高度からの飛び降りは難しいようだ……

「はあ……モタって、やっぱり変人だよね」

リリンはやれやれと肩をすくめてから、落下してきたモタを仕方なくお姫様抱っこしてあげた。

「リリンんん！　大好きいいい！」

「へへ。ぼくに惚れるなよ。火傷しちゃうぜ」

「何なら今度、わたし特製の性転換闇魔術に挑戦してみない？」

「え？　い、いや、そういうのは別にいいから……ていうか、モタの場合、洒落にならないものに転換しそうだしさ」

そんなふうに戦場で場違いな会話を続ける二人に対して、サールアームはというと、警戒することしかできなかった。実際に、魔族としてはリリンの方が格上だ。そもそも、サールアームは群れを指揮して戦うタイプなので、こうして個人戦を挑まれた時点で不味い状況なのだ。

だからこそ、虫たちの残党を早くまとめ上げて、二人にけしかけなくてはいけないわけだが……もう一人のハーフリングを見るに、勇者パーティーに所属していた魔女だと気づいた。

若くして天才の名をほしいままにする危険な魔術師だ。もしここに虫たちを集めてしまったら、それこそ高火力の範囲魔術の餌食になる可能性が高い。

「さて、どうすべきか」

するとモタが意外なことを言いだした。

「んじゃ、わたしは帰るねー」

「おいおい。モタはいったい、何しにここに来たんだよ？」

リリンが唇を尖らせながら当然の疑問を口にすると、モタはあっけらかんと答えた。

「んー。『飛行』の魔術の実験かなあ。風魔術は苦手だからねー。地道な反復練習なのですよ。でも、わたしってばー、もうだいたい分かっちゃった」

モタは「じゃねー」と片手をぶんぶんと振って、無詠唱で自身にまた風魔術をかけた。そのとたん、モタは天高く飛び上がって、今度は叫ぶこともなく浮遊城にきちんと戻ったようだ。

「マジかよ……すごいな。天才と変人は紙一重って本当なんだなあ」

リリンがそう言って呆れると、サールアームはむしろ「ふ、ふふ……」と小刻みに体を震わせながら笑い出した。

「これほど虚仮《こけ》にされたのは初めてだよ」

「それは失礼した。別に侮ったわけではないのだが……まあ、あの娘《モタ》について言うと、天然《マイペース》に過ぎるんだよ。そこが良いところでもあるんだけど」

モタがこの場に残っていたら、「えへへ」と照れていたはずだが、何にせよサールアームはそんな言葉を無視して、リリンを真っ直ぐに睨み付けた。

「元帝国軍主席参謀、現第五魔王国指揮官、サールアームだ」

「ふむ。真祖カミラが次女、そして第六魔王国の外交官を務めるリリンだ。一応聞いておいてやるが、貴国は外交的努力によって当国との和平を結ぶことを望むか？」

「厚かましいものだ。左頬を殴っておいて、今さら右頬まで差し出せと言いたいのか？」

「少し違うな。とっくに両頬を殴って棺桶に入れて、今は釘でも打とうとしているところだ。指揮官なのだから、それぐらい厳しい状況に置かれていることぐらい理解できるはずだろう？」

「ほざけ」

「なるほど。それが答えか。承知した」

刹那だった。サールアームの頭部が飛んでいた。

リリンはそのままサールアームの体を切り刻んで魔核だけきれいに取り出すと、それを左手に握り締めた。サールアーム自身が感じ取った通り、魔族としての力量差があり過ぎたのだ。

その魔核をみしみしと潰しかけて、リリンはふと思案顔になった――

「そういえば、指揮官と言っていたか……残党がいるかどうか吐かせなくてはいけないかな」

こうして長年にわたった、主たるアバドンと帝国に対するサールアームの忠心は潰《つい》えたのだった。


幾つかの浮遊する鉄板に分乗して、英雄ヘーロス、モンクのパーンチ、聖騎士団とその団長モーレツは地上へと移動していた――

実は、夢魔のリリンを風魔術でぶっ飛ばした直後のモタに、「じゃあ一人ずつ飛ばそっかー？」と聞かれたものの、さすがに高高度から飛び降り自殺を志願する者は誰一人としていなかった。

しかも、モタが自身に風魔術をかけて、絶叫しながら落ちていく様をまざまざと見せつけられたものだから、魔族と付き合うとああも頭がおかしくなるのかと、聖騎士たちは全員、互いに顔を見合わせたほどだ。それでも王国の味方の危機に駆けつけたい一心で、モーレッツがセロに助勢を懇願すると、人造人間エメスがわざわざ鉄板を用意してくれた。

「ありがとうございます！」

「この御恩は決して忘れません！」

「人族と魔族とが手を取り合う未来の為にも戦って参ります！」

「リリンさんに少しでも格好好いところを見せつけて、ファン倶楽部の会員百十五号からさらなる立身出世を果たしてきます！」

聖騎士たちは口々にセロやエメスに感謝の言葉を述べた。

ちなみに、この浮遊する鉄板だが、重量制限の試験はろくに行われていなかった。エメスが良い機会だと、こっそり笑みを浮かべていたことなど、このとき誰も気づけるはずがなかった……

それはさておき、意外にも全員が何事もなく五体満足で砂漠へと到着すると、モーレッツは戦場全体に轟くかのような雄叫びを上げた。

「神殿の騎士たちを援護せよ！　王国最強の盾として——前進！」

聖騎士たちは得意の亀甲隊列を作って進み出した。

また、ヘーロスとパーンチは第二聖女クリーンたちのもとに急いで駆けつけた。巴術士ジージに助力しなかったのは、それだけ実力を買っていたからに他ならない。

「聖女殿、待たせたな」

「へえ。暗殺者タイプの虫系魔人か。面白そうじゃねえかよ」

ヘーロスとパーンチが緑色の飛蝗の虫人アルベの前に躍り出て、それぞれの武器を構えると、女聖騎士キャトルも呼応するかのように中衛に回って、クリーンと狙撃手トゥレスを守護した。このパーティーでさほど戦ってきたわけではないが、目を見張るような練度だ。

「ちぇ。これまでか」

アルベはそんなパーティーの強度を肌でまざまざと感じて、つまらなそうに舌打ちした。

これがもし闇討ちや虫の群れに紛れての奇襲だったなら、たとえ聖女パーティー全員が相手でも上手く立ち回ることができた。だが、こうして白昼堂々、開けた砂上での戦いとなると、アルベでも最早、勝機を見出せなかった。いっそ逃げるが勝ちといった状況だ。

「でも逃げるのは……もうないよな。そうだろ、兄弟?」

アルベはそう囁いた。共感覚とでも言うべきか、双子の弟サールアームの敗北を悟ったからだ。

あまり口をきかない関係だったし、自己像幻視アシエルに対して「双子の共感覚なんてない」と言い切ったものの……それでもアルベはサールアームをいつも身近に感じてきた。

そんな大切な弟が負けた。その屈辱を晴らす為にたとえ全力で逃げたとして、果たして空に浮かぶ魔王城を統べるほどの強者に手が届くのかどうか——幾匹もの斥候《スパイ》を差し向けて、全て失敗してきたからこそ、自信を持つことができなくなっていた。

アルベは「ふう」と小さく息をつき、いかにも降参といったふうに両手を高々と上げてみせる。

「元帝国軍直掩《ちょくえん》部隊長、現第五魔王国情報官、アルベだ」

するとアルベの意気を感じ取ったのか、ヘーロスが前に進み出てきた。

「聖女パーティーに所属しているヘーロスだ」

「やはり名高い英雄殿だったか。ふふ、最期にしては望むべくもない相手だよ」

「分かった。一介の武人として貴殿の命を賜ろう」

「感謝する」

直後だ。アルベの魔核はきれいに片手剣で突き抜かれていた。

リリンとは異なって無駄な攻撃など一切なく、さながら介錯《かいしゃく》の作法にでも則《のっと》ったかのような芸術的な一撃だ。これにはモンクのパーンチも「ひゅう」と口笛を吹き、またキャトルも、トゥレスも、「お見事」といったふうに首肯した。

ただし、その魔核は割れてはいなかった。剣先できれいに掬い取ったような格好だ。

「たしか……情報官と言っていたな。介錯を頼まれたわけだが……このまま捕まえて、尋問した方がよほど有益だろうか?」

武人としてはひと思いに殺《あや》めるべきだったが、今回の戦いは人族、亜人族と魔族の共闘でもある。果たして現場の判断で消滅させていいものかと、ヘーロスも迷った。

いずれにしても、こうしてアルベの忠心もまた潰えた。

実は、ヘーロスに倒される直前に、「アバドン様、先に逝かせて頂きます」と囁いていたが、この後しばらくして、サールアームと共に第六魔王国のトマト畑で害虫退治という天職に就くとは——当然のことながら、両人とも知る由もなかった。

「年だけは取りたくないものじゃのう」

巴術士ジージはいかにも「やれやれ」と感慨深げに言った。

実際に、ここ直近だけで三度も大きなミスを犯してしまった。百二十年超にも及ぶ長い人生の中で本当にありえないことだ……

その一つ目は、感情の赴くままに泥竜ピュトンを追いかけ、東の魔族領にさしたる危機感もなく突入してしまったこと。二つ目は、ピュトンを眼前にして討ち取れる好機だと捉えて、戦場全体の把握を怠ってしまったこと。そして何より三つ目は――第六魔王国を侮っていたことだ。

もちろん、セロたちの強さを測り損ねたという意味ではない。さすがのジージでも第六魔王こと愚者セロには敵わないと判断したし、実のところ、その側近たるルーシーや人造人間エメスたちにも全力で当たって勝てるかどうか、あとは運次第だと認識していた。

だから、そういった個々の実力について認識違いをしたという意味ではない。むしろ、把握できなかったのは――第六魔王国がこれほどまでに高い文明を有していたという事実だ。訪問した時に全く見抜けなかった。

今、ジージはちょうどそんな眼力の衰えを口惜しく感じていたわけだ。

何せ、浮遊城だ……

幾ら年老いたといっても、男子なら誰でも浪漫を感じる古《いにしえ》の技術の集大成みたいなものだ。まさに古代文明の遺産《オーパーツ》だ。

胡散臭い古文書や吟遊詩人の酔いどれ歌などに残されてきたので、ジージも存在だけは知っていたものの、まさか本物が実在して、こうして浮かんで遠路遥々やって来るとは……ジージとて想像だにしていなかった。

しかも、そんな御伽話《おとぎばなし》のような存在に老い先短い命を救われたばかりだ。

そんな救済があったからだろうか――ジージはまるで新たに生まれ変わったような気分にもなっていた。今までいかに狭く、低くて、かつ浅い価値観に囚われてきたことか。本来の世界とは王国やこの『砂漠』よりも遥かに広く、目指すべき頂きはあの空のように高く、また知識の海とてどこまでも深いものだ。

「そう。これぞ……天啓よな」

ジージはそう呟いて、浮遊城を仰ぎ見た。

第六魔王の愚者セロにこの残りの人生を捧げてもよいのではないかと思うまでに至っていた。どのみち神など、大神殿や生臭坊主たちの胡散臭さもあって、ろくに信じてこなかったのだ。

「いやはや、魔族嫌いのわしが魔王を信奉したいとは……ほんに人生とは楽しいものよのう」

ジージは、「かかか」と声を上げて笑った。

直後だ。ジージの体をぽわんと温かい光が包んだのだ。上空にいるセロの自動スキル『救い手』による身体強化だった。

これにはジージも苦笑するしかなかった。さながら天からの贈り物だ。幾分か若返った感覚さえある。いや、実際にそうなってしまったのだ。御年百二十歳超の爺《じじい》だったはずが、今では老年――いや、壮年といってもいいほどに体内から活力が漲《みなぎ》ってくる。

「さて、それではやり残していた仕事をしっかりと納めなくてはな」

ジージはそう呟いて、泥竜ピュトンと再度、相対した。

一方で、ピュトンは爛れた長い竜の体で渦を作りながら愕然としていた。

第六魔王国を決して舐めていたわけではなかった。だが、せいぜいポッと出の新興国くらいの認識だった。そもそも、歴史のある王国の方が工作対象として格上と見ていたし、むしろ第六魔王国については古の魔王たる真祖カミラが君臨していたときの方がよほど脅威だとみなしていた。

しかしながら現実はというと――どうだ？

まず、浮遊城だ。栄華を極めた帝国でさえ持ち得なかった、古代文明の遺産を手にしている。

次に、抱えている戦力だ。先ほど一人の女吸血鬼《リリン》が飛来して、あっという間にサールアームを蹴散らしたわけだが、それ以上に禍々《まがまが》しい魔力が浮遊城には満ち満ちている。これほど遠くに離れていても、その魔力の波動を感じ取れるということは、もしかしたら第六魔王の愚者セロは第五魔王の奈落王アバドンを超えた存在になっている可能性がある……

「いったい……どんな化け物が私たちに宣戦布告してきたというの？」

そんなふうにピュトンが呆然と宙を見つめていたら、ふいに殺気を感じた。

「ほれ」

ジージが杖で突いてきたのだ。

その棒術の攻撃のおかげで、かえってピュトンは我に返ることができた。ぼんやりしているときではない。今は眼前の宿敵ジージを何とかせねば……

ピュトンはジージに改めて牙を剥いた。

「物理攻撃が私に効かないことぐらい知っているはずでしょう？」

「なあに、頭の血の巡りでもよくしようと思ってな。それにはこうして体を動かすのが一番じゃ」

「舐めているのかしら？　それとも浮遊城でも見て、ついにボケてしまった？」

「冷静に考えて、お主に負ける要素など微塵もないからな」

「ふん。いいわ。じゃあ、少しだけ相手をしてあげる」

もっとも、ピュトンは内心では焦っていた。

ジージがずいぶんと大きく見えたせいだ。不思議と若返ったようにさえ思える。まるで百年前に対《たい》峙《じ》したときの青年かと見紛うほどだったので、ピュトンも「どうかしているわ」と頭を横にぶんぶんと振った。

どのみちまともに戦っても勝ち目が薄い相手だということは百年前から分かっていた。あのときはジージが認識阻害や封印に詳しくなかったから翻弄することができた。だが、今となってはあらゆる点でピュトンはジージに劣っている。人族は生が短い代わりに大きく成長する――そのことに不死性を持つ魔族のピュトンは嫉妬するしかなかった。事実、今とてジージは成長を遂げたのだ。

そんなジージの杖による突きが迫ってくる。

「そこじゃ。いや、こっちかの」

おかげで完全に弄《もてあそ》ばれている有り様だ。物理攻撃なのに、杖先に魔術付与して確実にダメージを与えられるように工夫されている。さらにはピュトンの十八番《おはこ》だった認識阻害まで巧みに使って、杖そのものを隠したり、わざと短く見せたりと、棒術と闇魔術を複合した武芸まで多彩だ。

「どうやら、いちいち相手にしちゃ駄目なようね」

ピュトンはそう言ってから、宙を飛んでジージといったん距離を取った。

そもそも、虫人のアルベやサールアームとは違って、ピュトンは武官ではないのだ。帝国内で最も権威のあった神殿——その巫女としてかつて天使だったアバドンに仕えていたが、奈落の瘴気で共に呪われたことで一蓮托生《いちれんたくしょう》となってしまった。そういう意味では、魔王となったアバドンに対して、アルベやサールアームみたいな武人の忠義は持ち合わせていなかった。どちらかといえば、元聖職者として、天使が受肉した王女プリムこそ新たな主人とみなしていた。

だからこそ、そんなプリムのもとに行く為にも、ここでピュトンは逃げの一手に打って出た。

今のジージとまともに一騎打ちするなど愚の骨頂以外の何物でもない。ならば、百年前と同じようにジージの認識を狂わせて逃げればいい——

「ねえ。ジージ。この数十年ほど……貴方《あなた》のことはずっと気にかけてきたのよ」

ピュトンはジージに対してやけに艶《なまめ》かしい声で話しかけた。

もちろん、ジージは眉尻を上げた。いかにも胡散臭げにピュトンをじっと見つめる。

「いきなりこんなところで愛の告白をされても困るのじゃがな」

「そう言わずに聞いてちょうだい」

「何じゃ?」

「一つだけ、ずっと不思議に思っていたのだけど……人族として百二十年ほども生きてきて、貴方が家族を持たなかったのはなぜなのかしら？」

「ふん。長らく王族の魔術指南役だったからじゃよ。お主みたいな胡乱《うろん》な者が宮廷工作を仕掛けてくるおかげで、家族が人質にされる危険性を考慮したまでじゃ。要は、これまで結婚しなかったのは――まさにお主のせいでもある」

「あら、それは……本当にごめんなさい」

「構わんよ。今は家族よりもよほど大切な者たちがおるからな」

「そうよね。弟子たちとの家族ごっこは大切だものね」

「急に何が言いたい？」

「はてさて、こんなのは――どうかしら？」

ピュトンはそう言って、認識阻害によってジージの愛弟子ことモタの姿に変じて地に降りた。

「えへへ。ジージ、どうかなー？」

ジージは目を丸くした。

一瞬、本物のモタかと見紛うほどに完璧に化けていた。

そして、「なるほどな」と納得した。勇者パーティーからモタが出奔したとき、なぜあれほど大掛かりな捜索が行われたのか――モタを殺してなり代わり、ジージに近づくつもりだったわけか。

「いちいち、やることがほんに卑怯じゃな」

「にしし。でしょー。ジージ、もっとほめてほめてー」

ピュトンはモタのように照れてみせた。

大抵の人族はこうした近しい者を目の当たりにすると攻撃に躊躇《ためら》いが生じるものだ。たとえそれが認識阻害だと頭では理解していても、どうしても情が邪魔をする。特に、ジージのように家族を持たずに多くの高弟を抱える者ほど、弟子に愛着を感じてしまって割り切れなくなる。

これはピュトンが王国での宮廷工作で培ってきた、人族に対する最も効果的な対処法だ。もちろん、この卑劣な方法でピュトンは多くの人族の強者を屠《ほふ》ってきた。

が。

「こやつめが！」

なぜかジージの棒術は冴え渡った。

「ど、ど……どゆこと？」

ピュトンはモタの姿のままで何とか避けるも、突きの連撃に堪えきれずに、ついにもとの醜い爛《ただ》れた竜の姿に戻ってしまった。

「ふん。賢《さか》しらに弟子の姿になぞなりおって」

「よくもまあ……愛弟子に……そんな過酷な一撃必殺の攻撃を幾度も繰り出せるものね。人としての情がないのかしら？」

「貴様に情なぞ語られたくもないが――そもそも、モタはわしをジージなどと呼ばん」

「え？」

「……ジジイじゃ。彼奴《きゃつ》め、最後の弟子じゃからと甘えおって、まともにわしの名前を言ったことが一度としてない」

「そ、そう。それは……何と言うか、ご愁傷様」

「化ける者を間違えたな。いつか折檻してやろうと本気で思っておったところじゃ。少しはわしの気も晴れるわい」

ピュトンが押し黙ると、意外なことにジージは杖をしまってみせた。

しかも、唐突に背中を向けて、ピュトンからゆっくりと遠ざかろうとしている。これにはピュトンも不審に思ったが、好機と捉えて牙を向けようとした――

そのときだ。

ピュトンの首には大鎌の刃先が向けられていた。夢魔のリリンだ。

「泥竜ピュトンよ。最重要参考人として貴女《あなた》を拘束します」

「い、いつの間に……？」

ピュトンはそこでやっと気づいた。

周囲に認識阻害がかけられていたのだ。真祖直系の吸血鬼――しかも夢魔の種族スキル『精神汚染』によって強化されている。

そんな認識阻害がブロックノイズとなって解けていくと、そこには虫の魔物や魔族を討伐し終えた聖騎士たちや団長モーレッツだけでなく、勢揃いした聖女パーティーや巨大ゴーレムこと『かかしマークII』までいて、ピュトンを完全に取り囲んでいた。

「わしがお主を瞬殺しなかった時点で気づくべきじゃったのう。もう逃げられはせんぞ」

ジージが背を向けたままで言うと、夢魔のリリンも付け加えた。

「貴女には王国、それに母上様の統治時代も含めた第六魔王国への工作活動に深く関わってきた疑いが持たれています。抵抗は無駄ですよ」

「もちろん、わしも付いて行ってやるぞ。全て吐いてもらうからな」

ピュトンは「ふう」と短く息をついてから、「分かったわよ」と応じて人族の姿に戻った。

元巫女だけあって、意外にも生真面目そうで美しい外見をしていたが、その皮膚は呪いによって膿んで掻き毟《むし》ったのか、所々がやはり爛れていた。

何にせよ、こうして元帝国神殿群付き巫女、かつ現第五魔王国魔王代理のピュトンは第六魔王国に拘束された。もちろん、ピュトンはこれから人造人間エメスによる情報収集という名の拷問が待っていることなど知るはずもなかった。

第五魔王国の幹部たちが次々と捕らえられていた頃――

神殿群の遺跡上に滞空した浮遊城から、セロ、ルーシー、モタや近衛長のエーク、また今回の主役たる高潔の元勇者ノーブルとドルイドのヌフが浮遊する鉄板に乗って降りてきた。

もちろん、『黒の騎士団』ことダークエルフの精鋭や吸血鬼たちが先行して、祭壇周辺に潜んでいた虫たちを倒し、さらに地下拠点内もすでに掃討済みとあって安全は確保されている。

ちなみに、人造人間エメスは司令室に残って浮遊城の操作に専念している。また、人狼の執事のアジーンは屍喰鬼の料理長のフィーアと共に、第六魔王国で留守番をしながら温泉宿泊施設にて接客中だ。

ついでに言うと、モタがわざわざセロたちに付いてきたのは、本人曰く、「なぜか『砂漠』にいるジジイから殺気を感じた。助けて、セロ」という意味不明な供述があったからで……結局、ヌフからの要望もあって、認識阻害や封印の補佐として付き添いが認められた。

「にしし。ジジイのいないところなら、火の中、水の中、何なら奈落の中までお供いたしやすぜ」

そんな調子のいいことを言いつつも、モタは「ふんす」と、手柄の一つでも立てようと気合を入れている。

「さて、セロ殿。こちらだ」

ノーブルに先導されて、セロたちは崖上の祭壇から内部に下りていった。

地上からだと神殿群は色褪《いろあ》せた遺跡くらいにしか見えなかったが、地下広間に入ってみると、意外に広大で掃除なども行き届いていた。それに先ほどまで第五魔王国の幹部たちがここで会議でもしていたのか、広間の一角には美しい装飾のラウンドテーブルがあって、その上には大きな古地図が広げられたままになっていた。その地図上には侵入者の進行ルートや虫たちの配置などが事細かく記されていた上に、壁にかかっていたボードには王国などの主要人物のリストがプロフィールも合わせて書き連ねてある。

広間の奥は聖所らしき部屋で、観音開きの重厚な鉄扉の両脇には現在、黒の騎士たちが立哨にて警戒している――

「この中に第五魔王の奈落王アバドンが封じられているはずだ」

ノーブルはそう言って足を止めた。

「準備はいいだろうか？」

ノーブルの問いかけに対して――しかしながらセロは首を傾げてみせる。

「ねえ、ノーブル。先に聞いておきたいんだけど……アバドンの封印を解く必要は本当にあるのかな？　素人考えだと、封印されて動けないアバドンに一気呵成に攻撃を仕掛ければいいんじゃないかとも思うんだけど？」

セロが素朴な疑問を口にすると、ドルイドのヌフが代わりに答えた。

「以前、セロ様にむにゅんと説明させて頂いた通り、認識阻害とは違って封印を施すと、眼前にあると分かっていてもその対象に一切触れられなくなります」

「つまり、封印がかかっている以上、どれだけの物量をもってしても、アバドンには直接攻撃が届かないってことだね？」

「はい。そういうことです。アバドンを倒す為には、どうしても一度封印を解く必要があります」

「じゃあ、戦っている間に奈落から瘴気が漏れたり、地下世界から魔物や魔族が湧いて出てきたりすることは？」

「もちろん、可能性はあります。その為にもアバドンの封印を解いた直後に再度、当方が奈落に封印をかけ直します」

「で、モタはその手伝いをすると？」

モタは「らじゃ！」と、びしっと敬礼してみせた。

お調子者ではあるが、やるべきことはきちんとやるので、その点はセロも心配していない。

「何なら、妾もその手伝いをしてやるぞ」

さらに、闇魔術に長けた吸血鬼のルーシーも話に加わる。百年前はノーブル、ヌフに当時の聖女の三人でアバドンに当たったわけだが、今回は聖女に代わって、セロ、モタに、ルーシーや近衛長エークまで付いてきている。まさに万全の態勢を敷いたわけだ。

するとノーブルがセロに告げた。

「奈落王アバドンの相手は私がやる。申し訳ないが、こればかりはセロ殿には譲れない」

「構いません。もとからそういう約束です。ただ、そうなると……僕はいったい何をすればいいのでしょうか？」

「封印に専念するヌフ、モタにルーシー殿を守ってあげてほしい。エーク殿も同じように近衛として護衛を継続していただきたい」

セロとエークはこくりと肯《うなず》いた。

当然、ノーブルは負けるつもりなどさらさらないようだ。「もしものときは後事を託す」といった話は一切しなかった。

ノーブルはセロたちの首肯を確認してから聖所の両開きの扉についに両手をかけた。とはいえ、ノーブルにしては珍しく、開けるまでにやや躊躇いがあった。百年ぶりの勇者と魔王の対面だ。さすがのノーブルも緊張しているのかもしれない……

「皆、行くぞ！」

ノーブルはそう声を上げて、「よし！」と気合を入れてからついに扉を押し開けた。

直後だ。セロたちは思わず息を呑んだ。

聖所は先程の地下広間よりも広く、大理石の床に奢侈《しゃし》な絨毯も敷かれて、最奥の祭壇まで立ち並ぶ柱にも金銀などの装飾が施されていた。さすがはかつて栄華を誇った帝国の玉座だ。

ただ、その壇上には――何もなかった。

いや、それは正確ではない。封印から漏れ出た不気味な影があった。四方の明かりによって照らし出された、大きな『×』の字の影だけがその場に蠢《うごめ》いているのだ。

「それでは、段階的に解放していきます」

ドルイドのヌフが両手をかざして封印を解くと、まず巨大な門が現れ出てきた――奈落だ。

以前、人造人間エメスの報告の中に、王国の大神殿地下にも似た物があって、古文書などに伝わる『地獄の門』そのものだったと聞かされていたので、セロもすぐにそれが奈落だと理解できた。

「さらに解きます」

ヌフがそう告げたとたん、魔力の鎖によって雁字搦《がんじがら》めに縛り付けられている人物もしだいに見えてきた。濃い緑色の虫系魔人――第五魔王の奈落王アバドンだ。

その背丈はセロやノーブルの倍ほどで、頭部の鋭い兜《かぶと》はさながら帝冠のようだ。その目は大きな金色の複眼で、基本的には筋肉質な人形《ひとがた》だが、飛蝗のように薄い四枚羽も背中に生えて、さらには外骨格が厳めしい鎧のように変形している――いかにも凶悪で禍々しい古の魔王らしい貫禄だ。

もちろん、アバドンの中心には聖剣が突き刺さっていた。

そのせいだろうか。アバドンはというと、聖剣を両手で抜きたくともできないといった体勢で、苦悶の表情を浮かべている。

そんなふうに突き立てられた聖剣が第一の封印だとすると、高密度の魔力が鎖の形を取ってアバドンもろとも門と一緒に巻き付いているのがヌフによる第二の封印なのだろう。ただ、厳重な封印が施されているにもかかわらず、この聖所は奈落から漏れ出た瘴気で満ち満ちていた。

ノーブルはいったん聖痕のある左手を宙に掲げてみせた。

「この地を浄化せよ――『光の雨』！」

ノーブルは瘴気のもやを一気に打ち消した。

そして、祭壇に真っ直ぐに歩んで、アバドンのもとに着いてから、後方にいたドルイドのヌフに視線をやった。ヌフはというと、こくりと肯いてから左手で印を切りながら右手を宙に突き出した。ついに封を切ったのだ。

次の瞬間、アバドンと門に巻き付いていた魔力の鎖は解《ほど》けていった。

「ぶるあああっ！」

アバドンが息を吹き返す。

これまではヌフの封印によって、触れることも、耳にすることもできなかったわけだが、この百年間ずっと――アバドンは呻《うめ》き続けていた。

ノーブルはそんなアバドンのもとに行って、聖剣の柄へと手を伸ばした。アバドンが苦し紛れにノーブルの腕をがっちりと掴むも、ノーブルは気にする素振りを見せない。二人の視線はまるで磁石のように互いに引き付け合っていた。

「勇者ノーブルか……我にわざわざ倒されに来たか」

「久しいな、魔王アバドンよ。その減らず口を閉ざす為に戻って来てやったぞ」

すると、アバドンはいかにも不可解そうな顔《や》つきになった。

「ん？　おや？　貴様……人族であることを止めたのか？」

「世界に仇なす奈落王を討つ為ならば、人族だろうが魔族だろうが関係ないさ」

ノーブルがそう言い返すも――アバドンはむしろ「く、くく……うははは っ！」と高笑いした。

「何がおかしい？」

「いやはや、歴史は繰り返すというが、古の大戦以来、まさかまた勇者が魔族になるとはな。なるほど。これが因果律というものか」

アバドンはそう言って、腕に力を込めてノーブルに聖剣を引き抜かせた。

「うがあああああ！」

聖所全体に絶叫が轟くのと同時に――

解放されたアバドンは即座に動いて、まずヌフに爪による攻撃を仕掛けた。

おそらく封印を施すことができるドルイドを先に始末して、再度封じられる危険性《リスク》を減らしたかったに違いない。

が。

「そうはさせない！」

セロが棘《とげ》付き鉄球を放ってヌフを咄嗟に守った。

「ちい！　貴様は誰だ？　魔族のくせになぜ邪魔をする？」

「挨拶が遅れました。第六魔王の愚者セロと言います。高潔の元勇者ノーブルとの約定に従って、僕の目が黒いうちはヌフに指一本触れさせません！」

「は？　第六魔王だと？　貴様が？」

アバドンはそう言って、きょとんとした顔つきになった。

「まさか、真祖カミラがくたばったのか？　ふ、はは、ひひひ！　これはこれは！　傑作だな！」

ヌフへの攻撃を邪魔されたばかりなのに、アバドンは腹を抱えて大声で笑い始めた。これにはさすがにセロも、ノーブルも、眉をひそめるしかなかった。

「いったい何がおかしいのです？」

セロがそう尋ねると、アバドンは腹を押さえながら逆に問い返してきた。

「貴様が真祖カミラを討ったのか？」

「そうです」

「では、そこにいるカミラによく似た吸血鬼は？」

いきなり話を振られたものの、ルーシーは臆せずに答えた。

「妾は真祖カミラの長女ルーシーだ」

「ほう。娘か。あの修羅が魔族の娘を持ったのか。時代とは――移り変わるものよなあ」

アバドンはどこか感慨深げに言葉を吐き出すと、再度、セロに視線を向けた。

「それほどの魔力を持ちながら、いまだに魔核が不安定ということは……貴様もノーブル同様、元人族なのだろう？」

「ええ。それが何か？」

セロが訝《いぶか》しげに応じると、アバドンはいかにも理解できないといったふうに笑みを歪めて、セロとノーブルを嘲笑ってみせた。

「もしや地上に残った天使に唆《そそのか》されたのか？　真に愉快だ。いやはや、痛快無比とはまさにこのことだな。人族の本当の庇護者を人族自身が殺してみせるとは……やれやれ、人とはほんに業ばかり深い欠陥品よな。そう考えると、たまらなく愛おしくなってくるものだ」

アバドンはひとしきり笑い終えて、「はあ」とため息をついた。

そして、聖所をゆっくりと見回した――相対しているのは、かつてと同様にノーブルやヌフ、それに加えて第六魔王を名乗ったセロ、真祖直系の吸血鬼のルーシー、さらにハーフリングの魔女《モタ》とヌフの護衛《エーク》といったところか。百年前よりもよほど実力者を揃えてきたなと判断したわけだが……

アバドンは聖所の柱の陰にちらりと視線をやってから、「ふむん」と息をこぼした。

そもそも、アバドンにとって相手なぞどうでもよかった。ついに封印から解放されたのだ。しかも、よりによって眼前には強者ばかりだ。敵に不足はない。

「楽しみだ！　また戦える！」

「アバドンよ。ゆめゆめ忘れるな。相手はこの私だ！」

すると、ノーブルが聖剣を片手に祭壇から下りてきて、アバドンへと真っ直ぐに向いた。

アバドンはにやりと笑った。結局のところ、人族にせよ、魔族にせよ、考えていることは同じだ――百年前の決着をつけたいだけなのだ。

「よかろう！　高潔と謳われし勇者ノーブルよ。せっかくこうして見届け人もいるのだ。共に冥界にでも落ちようぞ！」

第五魔王の奈落王アバドンは自らの爪を伸び縮みさせて戦うスタイルのようだ。

モンクのパーンチに近い拳闘士系とも言えるが、巨大で鋭利な角もある上に、背中に羽も生えているので種族特性として『飛行』も可能だ。さらに聖所内の明かりがアバドンを四方から照らし、うっすらと四つの影が足もとにできている——それらが不気味に蠢くと、真っ黒なアバドンとなって四体も立ち上がってきた。

どうやら自己像幻視のアシエルの一人目《オリジナル》も共に戦うらしい。そんな複数の敵に対してセロが顔をしかめて、「手伝おうか？」と高潔の元勇者ノーブルに問いかけるも、

「問題ない。百年前と同じだよ。あれらはアバドンの一部らしい。何にせよ、想定済みだ」

そう力強く言い切って、ノーブルはセロの助力を断った。

とはいっても、実質的には五対一ということで、セロはドルイドのヌフにどこか不安げな視線をやった。もっとも、ヌフもきっぱりと答える。

「たしかにかつてはノーブルも相手の手数の多さに圧倒されたものです。実のところ、百年前に当方が封印を完全に施せなかった理由もそこにありました」

「じゃあ、やっぱり助太刀した方がいいんじゃない？」

「セロ様。ノーブル自身が必要ないと言い切ったのです。あれから多くの時間が流れました。さすがに彼ほどの者が同じ轍《てつ》を踏むとは思えません」

セロはヌフの言葉でかえって恥じ入った。仲間を疑ってしまったからだ。

一方でノーブルはというと、かつて魔王城の裏山のふもとでセロと戦ったときと同様に、聖剣を中段に構えたシンプルなスタイルだ。もしかしたら、得意の『連撃』も手数の多いアバドン対策として

生み出された攻撃スタイルなのかもしれない。

「では、行くぞ。アバドン！」

「来いやあああ、ノーブル！」

ノーブルの呼びかけにアバドンは応じて腕を組んで、仁王立ちしてみせた。

その直後だ。激しい剣戟の音が聖所に響いた。ノーブルは最初から全力で連撃を叩き込んだ。傍から見ていると、まるで横殴りの強い雨のようだ。セロさえも目で追うのがやっとだった。よくもまあ、あんな連撃をセロは初見で防げたものだなと感心した。

そんな聖剣による無数の突きに対して、アバドンは鋭利な角と二本の腕に加えて四つの影《アシエルたち》によって、まるで雨粒でも払うかのように全て受け流し続けた。

「ほぼ、互角か……」

セロは互いの初手でそう判断した。

もちろん、ノーブルにはセロの『救い手』によって身体強化がかかっている。

その一方で、アバドンも百年もの間ずっと地下世界の瘴気に晒されて、内包する魔力が膿んで外に排出されるほどに強化された。いわば、地下に棲む凶悪な魔王たちにも劣らない力を手に入れたわけだ。そういう意味では、これこそが本物の勇者と魔王の戦いと言ってよかった。古文書や吟遊詩人たちによって紡がれてきた戦いが――今、まさに、セロたちの前で繰り広げられている。

「アバドンよ、喰らえ！」

ノーブルは聖剣による突きに徹していた。

もし斬るか、薙ぐかして、角や爪に剣先を弾かれるか、また捕らえられたならば、そのまま他の凶器でがら空きになった体に攻撃を受ける。だから、ノーブルはなるべくアバドンに搦め捕られないようにと突くことだけに専念した。

「ふん！　洒落《しゃら》くさいわあああ！」

そんな連撃に対してアバドンはというと――むしろ戸惑っていた。

想定以上にノーブルが強いのだ。百年前のノーブルは光系の魔術の『聖槍《ホーリーランス》』などを多用してアバドンの手数に対抗する派手な立ち回りをした。それなのに、今は地味な突きのみで伍《ご》している。

「ふん。小癪な。ノーブルめが！」

「そちらこそ、さすがにやるな。アバドン！」

何にせよ、第三者のセロからすると、まさにがっぷり四つといった状況だ。

互いにまだ見せていない攻撃手段もあるはずで……おそらく先に動いた方が不利になるに違いないとセロは踏んだ。

ただ、今は観戦している場合ではなかった。再度、奈落の封印を試みるヌフ、それにルーシーやモタたちの護衛をしなくてはいけない。ノーブルの連撃によってアバドンが足止めを受け、奈落から離れている今こそが好機だ。

実際に、ルーシーが前に立って、ヌフは祭壇前の小階段を駆け上った――

「ふふ。なるほど。これが奈落か……なかなかにおぞましい門よな」

「はい。当方も長く見ていたいとは思いませんね」

ルーシーも、ヌフも、奈落を前にして顔色一つ変えなかったものの、モタはというと「火の中、水の中、何なら奈落の中までお供いたしやすぜ」と言っていたわりには、その扉の中を興味本位にこっそりと窺って、「ひょえええ」と尻込みした。何しろ、瘴気が色濃く漏れてくるのだ。

モタは魔女だからそれなりに耐性はあるはずだが、さすがに呪われたくないのだろう。ヌフの背中にこそこそと隠れだした。そんなモタに対して、ヌフは苦笑を浮かべるも、右手をかざしてまずは魔力の鎖を作って門を縛り付けた。

もちろん、モタとて何もしなかったわけではない。瘴気が黒いもやとなって詠唱中のヌフに取りつかないようにと、ルーシーと一緒になって風魔術などで散らしている。

そんな様子をちらりと見て、セロは「ほっ」と一息ついた。奈落の再封印については問題なさそうだ。セロは共にいたエークに視線をやって、「頼んだよ」と三人のことを任せて、今度は小階段の上からノーブルたちの戦いを望んだ。

ちょうどそのときだ。事態が急転した。

アバドンがついに痺れを切らして先んじて動いたのだ。影である四体のアシエルが蝗害《こうがい》に変じてノーブルに一気に襲いかかり始めた――

「さあ、虫どもよ！　このまま何もかも喰らってしまうのだあああ！」

ノーブルはいったん距離を取った。無数の羽虫が襲ってくるのだから、片手剣だけでは防ぎようもない。だが、ノーブルはいかにもしてやったりといった表情を浮かべた。

「かかったな、アバドン！　今こそ、愛しき人よ。貴女の力をお借りします――『聖防御陣』！」

そんなふうに詠唱破棄によって、ノーブルは百年前の聖女から受け継いだ聖なる壁でもって黒い羽虫たちを一気に取り囲んだ。さらに、その範囲をじりじりと狭め、蝗害を消滅させたのだ。

これにはさすがのアバドンも「馬鹿な……」と絶句した。

連撃といい、聖防御陣といい、どうやらノーブルはアバドンの手数の多さを攻略する為にしっかりと対策を講じてきたようだ。

いわば、セロと戦ったときと全く逆の状況だ――ノーブルはアバドンの手の内をよく知っていたが、アバドンはそれほどでもなかった。増幅した魔力に奢《おご》ったのだ。結果、戦う前からすでにノーブルは優位に立っていた。

「おら、おら、おらおらあああ!」

今となってはノーブルの連撃もさらに冴え渡って、逆にアバドンは余裕をなくしていた。

影たるアシエルたちが一気に消失してしまった上に、そもそもアバドンは先ほどまで胸に聖剣が刺さっていたので、そのダメージもまだある。今やずいぶんと動きが鈍くなってきた。

「これでノーブルが勝ったかな?」

セロは祭壇の小階段から戦況を確認して、「ふう」と一つだけ息をついた。

が。

その直後だ。唐突にノーブルの影が揺らめいた――

「油断したなあああ、ノーブル!」

その影が立ち上がって、ノーブルを背後から爪でもって突き刺そうとした。

同時に、セロたちの影も不審な動きをし始めた。いきなりセロたちに襲いかかってきたのだ。

どうやら聖所にいた一人目のアシエルは四体に分かれただけではなかったようだ。そもそも、明かりは四方だけでなく、直上にもあった。それが最後の一体となってさらに分散したのか――聖所のあらゆる物陰にこっそりと潜んで隙を窺っていたわけだ。

もちろん、セロ、ノーブルやエークにとって、気づいてしまえば何てことはない相手だった。

だが、そこで意外な人物が現れ出てきた――よりにもよって、王女プリムだ。

「今、貴女に奈落を封印してもらっては困るのです」

王女プリムは片手剣を持って、聖所の柱の陰からヌフのもとに躍り出てきたのだ。

そばにいたルーシーが「危ない！」と気づき、影たちの攻撃を捌《さば》きながら庇おうとしたが、

「ぐふっ」

と、詠唱中のヌフは胸を突き刺されて、瀕死の状態に陥《おちい》ってしまった。

セロやモタはすぐにアイテムボックスから回復薬を取り出すも、そのタイミングでまた無数の影が浮かび上がってきた。どうやらこの聖所内にいる限り、アシエルは湿地帯の亡者と同じく無限湧きしてくるらしい……

しかも、ノーブルはヌフの怪我に気を取られたのか、アバドンの攻撃を受けてしまった。

致命傷には至らなかったが、魔核に傷が付いたのか、その場に蹲《うずくま》ったままで微動だにできない。

アバドンはノーブルに止《とど》めを刺そうと、二つの腕を大きく振りかざした。

「ふん。ノーブルよ。よくぞ戦ったと褒めてやろう。まあ、対策を講じていたのは貴様だけではなかったということだ」

「その対策が……よりにもよって、別の者による不意打ちか？」

ノーブルは王女プリムに視線をやった。

砦にいたときに姿絵が回ってきたことがあったので、人形姫と謳われる外見は知っていた。

ただ、今のプリムはどこか超然とした雰囲気があった。まるで人族をとうに辞めているといったふ

うだ――間違いない。天使がとり憑いているのだ。

するると、アバドンは「かかか」と高笑いした。

「たまたまだ。まあ、貴様との戦いにこうして勝てるのだから誉れとみなしてもいいがな」

「変わってしまったのだな、アバドン……百年前はもっと愚直だったはずだ」

「逆だよ、ノーブル。貴様が変わらずにいただけだ。高潔と謳われた勇者だけあって、愚かしいほどに固陋《ころう》なままだったな」

「せめて信念を持っていると言ってくれ」

「ふん、信念か。くだらない！　こんな世界でいったい何を信じられるというのだ？　神も、天使も、創られたものだというのに！　ならばこそ、貴様の信心――今、この手で砕いてやろうぞ！」

アバドンは唾棄して、眼下のノーブルに対して満面の笑みを浮かべてみせた。

「我の勝利だ！　ふ、はは、ははははあああああ！」

そんな嘲笑が聖所に響く中で、セロは努めて冷静に王女プリムの前に立った。

「お久しぶりですね、プリム様」

「ええ、セロ。真祖カミラの討伐報告以来ですか。まさかこんなところでお会いできるとは思ってもいませんでした。攻めてきたのは、てっきり聖女パーティーだと思っていましたから」

「僕だってこんなに早く来られるとは思っていませんでしたよ。ところでプリム様――こちらにはいったい何の御用で？」

セロが冷めた声音で問いかけると、プリムは堂々と言ってのけた。

「観光です」

「供も付けずに？」

「はい」

「バーバルはどこに行ったのですか？」

「はて、分かりかねますわ。とうに婚約は破棄されております」

「王都から共に逃げたと耳にしましたが？」

「ただの噂でしょう？　賢者になると謳われた貴方がそんなつまらない話を信じるだなんて……」

「残念ながら、今の僕は賢者ではなく愚者です。だからこそ、そろそろ互いに腹の探り合いも止めましょうか。貴女はいったい――何者なのです？」

　セロがそう問いかけたとたん、プリムの背中には二対の羽が生じた。

　さらに天輪が浮かび上がって、セロは思わずその神々しさに片膝を突いた。元聖職者だから自然と頭《こうべ》が垂れかけたわけではない。この天使は紛う方なく――強者だ。

「原初の天使、『孤独』を司るモノゲネースと申します。以後、お見知りおきくださいませ」

　どこかへりくだった物言いだったが、セロは相変わらず立つことができなかった。ただ、プリム――いや、天使モノゲネースは聖所の宙に滞空して、セロを睥睨《へいげい》しながら微動だにしなかった。

　どちらもろくに動けなかったのだ。互いの内包する魔力がぶつかり合って、せめぎ合って、それぞれが螺旋を描いて、この聖所に漂い始めた瘴気まで取り込み、さながら暴風のように渦巻き始めた。

原初の天使と魔神に等しいとされる魔王――この二人の睨み合いはまさに古の大戦の再現に違いなかった。

　そんな魔力の激流の最中で、二人は沈黙を貫いた。

セロは棘付き鉄球を放てなかった。

同様に、天使モノゲネースも宙に羽ばたくだけだった。

セロは不安に駆られた。何かがおかしかった。額からつうと汗が垂れる。どういう理屈かは分からないが、理性ではなく、感性がセロを押し留めていた。

今、ここで、天族と戦ってはいけない。そんな気がしたのだ。手を出したら全てが終わってしまう予感があった。セロが負けるとか、第六魔王国が潰えるとか、そういったことではない——なぜか世界そのものの危機のように思えた。そんな悪寒だけがあった。

そのときだ。

「セロ！　後ろだ！」

壇上からルーシーの絶叫が上がった。

すぐ背後には——いつの間にか、アバドンが迫っていた。

「隙を見せたな、セロとやら。神の座に魔王は二人と並び立たん。貴様はここで逝ね！」

もっとも、そんなセロを突き飛ばすようにして、負傷していたノーブルが飛び込んできた。

直後、セロにはノーブルの頭部を爪が抉《えぐ》ったように見えた。

「ノーブル！」

今度はセロが声を荒らげる番だった。

実際に、ノーブルは魔核を削られていた。魔族にとっては消失の危機だ。セロがノーブルを守る為に立ち上がろうとするも、天使モノゲネースが邪魔をしてまたセロを押さえ込んだ。

すると、聖所にはアバドンの厳かな声が降りた。

「そんなに死に急ぐか、ノーブルよ。ならば、ここでお別れだ。我を長らく封じたことをせいぜい誇って死んでいけ。さらばだ」

アバドンはそう言って、今生の別れとばかりにノーブルをじっと見下ろした。一方で、ノーブルは貫かれた額を片手で押さえながら無言で睨み返した。

わずかな間隙。アバドンはついに片手を振りかざした。

が。

次の瞬間、意外な声が二人の間から上がった。

「そんなに別れたいのならば、当方が手伝って差し上げましょうか？」

直後、壇上で倒れていたはずのヌフの姿がかき消えた。同時に、ノーブルを守るようにしてアバドンの前にヌフが立ち塞がった。

認識阻害だ。闇魔術が得意なルーシーやモタさえ気づけなかった。実のところ、聖所に入ってからすぐにヌフは偽者を作って、本人はこうして身を隠していたわけだ。おそらく百年前の戦いの経験から、アバドンの影による不意討ちまで想定していたのだろう。

つまり、ノーブル同様にヌフも対策を講じてきたのだ。もちろん、セロも、またノーブルでさえも欺《あざむ》かれた。さすがは第一人者だ。

そんなヌフはというと、片手をアバドンの胸に当てて、魔力の鎖でもって角と腕をあっという間に封じた。

「ちいいい！」

アバドンが舌打ちするも、すでにヌフの姿はまた消えていた。

「どこに行った、あの術士めがあああ！」

「ここですよ」

ヌフはノーブルに寄り添っていた。法術でもって回復を試みたようだ。

「やれやれ。まさか……私まで騙してくれるとはな」

「敵を欺くにはまず味方からと言いますからね」

「そうか。ならば、私も――そろそろ欺くことを止めた方がいいのだろうな」

ノーブルがそう呟いたとたん、聖所に無数に立ち上がっていた影《アシェル》が一気に消滅していった。これにはアバドンも顔を引きつらせたが、ノーブルはさも当然といったふうに答えを示した。

「初手で『光の雨』を降らせておいただろう？　こうして光の地形効果を強めれば、薄まった貴様の影などそもそも敵ではない」

「ノーブル！　たばかったな！」

「お互い様だろう。それにいいのか？　胸もとが、がら空きだぞ？」

ちょうど片腕を振りかざしていたアバドンに対して、ノーブルは火事場の馬鹿力で聖剣を一気に胸に突き立てた。

「貴様あああ……」

「手数がやたらと多い敵の隙を片手剣でいかに突くか……百年間ずっと考え続けてきたが、結局、私には冴えない答えしか出せなかったよ――いわゆる肉を切らせて骨を断つというやつだ」

「愚かな勇者めが……」

「愚者と呼んでくれるのか。それこそまさに誉れだな」

ノーブルはそう言って、アバドンの魔核もろとも聖剣を振り上げて斬り捨てた。こうして百年にも及ぶ因縁の戦いに幕が下りたのだ。


「はあ。うまくいかないものですね。まあ、いいでしょう。盤上の駒が一つ減っただけです」

王女プリムもとい天使モノゲネースはそう言って、「ふふ」と笑みを浮かべてみせた。

「セロよ。いずれまたお会いしましょう」

それだけ言って、モノゲネースは自身に法術の『転移』をかけた。

その瞬間、モノゲネースの姿はかき消えた。

圧していた脅威《プレッシャー》がなくなって、セロはすぐさま高潔の元勇者ノーブルとドルイドのヌフのもとに駆けつけた。

ノーブルによって、第五魔王の奈落王アバドンが斬られたとはいっても、まだ完全にその肉体が消失したわけではない。一度はアバドンの姦計に嵌《は》まって、ヌフに重傷を負わせてしまった。認識阻害による偽者だったから良かったものの、さすがに二度目は許されない……

だから、セロはルーシー、モタや近衛長エークと共にヌフを囲んで慎重に守りつつ、アバドンに止めを刺した後にまた蹲ってしまったノーブルに尋ねた。

「怪我の具合は大丈夫ですか？」

「大丈夫だ、問題ない。ヌフの法術によって少しは回復できた」

ノーブルがそう答えると、ヌフは再度、回復を試みようとした。

ヌフはダークエルフなので本来は魔術が得意だが、さすがに長く生きているだけあって法術の腕も相当なものだ。これならばセロがアイテムボックスに大量に溜め込んでいたポーションも必要なさそうだ。

その一方で、魔核を見事に真っ二つに斬られたアバドンはというと、その巨体が塵と化していく中で、じりじりと後退していった。

「奈落を……守らねば……」

最早、それは執念と言ってもよかった。

古の大戦後に天使としてこの地の奈落を監視して、また長らく帝王として人族と共にその門番を務め上げ、さらには漏れ出る瘴気によって魔王に変じてからも門と共にあり続けた。奈落を守ることはアバドンにとって存在意義といっても過言ではなかった。

だが、それだけにセロには大きな疑問があった――

なぜこれほど強い魔族が地上世界で門番を務めていたのか？

天族や人族が地下世界に通じる奈落を警戒して閉じるのは理解できる。しかし、魔族となってからも門を閉ざし続けたのが分からない。門を開けて地下世界の魔族を引き込めばいいのではないかと、誰もが考えるところだ。

そんな当然の疑問をセロは抱いていたが……結局のところ、それを問いかける余裕もなく、肝心のアバドンはついに門にどすんと背を預けた。その巨躯はすでに両腕と羽を失って、ほぼ消えかけている。

「守らねば……また、大戦が……今度こそ、世界が、消え、失せ――」

アバドンはまた言葉を漏らした。

セロはふいにその話に興味を持った。先ほど、天使モノゲネースに対峙したときにもそんな危機感を覚えたばかりだった。

が。

直後だ。パリンッ、と。

ドルイドのヌフによる一時的な封印の鎖が何者かによって散々《ちりぢり》にされた。

さらに門がゆっくりと開くと、そこから唐突に突き出た右手がアバドンの頭部を鷲掴みにして、壊れかけの魔核もろとも握り締めた。

アバドンが呻く――

「貴方、は……」

「これまでよくぞこの地を守護しました。冥王様も、貴公の貢献には大変満足しておられます」

「左様、です、か……」

「はい。その魂が天界、または冥界のいずれに戻るにしても、功績は十分に称えられることでしょう。さあ、お逝きなさい」

「この、奈落、は……?」

「貴公が案ずることではありません」

次の瞬間、その手はアバドンの魔核を潰した。

アバドンは一瞬で灰になった。これにて第五魔王は消滅したわけだ。この地上世界に残った魔王は第三魔王の邪竜ファフニールと第六魔王の愚者セロだけとなった。

だが、そんな魔王たちよりも遥かに濃い魔力を瘴気と共に放ち続ける者が門の奥にはたしかに存在した――瘴気が呪詞として色濃く漂ってきたせいで、その姿はうっすらとしか見えないが、どちらかと言えば天使に近い超然とした雰囲気があった。アバドンほど大きくはないものの、人形《ひとがた》で、その背には二枚の黒翼まで見える。ただし、片翼だ。

聖所の明かりが微かにその風貌を照らすと、彫像のように美しい顔が浮かび上がった。そこにはなぜか黒塗りで罰点が刻まれている。

「天界との約定により、私めはこの地に足を踏み入れることができません」

その者はあくまでも淡々と語った。

それなのに、言葉の抑揚だけで空気が幾重にも震えた。

途方もない威圧感だった。先ほどの天使モノゲネースを優に超えるかもしれない。おかげでヌフはじりじりと後退し、モタはその場で尻込みして、エークでさえも片膝を突いたほどだ。

何とか真っ直ぐにその者を見据えていたのは――セロ、ルーシーとノーブルだけだった。

「ふむ。一人が合格。二人がまあ及第点といったところでしょうか。いずれも優秀な魔族ですね。これには冥王様もお喜びになることでしょう」

「貴方は、いったい？」

セロが短く問いかけると、その者は笑みを浮かべてみせた。

好意的に笑ってくれたはずなのに、その表情にはむしろセロたち全員を恐怖でもってどん底に突き落とすかのような凄みがあった。

「おや。これは失礼。挨拶が遅れてしまいました。私めは——ルシファーと申します」

「ええと……こちらこそ聞いておいて先に名乗らずにすいません。僕は第六魔王の愚者セロです」

「これはご丁寧に。ですが、もちろん存じておりますとも。この地上世界で起きている大抵のことについて私めはとうに知っています」

その者ことルシファーは言って、鷹揚に肯いてみせた。

地下世界にいるはずなのになぜ地上のことに詳しいのかと、セロは疑問を感じたが、何にせよ根本的な質問を口にした。

「貴方は……もしかして地下世界の魔王なのでしょうか？」

「魔王？　私めがですか？」

ルシファーはそう言って、「く、ふふ」と含み笑いを浮かべた。

それだけでその場にいた全員が絶望を感じた。ヌフは「いやっ」と耳を塞ぎ、モタでさえ「あわわ」と泣きだした。

「いやはや、これはまた大変失礼いたしました。本当に久しぶりですよ。こんなふうに楽しい会話というものは」

「では、魔王でないとしたら……いったい？」

セロは片頬に冷たい汗が流れていることに気づいた。

これまで地上では圧倒的な強者だったので分からなかったが、セロは初めて格上の魔族と対峙しているのだと実感できた。それほどの者が魔王でないとしたら、はてさて何者だというのだ？

「強いて言えば、そうですね……せいぜい使い魔《メッセンジャー》といったところでしょうか。私め如きなぞ、冥王様の使いっ走りに過ぎません」

「そ、その冥王というのは？　魔王とは異なるのでしょうか？」

そのとたん、ルシファーの表情が曇った。

聖所の空気が一気にぴしりと凍り付いたかのようだった。ルーシーでさえ「痛っ」と両腕で体を抱きしめ、ノーブルは「くう」と呻った。セロの頬を過ぎた汗が頬を削って、そこが凍傷になったような気がした……

「言葉を慎みなさい。若き魔王よ。それは大変に失礼な物言いですよ」

わずかに怒りで震える声音は、一瞬で部屋に絶対的な静寂をもたらした。

セロたちはつい武器に手を伸ばした。だが、ルシファーはというと、「ふむん」とまた鷹揚に肯き、ぽんと両手を軽く叩いて、その場の雰囲気を落ち着かせた。

「しかしながら、冥王様はご寛容です。貴方の無知をきっとお赦《ゆる》しになることでしょう。というよりも、むしろ貴方が真の魔王となる為に、私めをここに遣わしてくださったのです」

そう言って、ルシファーは巻かれた羊皮紙をセロにぽいと投げて寄越した。

「これは……？」

「冥界にて行われる『万魔節《サウィン》』への招待状ですよ」

その言葉にセロは聞き覚えがあった。

たしか魔王同士が会食をする場だと、ずいぶん前にルーシーが教えてくれた気がする。てっきり地上にいる魔王の会合か何かだと思っていたのだが……

「詳細については、地上にいる第三魔王こと邪竜ファフニールにでもお聞きください。それと――」

そこでルシファーはいったん言葉を切ると、ルーシーとノーブルを交互に見た。

「先ほどアバドンが話していましたが、かつて勇者の始祖となった者が魔族に変じた件についてもやはりファフニールに聞くとよろしいでしょう。いずれ、貴方がたの前に敵として現れるやもしれません」

ルシファーはそこまで言って、またセロに視線をやった。

「そうそう、天使なぞと戦わなかったのは英断でしたよ。せっかく、これまで長く続けてきた約定が破られるところでしたからね。私めとしては久方ぶりに肝が冷えたくらいです」

セロがすぐさま「それはどういう意味で――」と尋ねようとするも、

「では、私めはこれにて失礼いたします」

ルシファーはそう告げて、門を閉めようとした。

「ゆめゆめ、この門の封印を忘れないようにお願いいたします。私めがいる間は何者も寄っては来ないでしょうが、離れた場合はその限りではございません」

「待ってください！　なぜ魔族である貴方が奈落の封印を願うのですか？」

セロが何とか問いかけると、ルシファーはわずかに開いた隙間から饒舌《じょうぜつ》に語り出した――

「この門は少し事情が複雑でしてね。それに加えて、まだご存じないのかもしれませんが、奈落に封印を施して地上世界と冥界との繋がりを断っているのと同様に、軌道エレベーターにも封印は施されていて、地上と天界との接触を防いでいるのです」

「軌道エレベーター?」

「ええ。全ては古の大戦時の天族と魔族との約定によるものです。何でしたら、これもまたファフニールに聞くとよろしいでしょう。それでは『万魔節』でお会いするのを楽しみしておりますよ」

直後。奈落は閉じられた。

同時に、ドルイドのヌフが何とか立ち上がって、再度封印を試みる。

ルーシーやモタもそれを手伝い、ノーブルも聖剣を扉に突き刺して封印を重ね掛けした。そんなノーブルの行動にセロも驚いたが、ノーブルは「やれやれ」と頭を横に振った。

「魔核が傷ついてしまったようなので、すぐには奈落の底には行けません。あれ程の者が地下世界にいるわけですから……今は私自身の回復と、何より封印を優先します」

「そうですか。では、完全に治るまで赤湯にでも入って、第六魔王国でゆっくりしてください」

「ありがとうございます。それと、『万魔節』の件、もし随伴者が必要ならば、是非とも私にお声掛けいただきたい」

「地下世界の魔王たちと戦う為ですか？」

「もちろんそれもありますが……より正確には見定める為です。今の私では先ほどのルシファーに敵いません。それに冥王という存在も気にかかる」

「王に対する帝王のようなものでしょうか？」

「分かりません。実のところ、一度も耳にしたことがない。だからこそ、私たちは知って、さらに強くなる必要があるのです」

セロはノーブルの言葉に深く肯いた。

そして、その手をノーブルへとゆっくりと伸ばした。ノーブルは笑みを浮かべてセロの手を取った。かつて勇者によって何もかも奪われた魔王は——こうして新たな勇者《なかま》を得て、強大な敵に立ち向かう覚悟を決めたのだった。


この世界は天界、地上世界こと大陸、地下世界こと冥界の三つに分かれている。

そして、今、ここは冥界——『地獄の門』こと奈落の遥か底に広がっている地下世界だ。

地下世界において大陸はほとんど形を成していない。とはいえ、かつてはここも地上と同様に、緑豊かな大地も、青き海も、果てなく澄んだ空も存在していた。

だが、魔族同士の長き戦いの末にかなりの部分が消失してしまった。おかげで日は落ち、月は欠け、海も干上がって、そのほとんどが血と毒に塗れ、さらに大地も幾つにも割れてしまった。

ただ、現在の冥界はそんな混沌が支配する場所ではない。

意外に思われるかもしれないが、この地下世界はずいぶん以前に冥王によって平和と調和がもたらされた。もちろん、この世界のどこか片隅にはいまだ冥王に従わない魔族もいるにはいるが、あくまで少数派に過ぎない……

以前は七十二もの魔王が群雄割拠した冥界だったが、そんな力と野心を持った魔族たちも、今や冥王配下の三人の強大無比な魔族に従っている——第四魔王の死神レトゥス、第二魔王の蝿王ベルゼブブ、そして第一魔王の地獄長サタンだ。

そういう意味では、地上世界の事例でたとえるならば、冥王はいわゆる帝王として君臨し、第四魔王こと死神レトゥスは霊界という名の大神殿の神官長、第二魔王こと蝿王ベルゼブブは魔界で多くの魔族を飼いならす軍団長、そして第一魔王こと地獄長サタンは冥王に叛意を持つ罪人を地獄《ゲヘナ》という名の牢獄に閉じ込める司法長に当たる職に就いていると言っていい。

そんな冥界において現在、古の大戦以来、久しくなかった激震が生じていた——


阿鼻叫喚という言葉では生温い声が先ほどから漏れ聞こえてくる。

ここは地獄。いまだに冥王のもとに下らず、叛意を持った罪人たちを閉じ込めて、際限のない苦痛を与える絶対監獄だ。

そんな永久の煉獄の中央に一つだけ、ぽつんと不釣り合いな建物があった。そこはコンクリートが打ちっぱなしで、ある意味で無機質な芸術のようにも見える三階建ての官舎だ。

その廊下を足早に進む者たちが二人いた——

地獄長サタンの配下こと、悪魔のベリアルとネビロスである。

悪魔ベリアルは目が覚めるほどの美青年で、ブラウンのツイードジャケットを着込んだ小粋なドレッサーでもある。いかにも自分の格好好さをわきまえているといったふうで、一見すると軽薄そうだが……どこか不思議と物憂げな眼差しを携《たずさ》えている。

一方で、悪魔ネビロスはゴシック趣味の少女だ。刺繍の入ったマントを纏って、フードを目深に被っているところは人狼メイドのドバーを彷彿とさせる。ただ、こちらの方がよほど不気味な雰囲気を漂わせて、その手にはゴシックドレスを着せた人形を抱えている。

そんな二人が建物三階の執務室らしき場所に着くと、ベリアルが先んじて、トン、トンと丁寧に扉をノックした。その扉は華美な装飾などの一切を排除した、とても簡素なものだった。

「入室を許す」

扉越しに、ひどく冷淡かつ事務的な声音が届いた。

ベリアルも、ネビロスも、「ごくり」と唾を飲み込み、「失礼いたします」と告げてから室内に数歩だけ踏み込んだ。そして、すぐに跪《ひざまず》いて視線を床に落とした。室内もまた質素で、仕事に必要なもの以外は何も置いていない。せいぜい床に敷いてある血が滲んだかのように赤々しい絨毯だけが唯一の装飾品か。

「ふむ。時間通りだな。よくぞ来てくれた」

「もったいないお言葉です」

「もったいなさ過ぎて、ベリアルを殺したくなるくらいです。死ね」

ネビロスの口の悪さは熟知しているのか……

執務室の最奥の机にて書類仕事をこなしていた壮年の男性は無言のまま、何も咎めずにペンを走らせ続ける。かの者こそ——第一魔王の地獄長サタンだ。

ベリアルに負けず劣らずドレッサーだ。もっとも、ベリアルのように自身を引き立たせようとしているわけではなく、地獄長としての職務と信条を明確にする為にドレスコードを敷いて律しているといったふうだ。纏っているものは伝統的かつ保守的なグレーのスーツで、フレームレスの眼鏡をかけている。

いっそ王侯貴族に長らく仕える執事といった雰囲気だが――その顔つきはいかにも神経質そうで二人が少しでも規定に則らない動きを見せた場合は一切容赦しないといった冷酷な雰囲気を漂わせている。

そんなサタンが机上の書類から全く目を離すことなく、また淡々と尋ねた。

「貴様らはたしか数百年前に地上に出たことがあったな?」

その問いかけに対して、目を伏せながらベリアルが答える。

「はい。ですが……あのときは『降魔の儀』に呼ばれたのであって、決して勝手に――」

「それについては知っている」

「はい。余計なことを話してしまい、誠に申し訳ありません」

「天族との約定によって冥界にいる魔族は地上に出ることができなくなったが、それでも例外はある。地上の人族や亜人族による降魔の儀や召喚の術だ。貴様らは当時、たしかエルフによって呼ばれたのだったな?」

「はい」

「では、ネビロスよ」

「はい、何でございますか。死ね」

「…………」

「ええと、違います。死んでいいのはベリアルであって、サタン様では――」

「構わん。貴様の口汚さには慣れている。それよりも、じきに地上世界でまた『降魔の儀』が執り行われる。その呼びかけに応じて地上に出て、ベリアルと共に第六魔王国を滅ぼしてくるのだ」

今度はベリアルとネビロスが二人揃って沈黙する番だった。

なぜ第六魔王国なのか？　それに今の地上世界はどうなっているのか？　そもそも、なぜ地獄長サタンは『降魔の儀』が行われることを知っているのか？

二人とも幾つかの疑問がすぐに脳裏を過ったものの、自らの主人が余計な口を挟むのを好まない性格だとよく知っていたので、二人揃って、「畏まりました」と答えた。

「退室を許す」

地獄長サタンにそう告げられたので、二人は作法にでも則ったかのようにくるりと踵《きびす》を返して、執務室から出た。直後、二人はまた揃って「はああ」と深いため息をつく。そして、足早に一階へと下りると、ベリアルはネビロスに「おい」と指差した。

「お前、ふざけんなよ。死ねって何だよ、死ねってさ」

「最初に貴方が余計な言い訳をしだしたのです。私はそれに対して文句を言っただけです。死ね」

「だあああ！　だから、その最後の一言が余計なんだよ」

「それよりも、地上世界について調べるのが先決なのです」

「ああ、そうだった。お前と揉めている場合じゃねえ。ていうか、なぜ第六魔王国なんだ？」

「最近、真祖カミラが討たれたという噂があったばかりですよ」

「へえ。じゃあ、相当に強い奴が新たに魔王として立ったってわけか。腕が鳴るじゃねえか。早く戦いたいぜ」

「ついでに死ね」

何はともあれ、二人の悪魔が地上世界に赴くのはしばらくしてからのことになる。こうして第一魔王の地獄長サタンが統治する地獄では——第六魔王国は敵対国とみなされたのだった。


骸《むくろ》たちが一糸乱れずに作業をしている。

一見すると、不毛な大地を無駄に耕しているようだが……実際には全員が墓を掘り続けていた。

この冥界では、掘れども、建てれども、墓は足りていない。それだけの数の魔族が死ぬからだ。より正確に言えば、魔核を貫かれて消失するわけだが、それでも弔う必要はある。

こんなことならいっそ魔核と同時に記憶も何もかも全て滅してくれればどれだけ楽かと、その者は不謹慎にも墓石に腰を下ろして考えていた——

こんなおどろおどろしい場所には不釣り合いなほどに美しく、どこか儚げな少年だ。

肌は薔薇色、大理石のように滑らかで、その碧眼はタンザナイトのように青や紫、あるいは青や赤など、見る者の角度によって多様に変化していく。ただし、その美貌に比して、表情が決定的に欠けている。

いや、おそらく美を表現する為の心というものを全く持っていないのだろう。だからこそ、亡者たちに永遠の労働を科すことだって厭わない。むしろ、不死性を持ったのだから、永劫の重労働に尽くすことこそ誉れとみなしているほどだ。

そんなどこか朧《おぼろ》げな美しさを持ちながらも、ひどく残酷な人格破綻者《サイコパス》こそ――第四魔王の死神レトゥスだ。

「お待たせいたしました、レトゥス様」

すると、そんな死神レトゥスのそばに一体の悪霊《レイス》がやって来た。

肉体を持たない、青い炎のような存在に過ぎないが、その中心には嘆きの表情が浮かび上がっている。どうやらもとはエルフだったようだ。

「やあ、わざわざ来てもらってすまないね」

「いいえ。ところで、私にどういった御用なのでしょうか？」

「さっき、ルシファーが『万魔節』の招待状を拙《せつ》に送ってきたんだよ」

「はあ。もうそんな時期になりますか」

「で、その招待者リストに面白い名前があってさ」

「と、仰《おっしゃ》いますと？」

「第六魔王だよ」

「なるほど。真祖カミラですか。ただ、彼女ならば、実力的に招待者として妥当では？」

「違うよ。カミラではない。新たな第六魔王が立ったんだ。愚者セロと言うらしい」

「愚者ですか。これは……世界が揺れますな」

「だろう？　おそらく今頃、地獄長サタンあたりがセロを潰す為に動き始めたんじゃないかな。あれは嫌になるぐらいに生真面目な奴だからね」

それに対して、悪霊は何も応じなかった。生真面目ということならば、レトゥスこそ相応しいはずだ。そうでなければ、亡者たちにこれほどまでに過酷な労働をいつまでも科しはしない――

「ところで、レトゥス様。私をここにお呼びになったということは……もしや？」

「察しがいいね。たしか、君の死体はまだ地上に丁重に保存されているはずだろう？」

「はい。その通りです。現在は『迷いの森』にあります」

「じゃあ、屍喰鬼となって地上に出ることも可能というわけだ」

「つまり、隣接する第六魔王国に赴けと？」

「違う。君が行くのではない。拙が行くんだよ」

「ま、まさか……『魂寄せ』をやらせるのですか？」

「当てはあるかな？」

悪霊は動揺したかのようにわずかに揺れてから、やっと言葉を絞り出した――

「『迷いの森』にはドルイドがおります。私もよく知っている者です」

「じゃあ、問題ないね」

レトゥスは簡単に言ったものの……むしろ問題しかなかった。

もっとも、エルフの悪霊が逆らえるはずもなかった。こうして第四魔王の死神レトゥスが統治する霊界では、第六魔王国は興味のある対象とみなされたのだった。

おや？　この感じは？

と、その少女はくんくんと鼻を鳴らした。

そして、背に生えた羽でどこかに飛び立とうとした。だが、その瞬間だ——

「お待ちください！　せめて冥王に一言でも断ってから行くべきです」

「それで行くなと言われたらどうするのだ？　冥王とまた一戦交えるか？　我はそれでも一向に構わないのだぞ？」

その少女がいったん飛ぶのを止めて、腕を組んでぷんすか抗議すると、蝿騎士団の副団長アスタロトはほとほと困った顔になった。

世界で最強の騎士団があるとしたら、間違いなく蝿騎士団だ。全員が一騎当千の魔族で構成されているが、当然のことながら強い魔族たちが軍規を守るはずもなく、当初は敵を見つけたらとりあえず一発殴りに行くといった無鉄砲の集まりでしかなかった。

そんな凶悪な魔族たちを騎士団として律したのが——当の副団長アスタロトだ。ある意味で最も騎士らしい人物で、礼儀作法も言葉遣いもしっかりしていて、性格も良く、いかにもリーダー然としている。誰もが「もし第二魔王がアスタロトだったなら、今ごろ魔界は天界よりも秩序と調和の取れた場所になっていたはずだ」と罵倒するほどだ。

しかしながら、アスタロトは第二魔王にはなれなかった。

実力で黙らされたのだ。すぐ眼前にいる、いかにも天真爛漫な少女によって——

一見すると、ベッドから起きたばかりで、まるで乱れ放題といったふうだ。十分に可愛らしい容姿をしているはずなのに、少女はそんな自身の魅力にさえ反逆しているかのように見える。

「うむ。術式が構築され始めたようだな。我はもう行くぞ」

「せめて供をお連れ下さい！　貴女様に勝てる者などいないのは重々承知しておりますが、身の回りの世話をする者が必要です」

アスタロトが指摘した通り、天界でも、地上世界でも、地下世界でも、この少女に敵う者はいない。冥王とてそれは例外ではない。個で戦うならば最強――それこそがこの少女に対する世界の評だ。だからこそ、アスタロトはこの少女に仕えているし、蝿騎士団の一騎当千の魔族たちもそんなアスタロトに面従腹背することで、この少女の癇癪と猛威に晒されないようにと努めている。

それほどの力を持った少女が冥王になれなかったのは……その性格が苛烈に過ぎたせいだ。つまり、統治者の素質が皆無なのだ。そもそも、少女とて今まで魔王然として振舞ったことが一度としてない。蝿騎士団も、この魔王国も、アスタロトが仕切っているも同然だった。

さて、そんな傍若無人を絵に描いたような少女はというと、軍規も、秩序も、へったくれもなく、まさに混沌そのものが顕現したかのような存在として子供みたいにちょこんと地面に座り込んだ。

「嫌だ嫌だ嫌だ。我はぜーったいに行くぞ！」

最早、ただの駄々っ子だ。

「行く行く、絶対に行くのだ。そうだ。さっさと行こう！」

「お待ちください、ベルゼブブ様――」

直後、アスタロトは殴られた。

数日後、意識をやっと取り戻したアスタロトは頭を抱えるしかなかった。

「何ということだ……ついに地上世界が崩壊してしまうのか……いや、もう崩壊したのかもしれん。

ああ、どんなふうに冥王様に報告すればいいのだ？」

　こうして魔界の支配者である第二魔王の蝿王ベルゼブブは、第六魔王国へと飛び立っていったのだった。


　そんな地下世界の不穏な動きはともかく――

　ここは地上にある北の魔族領。魔王城の溶岩坂上にある露天風呂だ。

　露天とは言っても、女性専用の施設なので、覗かれないようにと衝立が組まれ、湯船も花崗《かこう》岩で縁をとって、また風情が出るようにと『迷いの森』から樹々も移設した上に、今ではバルコニーまで湯上に造って、ちょっとした保養施設になっている。

「さあ、セロ様。こっちですよ」

「ですよ」

　そんな場所にダークエルフの付き人ディンとドゥがセロの両手を引っ張ってやって来た。

　もちろん、セロはさっきから「え？　ええっ！」と驚いている。当然だろう。ここはあくまで女性専用で、かつて人造人間エメスが「セロが坂下で戦っている姿をリラックスして見ていればいいだけ」と言い切ったとあって、セロもなるべく立ち寄らないようにしてきた。

そもそも、セロからすればこんなに立派な離れみたいになったはいいものの、いったい誰が使っているのかよく分からない施設でもある。ルーシーや人狼メイドたちを温泉宿泊施設であまり見かけないので、もしかしたらこちらでゆっくりしているのかもしれない……

何にせよ、今は夕方——浮遊城で数日かけて東の魔族領から戻ってきたばかりで、セロは温泉宿の赤湯でまったりしようと思っていたら、いきなりドゥとディンに捕まった格好だ。

「ええと……ここに僕が入っていいの？」

「もちろんです。セロ様が入ってはいけない場所など、この第六魔王国にはございません」

「せんっ」

「ていうか、中に誰かいない？　何だか気配があるんだけど？」

「繰り返しますが、問題ありません」

「せんっ」

こんなふうに双子が太鼓判を押すものだから、セロは恐る恐ると、衝立の先に足を踏み入れた。

「遅いぞ、セロ」

すると、湯煙越しに声が届いた——ルーシーのようだ。

しかも、どうやら全裸らしい。もくもくとした湯気のせいでよく見えないが、ルーシーは花崗岩の縁に腰を下ろして、両足を湯に浸けている……

「あ、あ、ああっ！　ごごごごめん！」

セロは顔を両手で塞いで、すぐに後ろを向いた。

次の瞬間、「わーい！」と、双子がすっぽんぽんになって、どぼんっと湯の中に飛び込んだ。

以前も見たような光景だなとセロは思いつつ、二人の行動に自然と視線が向かったものだから、そんな二人の勢いで湯気が飛んで、ふわっと開けた視界がセロの双眸に映った。

ルーシーはきちんとバスタオルを巻いていた。

その奥ではモタがいかにも若女将らしく湯もみしながら、イモリやコウモリたちと遊んでいる。

また、湯上のバルコニーにはエメスやヌフたちもいるようだ。セロの他には男性はおらず、どうやら特別にお呼ばれされたらしい。

「ほら、セロもこちらに早く来い」

ルーシーにせっつかれたので、セロは仕方なく神官服を脱ぎ、タオルで下半身を隠してルーシーに近づいた。よく見ると、ここのお湯は赤くなかった。土竜ゴライアス様の血反吐ではないのだ。

「これは……いったい？」

「浮遊城の動力として、血反吐はありったけ城内の貯血槽に溜め込んだからな。だから、こちらには地底湖の清水を張り直したのだ」

「へえ。そうだったんだ」

「人狼メイドたちからも洗濯や掃除の都合上、きれいなお湯がほしいと要望が出ていたしな」

セロは「ふむふむ」と肯いた。

ともあれ、ほとんど半裸のルーシーがそばにいて、何だか落ち着かなかった。これならば天使モノゲネースや魔族のルシファーと対峙したときの方がよほど冷静でいられたというものだ……

「さて、と」

ともあれ、セロは遠くに視線をやった。

風がひんやりとして上半身が心地好かった。両足は温かくてほっこりできた。それにここからだと坂下がよく見える――イモリやコウモリたちはモタと遊んでいるようだが、ヤモリたちは今でも城下街建設の為にその下地を均してくれている。

すると、すぐ隣のルーシーが声をかけてきた。

「セロよ。急に遠くを見つめてどうした？」

出会ってからまだ一か月も経っていないはずなのに、今ではかけがえのない同伴者だ。

以前にも感じたことだが、人族として冒険してきた数年間よりも、魔族となったここ一月《ひとつき》の方がよほど濃密な時間を過ごした。

地上に残る魔王は、セロを除けばあとは第三魔王の邪竜ファフニールだけ。いずれ雌雄を決する日が来るかもしれない。それに、ルシファーが語っていた『万魔節』やノーブル以外に魔族に転じた勇者の存在も気掛かりだ。そのことを考えるに、これからもさらに濃い日々が続くに違いない。

と、そんなふうにセロが考えていたら、ルーシーが突然、上目遣いで覗いてきた。

「そうそう、セロよ。ちょっとだけ、じっとしておれ」

「え？　どうして？」

「いいから」

セロは仕方なく、ちょこんと姿勢を正した。

次の瞬間、ルーシーはそっと、セロに身を寄せてきた。

そして、互いに吐く息を感じるぐらいになって、その右手がセロの片頬に触れ、さらに額にある角をさすって、やっと「ふふ」と笑みを浮かべてみせる。

「角にも魔紋が形成されてきたみたいだぞ。気づいていたか？」

「え？　本当に？」

セロがそう尋ねると、ルーシーはまるで慈しむかのように角を両手で撫でた。

「牙にも妾たち吸血鬼みたいな魔紋が出て、今度は角にも竜族みたいなものもできて……はてさてセロはいったいどんな魔族になるのだろうな」

そう言って、微笑むルーシーはやはり誰より美しくて、愛おしい女性だと思った。

戦って死ぬことこそ本望だと、セロはかつて生き様を定めたわけだが、何者と戦うのかについては明確になっていなかった――それが地上にいて蠢いている天使なのか、地下にいてセロを『万魔節』へと誘った冥王なる存在なのか、はたまた天界にいてまだ姿すら現していない者なのか。

何にせよ、セロは第六魔王国を眺望《ちょうぼう》しながら右拳をギュッと握った。

「僕たちの戦いはまだ始まったばかりだ」

こうして愚者セロを中心として、第六魔王国は地上の半分ほどを占めることになった。

後世の史書にはこう残されている――世界が三つに分かたれた時代において最も結束してよくまとまった国こそ、愚者の王国だったと。もちろん、このときセロはまだ、そんな激動の世界の中心にいることなど知る由もなかった。

（第三部　了）

追補01　百年前の勇者パーティー

これは百年前の物語――そう。高潔の元勇者ノーブルが率いた勇者パーティーと当時の王国軍が、第五魔王国と戦った際の顛末《てんまつ》だ。

当時、意気揚々と幾つかの拠点から東の魔族領の『砂漠』へと同時侵攻した王国軍だったが……そこは文字通りに蟻地獄のような場所だった。侵攻当初こそ奮戦していた騎士たちも、昼の酷暑と夜の極寒、吹き荒《すさ》ぶ砂塵に加えて、寝ることも許さずに間断なく襲い掛かってくる大量の虫たちに手こずって、じりじりと後退させられた。

結局のところ、第五魔王の奈落王アバドンがいるとされる神殿の遺跡群にたどり着いたのは――高潔の勇者ノーブルが率いるパーティーと、共にいた黒騎士たちだけという有り様だ。

しかも、その黒騎士とて正式な王国軍ではなく、恩赦などを狙った奴隷や犯罪者たちの寄せ集めでしかなかった。

「ここまで来たなら最早、策など不要か。時間もない。一気呵成に畳みかけるぞ！」

勇者ノーブルはそう高らかに言うも、多勢に無勢であることは明らかだった。

実際に、当時は第五魔王国も認識阻害によって本拠地を隠しておらず、いかにも魔族的な考え方でもって、数による圧倒的な暴力で侵入者を叩き潰す方針を取っていた。だから、各騎士団を撤退させた虫系の魔物や魔人たちが反転して、勇者パーティーと黒騎士たちを挟み撃ちにするのも時間の問題だった。

さて、そんな虫たちを鼓舞するでもなく、叱咤激励するでもなく、

「………」

無言でもって迫ってきたのは、第五魔王国の指揮官で茶色の飛蝗の虫人サールアームだった。

相対するは、神殿の遺跡群に特攻したノーブルたちを見送って橋頭堡《きょうとうほ》に残った黒騎士たちと——勇者パーティーに所属している暗黒騎士キャスタだ。

そのキャスタはというと、たとえ砂漠にいても漆黒のフルプレートのヘルムを脱がない寡黙な人物で、付き合いの長いノーブルたちでも性別すらよく分からない騎士ではあったが、これまで自己犠牲を厭わずにパーティーによく献身してくれた。

実は、後世になって、当時の王がむしろ死ぬことを願ってパーティーに押し付けた落胤《らくいん》だったと、巴術士ジージの調査によって判明したわけだが、この戦いのときには死地を求めて、黒騎士たちと共に大量の虫たちを押し留めたいと申し出てきた。

「ここは任せよ。先に行け、ノーブル」

その凛とした声音で、初めてノーブルは暗黒騎士キャスタが若い女性だと知ったほどだ。

何にしても、敵も容易には神殿の遺跡群に向かわせてはくれなかった。多数の虫の中から一匹がキャスタを越えて、ノーブルたちの前に躍り出てきたのだ。

「へへん。ここまで来たことは褒めてあげるよ。でも、君たちはここまでだね」

第五魔王国の情報官こと緑色の飛蝗の虫人アルベはそう言って、にやりと笑ってみせた。

ノーブル、巴術士ジージ、重戦士アタックに、ドルイドのヌフや当時の第一聖女シンシアは神殿の遺跡群のある崖の手前で足止めされた。

　アルベは砂地なのに軽快な身のこなしで、パーティーをかく乱することだけを目的として、砂に足を取られがちなノーブルたちをよく翻弄し続けた。このままではキャスタや黒騎士たちの奮戦も虚しく、背後から押し寄せてくる虫たちの波状攻撃によってやられてしまう——というところで、一人の巨漢がアルベの爪をわざとその身で受け止めた。

「ノーブル、行けええ！　オレ様の好敵手《ライバル》としてアバドンを見事討ってみせろよおおお！」

　重戦士アタックが進み出て、そう吠えたのだ。

　とはいえ、ノーブルはアタックを好敵手とみなしたことは一度としてなかった……

　もちろん、アタックは勇者パーティーに選出されるだけあって強かったし、その鷹揚な人柄も好ましかったが……どうにもノーブルと張り合いたがる悪癖があった。今回もどちらがアバドンを倒すのか、競うようにして砂まみれになってきたので、ここでアルベを引き受ける役割を担ったことにはノーブルも驚きを隠せなかった。

　実は後世になって、砂漠での連戦でアタックは満身創痍になっていて、この時点ですでにろくに戦える体ではなかったことが巴術士ジージの聞き取りによって判明したのだが……当時、そんなことはおくびにも出さずに、アタックはさらに吠えてみせた。

「どうか聖女様！　見守っていてください！　オレ様は貴女《あなた》の為に戦いますぞおおお！」

　ノーブルに秘かに想いを寄せるシンシアに対して叶わぬ恋と知りながらも、火事場の馬鹿力で拮抗してくるアタックにはアルベも手を焼いた。

だが、手を焼いたというなら、巴術士ジージも相当に苦労させられたものだ――

「ふん。爛《ただ》れた竜とは、見るもおぞましいものだな」

「言ってくれるじゃない。その穢れを貴方《あなた》にも負わせてあげるわ！」

崖の頂きにあった神殿の遺跡群にやっと着くも、今度は泥竜ピュトンの襲撃を受けたのだ。

当時はまだ巴術士ジージも若く、法術を扱える召喚士に過ぎず、棒術も、槍術も、魔術も未熟とあって、ピュトンの繰り出す認識阻害を織り交ぜた攻撃には苦労させられた。

何とかノーブルたちを祭壇下に送り込んだはいいものの、このとき、ジージも、あるいは重戦士アタックも、暗黒騎士キャスタも、皆が同じ思いで愚痴をこぼしていた――

「いったい遊び人のアプラン・ア・ト・レジュイール十三世はどこをほっつき歩いているのやら」

と。

また、同時にこうも考えていた――

アプランさえいれば、この程度の敵など物の数ではなかったのに、とも。

その遊び人ことアプランはというと、実のところ、ほっつき歩いてなどいなかった。事実、アプランは真剣そのものだった。なぜなら、アプランは第五魔王国にあるとされる秘湯こと砂風呂を探し求めていたからだ。

「ほう。したり！　こんなところに砂風呂があったでおじゃる！」

……

…………

………………

何だかとても聞き覚えのある語尾のような気もするが……残念ながら聞き間違いではない。

そもそも、アプラン・ア・ト・レジュイール十三世などとえらく大仰な名前だが、これは遊び人としての芸名だ。事実、この人物はとても高貴な出で王国の旧門七大貴族なのだ。ただし、長男ではないので家督を継ぐ必要もなく、放蕩貴族の例に漏れずに自由気ままに暮らしていた。

勇者パーティーに参加したのも、魔族領にある秘湯を探すことができると踏んだからに過ぎない。

とはいえ、この男——どういう訓練を積んだのか、はたまたもとから突出した才能を有していたのか、いずれにしても剣の腕だけはノーブル、アタックやキャスタよりもよほど秀でていた。実際にノーブルをもってしても、「アプランは遊びのつもりのくせに、十回手合わせして、私は九回も負けた。たった一回の勝ちは単なるお情けだ」と言わしめるほどの実力を秘めていた。

もちろん、魔術、法術やスキルなども含めた総合力では各人に分があるものの……それでも本気を出したときのアプランは皆が最も頼りにする仲間だった。

が。

このとき、アプランは真剣で遊んでいた。

そう。せっかく見つけた秘湯こと砂風呂を前にして、無数に迫りくる不可解で珍妙な虫たちを刀でもって滅多切りにしていたのだ。

「いやはや、虫の魔物かと思っていたが……何だか可笑しいでおじゃるな」

アプランが懸念した通り、迫ってきたのは蝗害《こうがい》だった。

しかも、ただの蝗害ではない。それはしだいにこの地で果てた虫系の魔人たちになって、また砂に飲まれて死んでいったはずの騎士たちも交じって、終いには両国の軍隊そのものに変じた。

常人ならばとっくに敗れていたはずだ。

ただ、アプランは常人でなかった。視界を覆うほどの敵に対して、優雅に剣舞を踊りながら全てを切り捨ててみせたのだ。

その結果、蝗害はしばらくすると、何者かの影ほどに小さくなっていった。

「まさか……人族がここまでの域に達するとはな」

「肝要なのは――けじめ。そして、遊ぶ心でおじゃる」

「ふん。遊び人か……そんな、どうでもいい輩《やから》に……こうもしてやられるとは」

「遊びをどうでもいいと捉えているうちは何者にもなり得んよ。そもそも、其方《そち》は第五魔王アバドンとやらが吐き出した蝗害なのであろう?」

「いかにもその通りだ」

「蝗害とは、虫系のスタンピードだとばかり思っておったが……どうやらその本質はずいぶんと異なるもののようでおじゃるな」

アプランが淡々と告げると、その者は影さながらに大きく揺らいでみせた。

「ほう。では、貴様には何と見えた?」

「この地で死んでいった者たちの嘆き――あるいは怨念か、いっそ呪いそのものであろうか。まさに奈落王アバドンの陰鬱を体現したかのような存在でおじゃるな」

「貴様……名は何と言う?」

「アプラン・ア・ト・レジュイール十三世。其方《そなた》は?」

「アシエル」

「で、麻呂の名前を聞いて何とする?」

「ふ、はは。いつか、別の私が貴様のもとに向かうだろう。いや、貴様でなくとも、その家族か、子孫を私の中へと取り込んで――」

刹那、アシエルは塵一つ残さずに斬られて消失した。

こうして地上では、暗黒騎士キャスタも、重戦士アタックも、また黒騎士たちも、最悪の挟撃を免れることができた。結果的にノーブルは祭壇地下にて奈落王アバドンを封印して、第五魔王国は瓦解していき、勇者パーティーや黒騎士たちも無事に帰国した。逆に、戦線から離脱した第五魔王国の幹部たちはアバドン復活に向けた情報戦――いわゆる王国工作に切り替え、反撃の狼煙《のろし》を上げることになる。

何にせよ、こうして百年前のアプランとアシエルの因縁がよりにもよって、現代の第六魔王国にある温泉宿泊施設の赤湯でヒトウスキー伯爵のもとで結ばれることになるとは、当然のことながらこのとき誰も予想だにできなかった。

追補02　大魔術養成ギプス

その日、魔女モタは魔王城地下三階の拷問室にあるX字型の磔台《はりつけ》に縛りつけられていた。

「セロおおお！　こ、こ、これ、いったい——どゆことおおおお？」

モタは涙目で必死に訴えかけるも、セロは淡々と答える。

「モタ……残念だけど、この措置は仕方のないことなんだ」

「仕方ない？　だから、本当にどゆこと？」

モタがじたばたと暴れるものの、磔台の拘束具はびくともしない。ダークエルフの近衛長エークや人狼の執事アジーンが日々、ご褒美を受けて喚《わめ》いても、全く動じないように設計されているものだ。モタ程度の力ではどうしようもなかった。

すると、セロが「はあ」とため息をついてからさらに冷淡な声音で伝えた。

「実は、王国からモタの身柄引き渡し要求がきているんだよ」

「なぜにっ？」

「というか、むしろ僕がモタに聞きたいぐらいなんだけど……この国に来る前に冒険者ギルドの門前で何人もの冒険者たちのおけつを破壊したって本当なの？」

セロがそう問いかけたとたん、モタの目は見事に泳いだ。

「やっぱりか……ギルマスのマッスルさんから届いた書状には、王国に引き渡し次第、裁判によって軽くても懲役十年、おやつ抜き三十年か、もしくはほぼ無償での冒険者活動五十年とあったよ」

「そんなことしたら──わたし、干からびて死んじゃうじゃん！」

「おやつ抜き三十年くらいなら何とかなるんじゃない？」

「ダメダメ！　それがわたし的には一番ありえないってば！」

モタがそう強弁すると、セロは「そっかー」と、またため息をついた。

「実は、第六魔王国でもモタに対して刑を科すべきではないかって議論が出ているんだ」

「ど、どゆこと？」

「先日、リリンを温泉宿泊施設から魔王城までぶっ飛ばしたでしょう？」

「だって……しゃーないじゃん。そうでもしなかったら、セロにドワーフさんたちが来たことをお知らせできなかったんだからさあ」

「とはいえ、普通、風魔術で城まで一気に飛ばすかな？」

セロが眉をひそめたので、モタも「むう」と呻《うめ》いた。

もちろん、被害者こと夢魔のリリンはモタに含むところは一切なく、むしろ「厳罰を」と言い出したのは師匠の巴術士ジージだ。

「さらに言うとさ。王国の外交使節団の代表だったシュペル・ヴァンディス侯爵に『催眠』までかけちゃったでしょ？」

「あ、あ、あれは……シュペルのおじさんがかけてほしいって──」

「かけてほしかったのは『睡眠』であって、『催眠』ではなかったはずだよ。実際に、シュペル卿の証言も取ってある」

「むうう」

モタはついに天を仰いだ。

たしかにあれはモタのケアレスミスだ。前の晩に美味しい麦酒をたらふく飲んで、どこかぼんやりしていたおかげで初心者みたいなミスを仕出かしてしまった……

ここにきてさすがのモタもちょっとだけしゅんとなった。

「そんなこんなでモタには二つの選択肢があります」

「二つ？」

モタが鸚鵡《オウム》返しすると、拷問室に人造人間エメスが入って来た。その手にはなぜか上半身を強化する為のギプスみたいなものがある。セロはそれをちらりと見てから、話を続けた――

「このままX字型の磔台に縛られて王国に直送されるか」

「ええと、それだと懲役か、おやつ抜きか、無償労働なんでしょー？」

「うん。だから、もう一つの選択肢――この……何だっけ？」

「はい。セロ様。これは大魔術《だいリーグボール》養成ギプスです、終了《オーバー》」

「そうだった。何だか可笑しなルビが付いているけど、このギプスをつけて数日過ごしてもらうかだね」

直後、モタは無言になった。

そんな二択ならば、当然後者に決まっている。ただ、エメスが絡んでいるのが気になった。

何せエメスは拷問のプロフェッショナルだ。温泉宿で一緒に働いている大将のアジーンがたまに逝っちゃっている目つきをしているのを見るに、その責めがどれほど過酷なものか、素人のモタでもよく分かるというものだ……

しかも、王国では十年単位の罰だというのに、わずか数日だけというのがいかにも怪しい……

「ねえ……セロ？」

「何だい？」

「聞きたいんだけど……そのギプスって何なのさ？」

モタがじと目で問いかけると、セロはエメスと視線を交わした。そのエメスが代わりに答える。

「先ほども言った通り、これは大魔術養成ギプスです。かつて、紳士たれ、と謳った巨大な亜人族の軍団はこのギプスを上半身に付けて自ら鍛錬したそうです。そんな古《いにしえ》の伝承を参考にして、暴発しがちな魔力を上手く調整できるようになる為の工夫を施してあります、終了《オーバー》」

すると、セロがさらに付け加えた。

「まあ、モタの場合は紳士じゃなくて淑女たれだけど……要するにやらかしを減らしてほしいんだよね。そういう姿勢を第六魔王国にちょうど滞在中のシュペル卿に見せることで、モタだって更生していますよってアピールができるでしょ？」

セロの説明にモタは「ふむふむ」と肯《うなず》いた。

いかにも温和なセロによる折衷案のように思えた。おそらくセロとしてはモタにあまり罰を与えたくないのだろう。だが、今となってはセロも歴《れっき》とした魔王だ。魔族たちの上に立つ者として示しはきちんとつけなくてはいけない。

ただ、モタは長年の付き合い上、セロがどこか挙動不審なのを見逃さなかった。

あの態度はきっと——このギプスがどういうものか、セロでもよく理解できていないといったふうだ。そもそも、やらかしを減らす目的なのに、上半身の肉体強化を図ったかのような怪しさ満点の見た目はいったいどうしたことだろうか？

モタは「むむむ」と、そこまでじっくりと考え込んだ上で、結局、「はあ」と項垂れた。

「わかったよー。そのギプスをつければいいんでしょー」

その瞬間、モタの受難は始まった。

まず、着用したとたん、

「な、何これ……わたしの魔力が十分の一になっちゃうじゃん」

どうやらギプスには魔力吸引《マナドレイン》機能があるようで、普段使いの生活魔術の扱いですら格段に難しくなった。

「それに……食事もできないじゃん」

見た目通りの強化外骨格とあって、腕を上げるのにも苦労した。モタにしては珍しく、おやつを食べるのにも億劫になったほどだ。こんな思いをするならば、素直に王国でおやつ抜きにされた方がまだマシだ。

「さらに……何でジジイがわたしの部屋に毎晩やって来るのさ？」

その瞬間、ぽこっ、と。

巴術士ジージは「ジジイではない。ジージじゃ」と言って杖でモタを叩いた。

とはいえ、モタの不満はもっともだった。毎晩のように師匠のジージは温泉宿のモタの宿泊先に差し入れをしに来てくれたのだが、わざわざ食事を載せたちゃぶ台をひっくり返すのだ。そんなどこか様式美みたいなちゃぶ台返しに、ギプスのせいで掃除するのも面倒なモタは「うへえ」と顔をしかめるしかなかった。

そんなこんなで数日後――モタにとある変化が訪れた。

「あれれ？　何か……今日のわたし、やれるんじゃね？」

大魔術養成ギプスを身につけながら、日常生活が何とか送れるようになってきたモタだったが、この日、モタはついに「ふんぬっ」と、自らの上半身に力を入れた。

直後、ギプスどころか魔女のマントや肌着さえ、ブチ、ブチイイッ、と。破裂してしまった。

さらにはこれまで抑えつけられていた魔力が一気に膨張して、さながら千年も生きてきた魔術師みたいに溢れ出てきた。

「にしし。セロとエメスとジジイめ。みてろよおおー」

こうして図に乗ったモタは玉座の間にいたセロのもとに仕返しする為に駆け出したのだが……

慣れないことをすると人はすぐに息をつくように、セロの前に躍り出たモタもひどい筋肉痛ですぐに膝を突き、しかも魔力切れまで起こしてぐったりとなったのだった。そんなふうに結局、またやらかしてしまったモタがその日、またX字型の磔台に縛られたのは言うまでもない。

追補03　魔女とドルイド

第六魔王国に来てからというもの、魔女モタには憧れる人物がいた――ドルイドのヌフだ。

そもそも、ドルイドは魔女の上位職であって、基本的には森の民ことエルフ種にしかなれないと謳われてきた。だから、ハーフリングのモタには逆立ちしたってなれやしないわけだが……

何にせよ、闇魔術を得意とするモタにとって、認識阻害や封印の第一人者たるヌフは素直に尊敬できる術士だった。しかも、千年近くも『迷いの森』の地下洞窟に引きこもっていたと耳にして、尊敬はいっそ崇拝にまで至った。まさしくモタの理想とするぐーたら生活だ。

とはいえ、魔術師にとって師匠は一人きりだ。

聖職者は神学校で集団教育を受けるが、魔術師は師匠に認められてその下で修業をする。

遥か昔から続く慣習とあって、モタもさすがにヌフに対して「魔術を教えてー」とは言い出さなかった。そもそも、師匠のジージの教えからして「見て盗むのじゃ」だったので、モタはヌフの術式を解析《アナライズ》しては「ふむふむ」と独学した。

ただ、魔術の師匠はジージだが……女としての師匠は別にいてもいいはずだ。

モタはそう考えて、ヌフに積極的に近づいた。そう。よりにもよって千年ほども生きて、たった一回のデートすらしたことがないヌフに、女としての美学を教えてもらおうとしたのだ――

「ねえねえ、ヌフ？」

「何ですか?」

「どうすれば、わたし……女として魅力的になれるかな?」

そんな質問に対して、かえってヌフは片頬を引きつらせた。

人族の慣わしなどどうでもいいヌフからすれば、素直に「魔術を教えてー」ときたなら幾らでも伝授するつもりだった。

そもそも、この妖艶で謎めいたお姉さんキャラは後付けなのだ。里ではダークエルフの長老格たちよりも遥か以前から生きているとみなされ、最近は敬して遠ざけられる一方だ。もちろん、ずっと引きこもっていたヌフにも問題はあったものの、こうして意を決して第六魔王国に飛び込んだのだから、少しは変わらなくてはいけないと思い直した。

そんな矢先、モタから艶やかになりたいと相談を受けたわけだ。

「ええと……な、なぜ、モタは……当方に女の魅力について聞くのですか?」

ヌフは驚きのあまり、つい問い返してしまった。

魅力的な女性というならば、第六魔王国はまさにその宝庫だ。吸血鬼は見目麗しい種族だし、そんな真祖直系の血を引く夢魔のリリンなぞ、いかにも蠱惑《こわく》的で、モタとも親しくしているから聞き放題ではないか。

すると、モタはいかにも言いづらそうに指先をつんつんとした。

「だってえ、ヌフってば……すっげえー、ぼいーんじゃん」

そこかっ!

と、ヌフはつい仰《の》け反りそうになった。

ぼいーんというならば、人狼のメイド長チェトリエや隠れ巨乳と噂の屍喰鬼の料理長フィーアもいるはずだが……どうやらモタはヌフのとある秘密に気づいたようだ。ここらへんはさすがに同系職の魔女といったところか。

「ふふ。同族ですら見破った者はまだいないというのに……」

「前に魔王城の地下の角でヌフにぶつかったことあったでしょ？」

「ああ、そういえば……たしかにありましたね」

「ヌフのぼいーんはちょうどわたしの頭のところにくるからねー。だから、ぶつかったときの感触で、あれ？　って気づいちゃったのさ」

「なるほど。それだけでわずかな魔力の揺らぎに気づいたのはさすがですよ」

「えへへ、ありがとー」

モタはデレデレとした。こういう素直さはモタの長所だ。

おかげでヌフも絆《ほだ》されたのか、「ふむん」と小さく息をついてから自らの胸もとに視線をやった。

「では、ためしに揉んでみますか？」

「いいの？」

「モタほどの実力者ならば、触れればこの程度の術式ならばすぐに覚えられるでしょう」

そう。実は、ヌフのぼいーんには認識阻害がかかっていたのだ。

とはいえ、ヌフはもともとそれなりにぼいーんだ。そこにちょっとしたパッドを数枚挟んだかのような認識阻害をかけているに過ぎない。本来は奥手なヌフがセロに積極的に胸をまにょまにょさせたのも、そんな術式を施していたからに他ならない。

それはさておき、モタも「これでぼいーんになれるぜい」とさぞかし喜ぶかと思いきや――

「…………」

意外なことに、モタは黙り込んでしまった。

人族の古風な慣わしのせいだ。こっそりと術式を解析して学ぶのではなく、こうも堂々と教えてもらってもいいものかどうか。魔術については存外に生真面目なモタは師匠のジージに操《みさお》を立てて悩んでしまったわけだ。

そんなモタに対して、ヌフはゆっくりと抱きしめてあげた。当然、むにゅん、と。ヌフの胸にモタは顔を埋《うず》める。

「いいですか、モタ？　魅力的な女性になるのならば、手段を選んではいけません。これは女の先達としての教えです。これからは一緒に良い女になって、男どもをめろめろにしてやるのです」

「し、師匠！」

こうしてモタは第二の師匠を得た。

が……

当然のことながら、恋愛経験ほぼゼロのヌフに師事したモタはというと、残念ながら女の魅力など一ミリも伸びなかった。そもそも、魔女のマントはぶかぶかなので、ヌフから得たぼいーんな認識阻害は全く何の役にも立たなかったらしい……

追補04　モンクと僧兵

魔女モタがドルイドのヌフのもとで大人の女性を目指して背伸びしようとしていた頃、本来の師匠のジージのもとにはとある人物が弟子入り志願しに来ていた――モンクのパーンチだ。

「頼む……ジージ殿、オレに武の極意を教えてくれ！」

パーンチはそう言って、手を合わせて頭まで下げた。

巴術士ジージはそんなパーンチを鋭い目つきで見ながら、「はあ」と息をついた。

「なあ、パーンチよ」

「何だ？」

「武の極意というならば……なぜ、わしを訪ねてきた？」

当然の疑問だろう。そもそも、ジージは巴術士だ。召喚術を専門とする魔術師であって、たしかに棒術や槍術などにも長けてはいるものの、それらも後衛の護身術として身につけたに過ぎない。

だが、パーンチは頭を下げたままでジージの疑問に答えた。

「聖女パーティーとして第六魔王国に来る道中で、英雄へーロスの旦那と幾度も話したんだ。ジージ殿と手合わせして、果たして勝てるかどうかと」

「ふむ。それで？」

「一度たりとも勝てるイメージが湧かなかった。旦那と二人で挑ませてもらったとしてもだ」

「当然じゃ。お主らとは年季が違うわい。幾らわしが老いているとはいえ、お主らに負けるようでは魔術師として立つ瀬もないわ」

「いや、オレは魔術の話をしているんじゃねえ。武術の話をしているんだよ」

パーンチはそう言って、今度は顔を上げてからジージを真っ直ぐに見つめた。

「ジージ殿は巴術士ながらも棒術、槍術なども使える。つまり、僧兵としてのスキルも一通り揃えているってことだ」

すると、ジージは一拍だけ間を置いた。

「お主は先ほど、武の極意などと言っておったが……つまり、僧兵になりたいということでいいのかの？」

ジージに睨みつけられて、パーンチはわずかにたじろいだ。

そして、いかにも「しゃーないな」といったふうに降参のポーズを取って、いったん頭をぽりぽりと掻いてから、

「もちろん、僧兵じゃねえ。こんなふうに必死になって頼み込んでいる理由は――ジージ殿がオレを遥かに上回るモンクだからだよ」

そう断言した。

これにはジージも「ふう」と息をついて、「そうか。合格じゃ」と告げた。

ちなみに、僧兵とモンクは似て非なる職業だ。まず僧兵は基本的に法術がよく扱える兵士、または衛士に過ぎない。一方で、モンクとは魔力を内気と外気として使い分け、肉体言語のみで語り合う拳闘士だ。

いわば、パーンチはとうに見切っていたのだ――ジージが召喚術、魔術、棒術や槍術だけでなく、近接格闘にまで長けた遥かに格上の武人だ、と。

「いつからわしがモンクとしても戦えると気づいていた？」

「実のところ、高潔の元勇者ノーブルから教えてもらったんだ」

「ふん。そういえば……あやつとお主とは、よく筋肉を称え合う仲じゃったな？」

「まあな。あるときジージ殿の裸を赤湯で見かけて、筋肉の付き方があまりにも理想的だったもんで、もしやと思ってノーブルに聞いてみたんだ。昔はジージ殿だって、かなりの筋肉狂だったと教えてもらったぜ」

「ふん。余計なことを話しおってからに……」

ジージはそう言って、やれやれと肩をすくめた。

ただ、その表情にはどこか昔を偲《しの》ぶかのような微笑が浮かんでいた。実際に、ジージはかつて熱心な筋肉狂だった。敵を魔術で攻撃するよりも拳で殴った方が早いと考えていたほどだ。

とはいえ、才能とは皮肉なもので、ジージには魔術の方によほど適性があったので、泣く泣く拳闘士の道を諦めた。そんなジージの前に今、格闘にしか能がない、いかにも脳筋な若者が押しかけてきている。

「なあ、頼む！　ジージ殿！　オレにモンクとしての真髄を教えてくれ……いや、ください！」

「ふむん。条件がある」

「何だい？」

「お主にはまだ足りないものがある。何か分かるか？」

パーンチは眉をひそめた。モンクとしては王国随一の実力をすでに有している。

だが、第六魔王となったセロやこの魔王国の幹部たちを間近で見るに、パーンチとの実力差は明らかだ。そういう意味では足りないものばかりに違いない。とはいえ、「全てだ」と答えるのはどこか憚《はばか》られた——今、相対しているジージには明確な答えが見えているように思えたからだ。

結局のところ、パーンチは無言を貫いた。

答えが分からなかったのだ。これではジージに呆れられたかもしれないと、パーンチが忸怩《じくじ》たる思いに駆られたときだ。

「それが正解じゃよ」

「え？」

「お主は何もかもが足りておらん。じゃから、答えを言えないか、果てなく言い続けるかのどちらかじゃ」

パーンチは「ほっ」と小さく息をついた。

が。

次の瞬間、ジージの雰囲気が一変したことに気づいた。パーンチがつい身構えたほどだ。

「一度しかやらん。見て覚えよ。これが——お主のたどり着く境地じゃ」

ジージはそう言って、纏っていたローブを開《はだ》けた。

直後だ。魔力とも、闘気ともつかないモノがジージから溢れ出して、その肉体が二倍にも、三倍にも膨らんだかのように見えた。赤湯で見かけたジージの筋肉は洗練された美しさを誇ったが、こちらは圧倒的な厳めしさだけがあった。

「何もかもが足りんということは、まずは基礎を徹底的にやれということじゃ。ここまで肉体を鍛え上げるがいい」

「ま、まさか……これほどの高みとは……」

パーンチは呆気に取られるしかなかった。

何にせよ、この日からパーンチはさらなる筋トレに励むことになる。奇しくも魔術の弟子のモタがぼいーんを目指したように――モンクの弟子のパーンチも屈強な胸筋を求めたのだった。

追補05　百年後の勇者パーティー

東の魔族領こと第五魔王国で奈落王アバドンを討伐して、しばらく経ってからのことだ――

高潔の元勇者ノーブルはドルイドのヌフに認識阻害をかけてもらって人族の冒険者に扮《ふん》してから王国の南東にある小さな街を訪れた。

そこは何の変哲もない、いたって普通の田舎街だ。広大な牧草地帯を有して、いかにも長閑《のどか》で、放牧されている羊や馬たちは草を食《は》み、ここに暮らす人々もマイペースで穏やかだ。

そんな街の片隅には教会があって、雑木林のそばに幾つか墓石が並んでいる――

「よう。久しぶりだな、アタック。こんな姿になりやがって」

ノーブルはそう言って、墓石に水をかけてから丁寧に拭いてあげた。

それは百年前の勇者パーティーに所属していた重戦士アタックの墓だ。長年、墓参りをしたいとノーブルは考えていたが、魔族になってしまった上に宿敵アバドンを封じたままとあって、かつての仲間を訪ねる計画は先延ばしにしてきた。それがやっと果たされたわけだ。

「しかし、あれだけシンシア殿を好いていたお前が……まさか別の女性と結婚していたとはな」

ノーブルは墓石の前でつい愚痴をこぼした。

同じ女性を愛した者同士、語り合えるかと思っていたら――この街を訪れて、アタックの子孫に話を聞いて驚かされた。というのも、百年前にアタックは街に戻ってすぐに幼馴染の女性と結ばれていたのだ。

「たしかにそんな切り替えの早さこそ、お前の強さでもあったな。私はいまだにそれができずにいるから困ったものだよ」

その瞬間、ノーブルは不思議と、「この勝負、オレ様の勝ちだな」というアタックの声がどこからか聞こえてきた気がした。もっとも、ノーブルは苦笑を漏らした。

「ところで、知っているか？　お前の子孫は騎士として立派に務めているそうだ」

ノーブルはそれだけ言って、ゆっくりと立ち上がった。

どんな皮肉かは知らないが、アタックの子孫はたしかに今、神殿の騎士団の中隊長を任じられていた。皆まで言う必要もなかろう――そう。あの騎士《ストーカー》たちのリーダーだ。

「どうやら私たちは骨の髄まで聖女殿に惹かれる運命にあるらしい」

ノーブルは「じゃあな」と、短く別れを告げてから、この街の領主邸の前に停めてあったシュペル・ヴァンディス侯爵の所有する馬車に乗ったのだった。


「こちらになります、ノーブル殿」

「わざわざ申し訳ないな、シュペル卿」

「いえ。私もやっと、肩の荷が下りたような思いですよ」

「そうか」

高潔の元勇者ノーブルはそう応じて、ヴァンディス侯爵家の代々の墓が立ち並ぶ霊園に入った。霊園とは言っても、ここは緑豊かで、花々も咲き乱れて、その前庭では朝早くから市場《いちば》まで開かれるほど活気がある。そんな霊園の奥には歴代当主たちの墓が並ぶ。

「ここに暗黒騎士キャスタ——いや、キャスタ・ヴァンディスが眠っているのか」

ノーブルはそう呟いて、「ふむん」と一つだけ息をついた。

王国には現在、聖騎士と黒騎士という二つの主流がある。前者が王国の盾なら、後者は剣だ。そのうち、暗黒騎士というのは黒騎士の上級職に当たる。キャスタは当時の王の落胤《らくいん》で、その為に人知れず戦場で死ねと望まれたので、常に最前線でその身を呈して戦ってきた。

とても寡黙で、その出自も、素性すらも、仲間には一切知らせずに、ノーブルとてキャスタがまだ若い女性だったことを知ったのは最後の戦いにおいてだ。とはいえ、キャスタは勇者パーティーから離れてしばらくすると戦線からも身を引き、全く表舞台に出てこなくなった——ヴァンディス侯爵家に匿《かくま》われたのだ。

「当時の聖騎士団長、つまり私の祖先が戦場で一目惚れしたようで……そこで口説き落としたのだそうです。ただ、王の落とし胤《だね》でしたから、さすがに公に求婚することはできませんでした」

「その王が亡くなってから、やっと日の目を見るようになったということか？」

「それももちろんありますが……我が侯爵家が聖騎士を数多く輩出するようになったのは、何よりキャスタ大叔母君が陰で鍛え上げてくれたからなのですよ」

暗黒騎士が聖騎士を育てるというのも、何とも皮肉な話ではあるが……ノーブルは「なるほど」と納得した。

そして、ゆっくりと霊園を見回す。当時のパーティーでは寡黙だったキャスタの周りには、今では領民たちが集まって、とても賑やかに、かつ逞《たくま》しい生活を送っている。そんな光景に触れるだけでも、キャスタが幸せな余生を送れたのだと、ノーブルには理解できた。

「ここは任せよ。先に行け――と言っておいて、貴女《あなた》の方が先に逝ってしまうとは、当時は全く考えてもいなかったよ」

ノーブルはそう言って笑みを浮かべ、墓石に花を手向けてから、「ありがとう。私はまだ前に進み続けるよ、キャスタ」と呟いた。

それから数日後、高潔の元勇者ノーブルはヒトウスキー伯爵領の露天風呂に呑気に入っていた。

「どうでおじゃるか。ここの湯は？」

ヒトウスキーが自慢するも、ノーブルの顔はどこか曇りがちだ。

「うむ。温泉そのものは全くもって悪くないのだが……」

「ほう。何か言いたげでおじゃるな」

「まあな。というか、温泉のど真ん中に建っているこのモニュメントに対して、いつツッコミを入れようかと迷っていたところだよ」

ノーブルはそう言って、露天風呂の中心を直視した。

そこには墓石がどっしりとあって、墓銘には『アプラン・ア・ト・レジュイール十五世之墓』と記されていた。墓石そのものが温泉に浸かっている格好だ。

「温泉の中にお墓があることはいいとしよう。それは故人と遺族の自由だ。私がどうこう言えるものではない」

「うむ。麻呂もこのように墓を建ててもらいたいものじゃな」

「あと、十五世についても気にせずにおこう。たしか、私の記憶ではアプランの芸名は十三世だったはずだが……」

「あれは戒名でおじゃる。だから、芸名とは異なるのでおじゃるよ」

「そ、そうか。まあ、そこらへんもどうでもいい。アプランの考えることにいちいち付き合っていたら面倒臭いことこの上ない……ところでだ、ヒトウスキー卿？」

ノーブルはそう声をかけてから、お墓に背をもたれさせて、堂々とお湯に浸かっている人物を指差した。

「あの屍喰鬼《グール》は誰だね？」

「誰も彼も——亡くなった麻呂の曽祖父でおじゃるが？」

「だろうな。見た目が非常によく似ている」

「たまにこうやって湧いて出てくるのでおじゃるよ。温泉に浸かっているせいか、屍喰鬼のくせして卵肌でおじゃる。まあ、悪さはせんので、好きにさせているでおじゃるが」

「ここでいっそ討伐してもいいか？」

「無駄じゃよ。倒してもまた湧いてくるのでおじゃる。何より、武器がなくても——滅法強い」

「…………」

「おそらく、世界中の秘湯を巡るまで死ぬに死に切れんのではないか。今度、第六魔王国の赤湯にも連れて行こうと考えているでおじゃる」

「そうか。くれぐれもセロ殿には迷惑をかけないようにな」

ノーブルはそう忠告して立ち上がった。せっかく温泉に入っていたはずなのに、何だかひどく疲れ果てた気がした……

最後に、高潔の元勇者ノーブルは巴術士ジージに連れられて、王国西北にある村に着いた。

ここは西の魔族領こと湿地帯に近いので、屍鬼《ゾンビ》や屍喰鬼などにいつ襲われてもおかしくない立地だ。ただ、不思議なことに百年もの間、一度も襲撃を受けることなく、重戦士アタックの街と同様に放牧で生計を立てている。以前に魔女モタや夢魔のリリンが立ち寄った村でもある。

ノーブルはそんな村に入って、「ん？」と気づいた。

「これはまさか……『聖防御陣』か？」

強大無比な法術による陣が村を囲み、しっかりと守護していたのだ。

しかも、これは紛う方なく、聖女にのみ伝えられる術式な上に、どこか温かみのある魔力までいまだ残って、ノーブルは誰がこの陣をかけたのかすぐに理解した。

すると、そんなノーブルたちのもとに一人の老人がやって来る。

「巴術士ジージ様、お久しぶりでございます」

「うむ。村長《むらおさ》も変わりないようじゃな」

「はい。もうとうにくたばってもいい年ですが、この村では不思議と老人の方が元気なのです。ところで、ジージ様。そちらの御仁は……もしや？」

老人が目を瞬くと、ノーブルは言っていいものかどうか、ジージにいったん目配せした。

「私はノーブルだ。とある人物の墓参りに来た。こんななりではあるが、滞在許可が欲しい」

ノーブルは魔族となった身をあえて晒して村長に願い出た。

村長はというと、かつて高潔と謳われた勇者の現在の姿にぽかんと口を開けたものの、二人を墓場へと案内した。そこは湿地帯にほど近い場所にあって、ノーブルでも道すがら足をぬかるみに幾度も取られた。もっとも、ジージは来たことがあって慣れているのか、ノーブルよりも遥かに足取りが軽い。

「お二方、こちらになります。どうか、ごゆっくりしていってください」

村長はそれだけ言って、二人から離れていった。

ノーブルは無言で、ぽつんと立った侘《わび》しい墓石を見つめた。

周囲には花が幾つか咲いていて、丁寧に清掃もされていて、墓石も高級とはいかないものの、きちんと洗われて大切にされているのがよく分かる。

「ジージよ。この村に彼女の親族でもいるのか？」

「いや、おらんよ。そもそも、聖女殿は孤児じゃった。王都の教会付き孤児院で育ったはずじゃ」

「となると、これだけ墓石が清潔に保たれているのはいったいなぜだ？」

「その理由にとうに気づいているはずなのに、あえてわしに聞こうとするのはどうしてかね？」

ジージがため息混じりで問い返してきたので、ノーブルはやれやれと肩をすくめてみせた。

「そうだな……全くもってその通りだ。すまなかった。彼女の墓石を前にして、やはり気が動転しているのだろう。つまり、村人たちは半世紀以上が経った今もなお、彼女に感謝しているのだな」

ノーブルはそう結論付けて、墓石の前にゆっくりと跪《ひざまず》いた。

「こんな形で君と再会するとは——」

だが、ノーブルはそれ以上の想いを語ることができなかった。

胸がしめつけられて、喉から言葉が漏れ出てこないのだ。伝えたいことはたくさんあるはずなのに、墓石の前にいると、どれもが全て虚しく感じられてしまう——そもそも、愛した彼女はもういないのだ。

その事実がやけに重く圧し掛かって、ノーブルから言葉も、想いも、何もかも奪ってしまった。

「なあ、ジージ……一つだけ、聞いていいか？」

「何じゃね？」

「彼女は孤児だったそうだが、ここが出身村だったのか？」

「いいや。違うよ」

「では、なぜ……彼女はここを終《つい》の棲家としたのだろうか？」

そのときだ。先ほどの村長が二人のもとに戻ってきた。

老いた村長の手もとには羊皮紙があった。きちんと管理されてきたのか、虫食いや黴《かび》なども全くなく、記した当時と同じ状態でノーブルはそれを読むことができた——

ノーブル様へ

この手紙をお読みになる頃には私はおそらく生きていないでしょう。

北の魔族領にノーブル様を転送してからというもの、私には後悔しかありませんでした。

なぜあのとき、ノーブル様と共に行かなかったのか。

たとえ聖剣による封印の触媒として、どこかにひっそりと身を隠さなくてはいけない立場だと分かっていても、強引にでも付いて行けば良かったのではないかと今でも自問する日々です。


人族は魔族と共にはいられない……


頭では理解していても、心では納得できないときがあります。

本当に魔族とはそれほどに恐ろしい存在なのか。人族とは全く相容れない者たちなのか。

結局、私は怖かったのだと思います。ノーブル様が魔族に変わっていく姿を見ることが。また、許せなかったのだと思います。そんなお姿を受け入れられないかもしれない私の狭量さが。何より聖職者としての強情さが――

それでも、こうして羊皮紙に言葉を書き残すのは……きっと私の未練です。

この村の端では日が高々と昇って、湿地の霧が薄いときにはずっと遠くにうっすらと砦が見えてきます。西と北の魔族領の境界線上にある、どこか物寂しくも、亡者を決して通さない孤高の意志を持った建物です。

村人たちは、これまでそんなものはなかったと、またここ十数年ほどの間にできたものだとも、噂をしていました。魔族領の新たな拠点だと恐れている村人もいます。

ただ、そんな辺境にぽつりと建った砦に、私はなぜか懐かしき高潔さを見出すのです。

もしかしたら、あの砦にノーブル様がいらっしゃるのではないか、と。そして、いまだに戦っていらっしゃるのではないか、とも――

私の命はもう長くありません。

共に戦いたくとも、そばに行くだけの体力すらありません。

だから、せめてあの砦が一番よく見える場所で私は眠りたいと思います。

いつまでも、ノーブル様の勇姿が見られることを願って。いつか、平和が訪れて、この地に来てくださることを祈って。

さようなら、ノーブル様。

貴方《あなた》様と一緒にいられた時間は私にとって何よりかけがえのないものでした。どうか、高潔の勇者として、この世界を真っ直ぐに導いてください。

愛しています。

シンシア

直後だ。

ノーブルは泣き崩れた。

「勇者として導けとは……最期まで貴女は本当に酷なことを言うものだな」

その嘆きも仕方のないことだろう。ノーブルはもう魔族であって、人族の希望たる勇者ではないのだ。しかも、今は第六魔王の愚者セロのもとに身を寄せる立場でもある。

それでも、ノーブルは愛する者の言葉を真摯に受け止めた——


人族と魔族とが共にいられる世界を作る。


二度と分かたれる者たちが現れないように。決して未練など残さないように。

「今こそ、誓おう！　高潔の意志はずっと、君と共にあり続けると！　そう。私は決して——仲間を二度と手放さない！」

セロがかつて誓ったように——この日、ノーブルもまた新たな仲間の為に魔族たらんと決めたのだった。

あとがき

こんにちは、一路傍です。まずは拙作を手に取っていただき、本当にありがとうございます。

一巻、二巻とあとがきを書きたくないばかりに、その存在意義についてダラダラと問いかけてきた本稿ですが、三巻でも同じことを続けたらさすがに怒られたので、そろそろ趣向を変えていきたいと思います。ネタは、まえがきの存在意義です――

不思議に思いませんか？　なぜ小説にはまえがきがないのか、と。

もちろん、短編集とか翻訳小説とか、まえがきが付いてくる作品もあります。前者だと作者による解説が載っていたり、後者だと長々とした謝辞が添えてあったりします。また、新書や専門書などではまえがきというか、序章や概要《サマリー》が必ずあります。

しかし、ラノベや新文芸でまえがきの付いた作品を見かけたことはほとんどありません。

そんなわけで私は一巻のあとがきでの約束通りに、「あとがきを本編の前に置いて、その芸術性を高めたい」、「むしろ、まえがきを書きたい」、と無茶ぶりをしたのですが、当然のことながらこれまた怒られて却下となりました。ただ、理由はとても納得のいくものでした。

というのも、あとがきは本来、頁数調整の役割も担っていて、改稿や校正といった頁数が前後する最終段階を終え、一冊にまとめる際に最後尾にあると便利だとのこと。逆に、あとがきを前にもっていくと、その調整が難しくなるので勘弁してほしいとのことでした。要は、あとがきの頁数を増やしたり、減らしたりして、作品をまとめているわけですね。

なるほど。あとがきにそういった緩衝材的な事情があるならば仕方がありません。そんなわけで今回も私はこうして本編の最後に徒然《つれづれ》に書いているわけです。

さて、またまたまえがきが長くなりましたが、今回も謝辞を述べさせてください。

拙作は三巻刊行にあたり、ＳＮＳにて「＃モタさん聞いて」のタグで新規エピソードを募集させていただきました。その結果、本編追補の『大魔術養成ギプス』、『魔女とドルイド』、『モンクと僧兵』及びブックウォーカー様の特典短編『かしましパジャマパーティー』の執筆に至っております。ご応募くださった皆様、本当にありがとうございました。二巻刊行時のご当選者様と一緒に、次頁にスペシャルサンクスを載せています。ご覧いただけましたら幸甚でございます。

それと拙作が出る頃には漫画版の『魔王スローライフを満喫する』の企画も大きく前進しているはずで、皆様に何かしら情報が届いている頃と思います。実は、私も人生で初めてのネームチェックをしたばかりで、大いに盛り上がっているところです。どうかご期待くださいませ。

最後に、投稿サイト掲載時に読んでくださった皆様、感想や応援コメントなどを下さった皆様、何より拙作を世に出す為に、校正、編集や営業等で尽力してくださったスタッフの方々、それといつも美麗なイラストを描いてくださるＮｏｙ先生、本当にありがとうございました。

まえがきのように「先鋒を務めるぜ！」とはいかないものの、せめてあとがきみたいな調整役として皆様の余暇にちょこんと置いてあるクッションのような作品になれたらと祈っております。

こんな可笑しな作者ではありますが、今後とも、何卒、よろしくお願いいたします。

SPECIAL THANKS

#セロ様聞いて下さい……2巻

8823様「健康診断」

ヨシイマ様「魔王城食堂」

みぎー、様「土竜ゴライアス様の憂鬱」

天狗馬様※BW電書特典SS

#モタさん聞いて……3巻

8823様「大魔術養成ギプス」

ヨシイマ様「魔女とドルイド」

天狗馬様「モンクと僧兵」

メガネ定食様※BW電書特典SS

きた様※店舗特典SS

企画応募者の皆様

・yuu217様　・尚乃様

・あめがはら様　・To様

たくさんのご応募ありがとうございました！

GC NOVELS

魔王スローライフを満喫する
勇者から「攻略無理」と言われたけど、そこはダンジョンじゃない。トマト畑だ 3

2024年5月5日　初版発行

著者　一路傍《いちろぼう》
イラスト　Noy《ノイ》

発行人　子安喜美子
編集　大城書
装丁　AFTERGLOW
印刷所　株式会社平河工業社
発行　株式会社マイクロマガジン社
URL:https://micromagazine.co.jp/
〒104-0041
東京都中央区新富1-3-7　ヨドコウビル
TEL 03-3206-1641 FAX 03-3551-1208（販売部）
TEL 03-3551-9563 FAX 03-3551-9565（編集部）

ISBN978-4-86716-566-9 C0093

本書は小説投稿サイト「小説家になろう」(https://syosetu.com/)に掲載されていたものを、加筆の上書籍化したものです。

ファンレター、作品のご感想をお待ちしています!

宛先　〒104-0041　東京都中央区新富1-3-7　ヨドコウビル
株式会社マイクロマガジン社　GCノベルズ編集部　「一路傍先生」係　「Noy先生」係